Von Teufeln, Geistern und Dämonen

AF704521

Gustavo Adolfo Bécquer

Von Teufeln, Geistern und Dämonen

Herausgegeben von Uwe Siebert
Übersetzung aus dem Spanischen: Hans Krüger-Welf
Illustrationen: Paul Haase

Neu bearbeitet und mit Anmerkungen versehen von
Oliver M. Fehn

FSC
www.fsc.org
MIX
Papier aus verantwortungsvollen Quellen
Paper from responsible sources
FSC® C105338

1. Auflage Juni 2017

Copyright © 2017 Pandämonium-Verlag

Umschlagbild: Mihály Zichy (1827 - 1906) - "A kísértetek órája" (Die Geisterstunde); 1880

Layout und Umschlaggestaltung: Gerd Frey
Druck und Vertrieb: Books on Demand GmbH, Norderstedt
Made in Germany
ISBN: 978-3-944893-14-3
Alle Rechte vorbehalten.

Kein Teil dieses Buches darf in irgendeiner Form (auch auszugsweise) ohne die schriftliche Genehmigung des Autors oder Verlags reproduziert, vervielfältigt oder verbreitet werden.

Mihály Zichy, Die Geisterstunde

Gustavo Adolfo Becquer

Zum Geleit

Im Maria-Luisen-Park zu Sevilla, vor den Toren der Stadt, steht das weiße Marmordenkmal Gustavo Adolfo Bécquers. Ein schlanker, hoher Sockel trägt die Büste des Dichters. Ihm zur Rechten eine Bronzefigur: ein sterbender Genius mit dem Speer im Rücken und dem leeren Köcher, aus dem alle Pfeile verschossen sind. Flehend streckt er die Hand zum Dichter empor: *Erwecke du mich zu neuem Leben – mich, die sterbende Dichtkunst!* Und Bécquer weist auf den ebenfalls bronzenen Cupido zu seiner Linken und auf die drei marmornen Mädchengestalten, zu denen der Liebesgott sich hinabneigt, und erwidert:

Solang es eine schöne Frau noch gibt,
gibt's auch Poesie! –

Das Denkmal ist eine Anspielung auf das in Spanien sehr bekannte Gedicht Bécquers: La rima eterna (Das unsterbliche Lied). Es beginnt mit den Versen:

Sagt nicht, weil eure Stoffe sich erschöpften,
verstummte auch der Leier Melodie!
Mag sein, dass Dichter fehlen, aber allzeit
gibt es Poesie.

Vor den Wundern der Natur, vor den ewigen Rätseln des Lebens beugt sich Bécquer in Ehrfurcht, und aus dieser Ehrfurcht vor dem großen Unbekannten wächst in ihm die hohe Begeisterung, wächst in ihm die Ekstase, ohne die Kunst nicht sein kann. Einsam thront er auch heute noch in der spanischen Literatur; denn Verse, wie er sie schrieb, finden sich in der spanischen Literatur erst unter den Dichtern des zwanzigsten Jahrhunderts wieder.

Zu Lebzeiten blieb er unbekannt, wurde nach seinem Tod aber schwärmerisch verehrt. Erst einer jungen Generation sollte es beschieden sein, in ihm den »größten aller spanischen Lyriker« zu erkennen, und nicht anders wird auch die Meinung derjenigen gewesen sein, die ihm im Jahre 1911 das sinnvolle Denkmal im Park von Sevilla setzten.

Hans Krüger-Welf

Das Bécquer-Denkmal im Park zu Sevilla

Des Dichters Vorwort

In den dunklen Winkeln meines Hirns schlummern, nackt und eng beieinander, die absonderlichen Kinder meiner Phantasie. Still harren sie der Stunde, wo die Kunst sie in Worte kleidet, auf dass sie sich mit Anstand auf der Bühne der Welt zeigen können.

Im geheimnisvollen Heiligtum meines Kopfes empfängt und gebiert meine Muse, fruchtbar wie das Liebeslager der Armen, wie Eltern, die mehr Kinder zeugen, als sie ernähren können. Sie bevölkert ihn mit so vielen Geschöpfen, dass weder mein Fleiß noch all die Jahre, die mir noch zu leben bleiben, ausreichen würden, ihnen Gestalt zu verleihen.

Oft fühle ich, wie sie sich in mir bewegen – nackt und noch nicht gestaltet, wirr durcheinander in einem unbeschreiblichen Knäuel ... fühle, wie sie leben: ein dunkles, seltsames Leben, wie es im Innern der Erde Myriaden von Keimen führen, die in ständigem Werden sich regen und dehnen – und doch nicht die nötige Kraft finden, an die Oberfläche zu gelangen und sich, von der Sonne geküsst, in Blüte und Frucht zu verwandeln.

Mit mir gehen sie davon, dazu verurteilt, mir ins Grab zu folgen. Was sie an Spuren hinterlassen, ist nicht mehr als ein mitternächtlicher Traum zurücklässt, von dem man schon am nächsten Morgen nichts mehr weiß. Manchmal empört sich bei diesem schrecklichen Gedanken der Lebenstrieb in ihnen; in stillem und doch furchtbarem Drängen suchen sie hastig nach einem Weg, der aus der Finsternis, in der sie leben, zum Licht emporführt. Doch ach! zwischen der Welt des Denkens und der des Gestaltens klafft ein tiefer Abgrund, den nur das Wort zu überbrücken vermag. Und das Wort, schüchtern und träge, lehnt es ab, ihnen beizustehen in ihrem Bemühen. Stumm, düster und kraftlos sinken sie nach nutzlosem Ringen wieder in ihre frühere Erstarrung zurück. So fallen auch in die Furchen der Wege, wenn der Wind erlahmt, die welken, aufgewirbelten Blätter ...

Die Empörung der aufständischen Kinder meines Geistes erklärt manchen meiner Fieberanfälle; sie ist die von der Wissenschaft nicht erkannte Ursache meiner Erregungen und Erschlaffungen. Unter solchen Bedingungen habe ich bisher, wenn auch unter vielen Qualen, dahingelebt, inmitten einer gleichgültigen Menge, und diesen verschwiegenen Sturm in meinem Kopf mit mir herumgetragen. Und so lebe ich auch jetzt noch dahin ... Aber da allen Dingen ein Ziel gesetzt ist, so muss auch dies irgendwann ein Ende nehmen.

Schlaflosigkeit und Einbildungskraft schaffen unermüdlich weiter in ungeheuerlicher Ehe. Ihre Geschöpfe, aneinandergepresst wie verkümmerte Blumentopfpflanzen, streben danach, ihr phantastisches Dasein auszudehnen und streiten sich um jedes Atom des Gedächtnisses, als wäre es der spärliche Saft dürren Erdreichs ... Man muss den tiefen Wassern einen Abfluss öffnen; sonst werden sie irgendwann – tagtäglich vermehrt von lebendigen Quellen – den Deich durchbrechen.

Deshalb: Gehet hin! Gehet hin und lebt das einzige Leben, das ich euch zu verleihen fähig bin. Mein Geist wird euch so weit ernähren, dass ihr greifbar sein werdet. Er wird euch – wenn auch nur mit Lumpen, so doch zur Genüge bekleiden, damit ihr euch nicht eurer Nacktheit zu schämen braucht. Gern möchte ich für ein jedes von euch ein wunderbares Gewand aus herrlichen Worten weben, in das ihr euch stolz wie in einen Purpurmantel einhüllen könntet. Gern möchte ich die Form, die euch umfassen soll, aufs feinste ausarbeiten, wie man ein goldenes Gefäß ziseliert, das dazu bestimmt ist, kostbare Essenzen aufzunehmen. Aber es ist mir leider nicht möglich ...

Ich darf mich nicht dabei aufhalten – denn ich muss endlich Ruhe haben! wie man den Körper zur Ader lässt, wenn das Blut in Überfülle durch die geschwollenen Venen rast, so muss ich auch meinem Gehirn Erleichterung schaffen: es vermag all das Seltsame nicht länger zu fassen.

Bleibt also hier zurück – wie der Lichtschweif, der die Bahn eines unbekannten Kometen bezeichnet ... wie zerstreute Atome eines Weltkörpers im Entstehen, den der Tod im All schon zerschmettert hat, noch bevor sein Schöpfer, das Licht von der Finsternis scheidend, das Wort aussprechen konnte: »Es werde Licht!«

Ich will nicht, dass ihr des Nachts, wenn ich schlaflos liege, in närrischem Reigen an meinen Augen vorübertanzt, mich mit Gebärden und Verrenkungen anflehend, ich möge euch aus der Vorhölle, in der ihr gleich Schatten der Unterwelt schmachtet, befreien und dem Leben der Wirklichkeit zuführen. Ich will nicht, dass zugleich mit dieser alten, schon gesprungenen Harfe, wenn sie einmal zusammenbricht, auch all die Klänge verloren gehen, die noch ungekannt in ihr schlummern. Ich möchte mich ein wenig mit der Welt befassen, die mich umgibt; bin ich eurer erst ledig, kann ich die Augen von jener anderen Welt abwenden, die ich in meinem Kopfe trage ...

Der gesunde Menschenverstand, der die Schranke der Träume bildet, wird allmählich morsch, und das Volk der verschiedenen Reiche vermischt sich schon und gerät durcheinander. Es kostet mich oft Mühe zu unterscheiden, was ich geträumt und was ich wirklich erlebt habe. Meine Zuneigung teilt sich zwischen erträumten Gestalten und lebenden Menschen. Mein Gedächtnis reiht Namen von Frauen, die gestorben sind, und Tage, an denen sich irgendetwas ereignet hat, bunt durcheinander mit Frauen und Tagen, die nie da waren, außer in meiner Einbildung. Das muss endlich aufhören; und deshalb vertreibe ich euch aus meinem Kopfe für jetzt und alle Zeiten!

Wenn Sterben Schlafen ist, so will ich in der Nacht des Todes friedlich schlafen: ich will nicht, dass ihr euch wie ein böser Alp auf meine Brust lagert, mir fluchend, ich hätte euch in das Nichts verdammt, bevor ihr noch geboren wurdet. Geht denn hinaus in die Welt, in deren Umarmung ihr gezeugt worden seid, und bleibt in ihr als der Widerhall, den ihre Freuden und Leiden, ihre Hoffnungen und Kämpfe in einer Seele fanden, als diese über die Erde schritt.

Vielleicht werde ich schon bald mein Bündel für die große Reise schnüren müssen, von einer Stunde zur anderen kann sich der Geist von der Materie lösen, um sich in reinere Gefilde emporzuschwingen. Und wenn dies eintritt, will ich nicht den ganzen Schatz an Flitterstaat und Lumpen, wie ein Marktschreier seine buntgesprenkelte Habe, bei mir haben – nicht mehr all das mit mir herumtragen, was die Phantasie in den Dachkammern meines Gehirns mit der Zeit aufgespeichert hat ...

Madrid, im Juni 1868

G. A. Bécquer

Inhaltsverzeichnis

Zum Geleit 7

Des Dichters Vorwort 9

Meister Perez, der Organist 15

Das Teufelskreuz 33

Glaubet an Gott! 52

Die Höhle der Maurin 66

Das Miserere 72

Das weiße Reh 84

Die grünen Augen 104

Der Geisterberg 113

Der Mondstrahl 122

Kobold 134

Das Kruzifix mit dem Totenschädel 151

Das Gelöbnis 163

Die Passionsblume 175

Das goldene Armband 185

Der Kuss 193

Der Tod der alten Kaska 209

Die Zauberburg 220

Die Hexen von Trasmoz 232

Nachwort - Wie sah G. A. Bécquer aus? 244

Meister Perez, der Organist

Diese Geschichte hörte ich von der Pförtnerin des Klosters der Heiligen Agnes[1] in Sevilla, als ich im Vorhof auf den Anfang der Hahnenschreimette[2] wartete.

Es ist begreiflich, dass ich danach kaum den Beginn des Amtes abwarten konnte, begierig darauf, ein wirkliches Wunder zu erleben.

Indessen war nichts weniger wunderbar als die Orgel der Heiligen Agnes, nichts alltäglicher als die geschmacklosen Motetten[3], die uns der Organist an jenem Abend bescherte.

Nach Schluss der Mette[4] konnte ich nicht umhin, die Pförtnerin etwas spöttisch zu fragen:

»Woher kommt es denn, dass die Orgel des Meister Perez jetzt auf einmal so schlecht klingt?«

»Woher?«, versetzte die Alte. »Na, weil es doch gar nicht mehr seine Orgel ist.«

»Nicht mehr seine? Was ist denn aus ihr geworden!«

»Die war so alt und gebrechlich, dass sie schließlich zusammenkrachte – schon vor einer guten Reihe von Jahren.«

»Und die Seele des Organisten?«

»Ist nicht wieder erschienen, seit wir die neue Orgel haben.«

Damit es keinem meiner Leser am Ende dieser Geschichte in den Sinn kommen möge, an mich dieselbe Frage zu richten, erzähle ich schon im Voraus, weshalb sich das mächtige Wunder nicht bis in unsere Tage vererbt hat.

---

1 Römische Heilige. Gedenktag am 21. Januar.

2 Mitternachtsmesse am Heiligabend.

3 Mehrstimmiges Gesangsstück, im Gegensatz zum einstimmigen Gregorianischen Choral.

4 Gottesdienst in der christlichen Liturgie, der am Heiligen Abend entweder um Mitternacht, auf jeden Fall aber vor Sonnenaufgang stattfindet.

I

»Seht Ihr den mit dem roten Mantel und der weißen Feder auf dem Hut? ... Der so ausschaut, als trüge er das ganze Gold der indischen Galeonen[5] auf seinem Wams[6] ... Ja, den, der gerade aus der Sänfte[7] steigt ... Er will der Dame da, die eben ihre verlassen hat, die Hand reichen ... Nun kommt er auf uns zu – vier Fackelträger hinter ihm her ...

Das ist der Marques von Moscoso, Liebhaber der verwitweten Gräfin von Villapineda. Bevor er ein Auge auf diese Dame warf, sagt man, habe er um die Tochter eines sehr reichen Herrn angehalten ... Der Vater des Fräuleins aber, von dem man erzählt, er sei ein bisschen geizig ... aber halt! da sucht man sein Pferd und sitzt drauf! –

Seht Ihr den da, der unter dem St.-Philipps-Bogen durchkommt ... zu Fuß ... das Gesicht im dunklen Mantel versteckt ... nur mit einem einzigen Diener, der eine Laterne trägt ...? Jetzt ist er gerade vor dem Altarblatt[8] ...

Habt Ihr das leuchtende Ordenskreuz auf seiner Brust bemerkt, als er zum Gruß der Jungfrau sich enthüllte?

Wenn er dies vornehme Abzeichen nicht trüge, könnte man ihn für einen Krämer aus der Schlangenstraße halten ... Das ist also der Vater ... von dem ich soeben sprach ... Seht, wie das Volk ihm Platz macht und ihn grüßt ...

Ganz Sevilla kennt ihn wegen seines ungeheuren Vermögens. Er allein hat mehr Golddukaten in seinem Kasten als unser hoher Herr und König Philipp Soldaten unterhält. Und aus seinen Galeonen ließe sich ein Geschwader zusammensetzen – groß genug, um der Flotte des Großen Türken zu widerstehen.

Da, schaut mal die Gruppe der würdigen Herren da! Das sind die Ritter der Vierundzwanzig. Alle Achtung! Da ist ja auch der Vlämische, dem die Herren vom Grünen Kreuz wohl jetzt nicht mehr den Handschuh zuwerfen werden ... dank dem Einfluss, den er beim Adel in Ma-

5 Spanische Handelsschiffe, die Güter von den Kolonien nach Europa brachten. (d. Ü.)

6 Eng anliegendes Kleidungsstück für Männer; Vorläufer der heutigen Weste.

7 Überdachter Sitz, von Stangen getragen, auf dem sich früher Könige transportieren ließen.

8 Altargemälde.

drid hat ... Der kommt doch nur in die Kirche, um Musik zu hören ... Na, wenn dem Meister Perez mit seiner Orgel nicht faustdicke Tränen entlockt, dann kann man wohl mit Sicherheit sagen, dass er seine Seele nicht in seinem Wams hat – sondern im Siedekessel bei Beelzebub[9] ...

Ach, Nachbarin! O je, da sieht's bös aus! Ich hab' so eine Ahnung, als ob es noch was setzen wird. Ich verkrieche mich in die Kirche. Denn, soviel ich sehe, wird's hier noch mehr Hiebe geben als Vaterunser. Guckt doch nur: da um die Ecke des St.-Petri-Platzes biegen die Leute des Herzogs von Alcalá ... und hinten am Ende der Zofengasse, scheint mir, hab' ich die des Herzogs von Medinasidonia gesehen ...

Hab ich's Euch nicht gesagt?! Schon haben sie sich erblickt und versperren einander den Weg ... Keiner will weichen ... Und das Volk macht sich dünn ... Freilich, die Ministranten[10], die bei solchen Gelegenheiten von Freund und Feind Keile kriegen, ziehen sich zurück ... selbst der Herr Stadtrichter mit Stock und allem, was er hat, flieht in die Vorhalle ... Und nachher sagen sie, es gibt Gerechtigkeit! –

Für die Armen, ja ...

Ach du meine Güte, schon blitzen die Schilde in der Dunkelheit ... Der Allmächtige steh uns bei! Da haben sie sich schon in den Haaren! ... Nachbarin! schnell, hierher, bevor sie die Türen schließen! – Aber, halt! was ist denn das! Sie haben noch gar nicht angefangen – und hören schon auf ...? Was ist denn das für ein Glanz! ... Brennende Fackeln! Sänften! Ei, der Herr Erzbischof!

Kaum habe ich im Stillen die Heiligste Jungfrau um Schutz angefleht – schon bringt sie mir Hilfe! ... Ach, es ahnt ja niemand, was ich dieser hohen Frau schuldig bin! ... Mit Wucherzinsen zahlt sie mir die Kerzen zurück, die ich ihr jeden Samstag anzünde! –

Schaut doch nur, wie prächtig er aussieht in seiner karmesinroten[11] Soutane und mit dem roten Käppchen auf dem Kopf ... Gott schenke ihm ebenso viele Jahrzehnte auf seinem Stuhl wie er mir Lebensjahre schenkt! Wenn er nicht wäre, würde Sevilla längst in Schutt und Asche

---

9 Gottheit der Philister, im AT als Dämon verrufen; der Name leitet sich ab von Baal-Sebul (Herr der Fliegen).

10 Messdiener.

11 Karmesin ist der Farbstoff der Färberschildlaus, ergibt ein sattes, eher dunkles Rot.

liegen – bei den ewigen Händeln[12] der Herzöge untereinander ... Schaut doch, schaut sie doch mal an, diese frechen Heuchler! Wie sie sich beide an die Sänfte des Prälaten[13] heranmachen, den Ring zu küssen ... wie sie ihm nachlaufen und ihm das Geleit geben – geradeso, als gehörten sie zu seinem Gefolge! Ist es zu glauben, dass die beiden da ... die tun, als wären sie dicke Freunde ... wenn sie sich binnen einer halben Stunde in einer dunklen Gasse träfen ... das heißt: sie ... ja, sie ...! Gott bewahre mich, sie für feige zu halten! Recht brav haben sie sich schon dann und wann gezeigt, wenn sie sich mit den Feinden unseres Heilandes herumschlugen ... Aber es ist wahr, wenn sie sich suchten ... und wenn sie nur Luft hätten, sich zu finden, so fänden sie sich auch ... sie könnten mit einem Schlage diesen ewigen Reibereien ein Ende machen! Und übrigens – wer bei diesen Fehden die Hauptarbeit leistet, das sind ihre Freunde und Genossen ...

Aber los, Frau Nachbarin, schleunigst in die Kirche! Sonst werden wir noch zerquetscht ... An solchen Abenden wie heute wird es so voll, dass kein Apfel mehr auf den Boden passt ... Was für ein Glück doch die Nonnen mit ihrem Organisten haben! ... wann hat das Kloster wohl je so viel Zulauf gehabt? ... Ich kann Euch sagen, in anderen Sprengeln[14] hat man Meister Perez schon die glänzendsten Angebote gemacht, und das ist auch wirklich gar nicht verwunderlich, denn selbst der Herr Erzbischof hat ihm goldene Berge versprochen, um ihn in den Dom zu locken ... Aber er, nichts zu machen! ... Nicht um sein Leben möchte er seine Lieblingsorgel im Stich lassen ... Ach, Ihr kennt Meister Perez noch gar nicht? ... Stimmt ja, Ihr seid ja noch neu in diesem Stadtviertel ... Ach, das ist ein frommer Mann! So arm er auch ist, er gibt mehr Almosen[15] als jeder andere ... Er hat auf der Welt keinen Menschen als seine Tochter , und sein einziger Freund ist seine Orgel. Über ihre Unschuld zu wachen und die Register zu ziehen, – das ist sein ganzes Leben ... Und wie alt die Orgel schon ist! ... Aber trotzdem – er ist so geschickt – er hält sie so gut in Ordnung, dass sie wie das reine Wunder klingt. Na, er kennt sie ja auch so, dass er nur hinzugreifen braucht ... ich weiß nicht, ob ich's Euch schon gesagt habe ... aber der arme Mann ist blind, schon von Geburt an ... Und mit welcher Geduld er sein Kreuz

12 Händel = altes Wort für Streit.

13 Ein Prälat ist ein hoher Würdenträger der katholischen Kirche.

14 Sprengel = das einem Pfarrer zugeteilte Seelsorgegebiet

15 Geld, das man einem bedürftigen Empfänger spendet.

trägt! ... Wenn man ihn fragt, was er drum gäbe, sehen zu können, antwortet er: ›Viel, aber nicht so viel, als Ihr glaubt, denn ich habe große Hoffnung. – Hoffnung, wieder sehend zu werden! – Ja, und sogar sehr bald‹, sagt er mit Engelslächeln, ›ich bin ja schon sechsundsiebzig Jahre alt, und solange mein Leben auch währen möge, bald werde ich den lieben Gott sehen ...‹

Der Ärmste! Und ob er ihn sehen wird! ... Er ist ja demütig wie die Steine auf der Straße, die sich auch von jedermann treten lassen. Immer sagt er, er sei nur ein armer Klosterorganist. Und doch könnte er selbst dem Kapellmeister der Primatskirche[16] noch etwas beibringen! ... Er ist ja schon von klein auf dabei ... sein Vater hatte denselben Beruf ... Ich habe ihn nicht mehr gekannt, aber meine Frau Mutter (Gott hab sie selig!) sagt, er hätte ihn immer mitgenommen zum Balgentreten[17] ... Später zeigte der Junge so viel Talent, dass er natürlich nach dem Tode seines Vaters dessen Amt übernahm. Und was für gottgesegnete Hände er hat! Sie sind wert, dass man sie zum Goldschmied bringt und sie in Gold fassen lässt ... Gut spielt er immer! Aber in einer solchen Nacht wie heute: wie ein wahres Wunder! Er ist dieser heiligen Hahnenschreimette ganz besonders ergeben ... Und wenn Punkt zwölf die Monstranz[18] gezeigt wird – also zur selben Stunde wie unser Herr Jesus Christus zur Welt kam – dann klingt die Orgel wie Engelschöre.

Kurz und gut, wozu soll ich Euch das alles ausmalen, Ihr werdet es ja heute Abend noch hören. Ihr seht ja auch schon, dass die allerfeinste Gesellschaft Sevillas, sogar der Herr Erzbischof, in dies bescheidene Kloster kommt, um ihn zu hören ... Und man soll gar nicht glauben, dass nur die gebildeten Leute und die, die was von Musik verstehen, ihn zu schätzen wissen ... auch das Volk schwärmt für ihn. All diese Menschen, die da in Scharen mit brennenden Fackeln ankommen ... die sonst in den Kirchen ihre Weihnachtslieder brüllen, mit Tamburin, Klappern und Zambomba[19] den üblichen Radau machen ... verhalten sich mäuschenstill, sobald Meister Perez die Hände auf die Tasten legt ... Und wenn er

---

16 Kapelle in Jerusalem, die an die Berufung Petri zum Papst erinnert.

17 Treten des Orgelbalgs während der Messe, für das oftmals Knaben eingesetzt wurden.

18 Liturgisches Schaugerät mit Sichtfenster, das den Blick auf eine geweihte Hostie freigibt.

19 Stabreibtrommeln (spanisches Musikinstrument).

sie anschlägt ... wenn er sie anschlägt, hört man nicht das leiseste Geräusch ... aus allen Augen fallen dicke Tränen ... und wenn der letzte Ton verklingt, vernimmt man einen einzigen gewaltigen Seufzer – das ist nichts anderes als das Atemholen der Zuhörer, die während des Spiels die Luft angehalten haben ... Aber los, los! Schon haben die Glocken aufgehört zu läuten ... die Mette fängt an. Los, hinein! Für alle Welt ist heute Heiliger Abend, aber für niemand ist er heiliger als für uns.«

Mit diesen Worten lief die gute Frau, die ihrer Nachbarin als Führerin gedient hatte, quer über den Klosterhof. Unter Ellbogenstößen nach rechts und nach links verlor sie sich in der Menge, die sich vor der Tür drängte, und kam gerade noch in die Kirche hinein.

II

Die Kirche war mit einer verschwenderischen Fülle von Kerzen erhellt. Eine Flut von Licht ergoss sich von dem Altar, erfüllte die ganze Umgebung und sprühte im reichen Geschmeide der Damen auf, die einen glänzenden Kreis vor dem Gitter des Hauptaltars bildeten. Sie knieten auf samtenen Kissen, von Pagen bedient, und empfingen aus den Händen der Zofen das Gebetbuch. Unweit des Gitters standen, mit einem großen Teil der vornehmsten Sevillaner Gesellschaft, die Ritter der Vierundzwanzig. In ihre farbigen Mäntel mit den goldenen Tressen gehüllt, ließen sie mit eingeübter Nachlässigkeit die roten und grünen Innenaufschläge hervorsehen, die eine Hand hielt den breiten Filzhut, dessen Feder den Teppich berührte, die andere lag auf dem glatten Knauf ihres Degens oder liebkoste den Griff ziselierter[20] Dolche. Sie bildeten gleichsam eine Mauer, ihre Frauen und Töchter vor der Berührung mit der Volksmasse schützend.

Die wogte im Hintergrunde der Mittel- und Seitenschiffe hin und her, mit einem Getöse, das wie Sturmesbrausen des Meeres klang. Plötzlich brach sie in Jubelgeschrei aus, und das Lärmen der Schellentrommel und Tamburine fiel misstönend ein: Der Erzbischof war erschienen. Er hatte sich neben dem Hochaltar auf einen scharlachfarbenen Thronsessel gesetzt und, umgeben von seinem Gefolge, sprach er dreimal den Segen über das Volk.

Das war die Stunde, in der die Mette zu beginnen hatte.

---

20 Ziselieren = Form der Metallbearbeitung.

Trotzdem verflossen einige Minuten, ohne dass der Zelebrant erschien. Schon fing das Volk an, unruhig zu werden und seiner Ungeduld Ausdruck zu geben. Die Edelleute raunten sich einige Worte zu, und der Erzbischof sandte einen seiner Bedienten, der sich erkundigen sollte, weshalb die heilige Handlung noch nicht beginne, in die Sakristei.

»Meister Perez ist krank geworden, ernstlich krank, und er wird wohl nicht imstande sein, heute der Mitternachtsmette beizuwohnen«, lautete der Bescheid, den der Diener brachte.

Die Kunde verbreitete sich augenblicklich unter der Menge. Unmöglich, die niederdrückende Wirkung zu schildern, die sie bei jedermann hervorrief! Nur so viel soll gesagt sein: In der Kirche brach ein solches Toben aus, dass der Stadtrichter warnend aufstand, ja dass sogar die Gerichtsdiener einschreiten und sich zwischen die dichtgedrängte Menschenmenge werfen mussten, um Ruhe zu schaffen.

In diesem Augenblick drängte sich ein Mann an den Sessel des Prälaten. Er war mager, grobknochig und missgestaltet, und überdies schielte er noch.

»Meister Perez ist krank«, sagte er. »Die Zeremonie kann nicht anfangen. Wenn Ihr wollt, so spiele ich an seiner Stelle die Orgel. Meister Perez ist ja nicht der einzige Organist auf der Welt ... und wenn er sterben sollte, so braucht dies Instrument ja nicht unbenutzt zu stehen ... weil vielleicht niemand da ist, der es zu spielen versteht ...«

Der Erzbischof nickte mit dem Kopf zum Zeichen, dass er einverstanden sei. Einige der Gläubigen, die von jenem Mann wussten, dass er ein neidischer Organist sei und dem von St. Agnes feindlich gesonnen, fingen schon an, ihr Missfallen kundzutun – da vernahm man plötzlich auf dem Vorhof ein gewaltiges Geschrei.

»Meister Perez ist hier! Meister Perez ist hier!«, schrien die Leute, die sich im Portal drängten. Und alle wandten den Kopf.

Tatsächlich erschien Meister Perez in der Kirche – aber bleich und entstellt und in einen Armsessel gebettet. Ein jeder stritt sich um die Ehre, diesen Sessel auf der Schulter zu tragen.

Weder die Ermahnung der Ärzte, noch die Tränen seiner Tochter hatten es vermocht, ihn im Bett zu halten.

»Nein«, hatte er gesagt, »dies ist mein letzter Tag ... ich fühle es ... ich fühle es ... und ich will nicht sterben, ohne noch einmal meine Orgel gesehen zu haben ... vor allem heute, am Heiligen Abend. Los, ich will es! ... Ich befehle es! ... Bringt mich in die Kirche!«

Seinem Wunsch wurde nachgekommen. Auf den Armen trug man ihn auf die Empore. Die Mette nahm ihren Anfang.

In demselben Augenblick schlug die Uhr der Kathedrale zwölf.

Introitus[21], Evangelium und Offertorium[22] waren schon vorüber, und es kam der feierliche Augenblick, wo der Priester die Monstranz mit der geweihten Hostie zwischen die Fingerspitzen nimmt und sie langsam emporhebt.

Der Qualm von Weihrauch stieg in bläulichen Wolken auf und erfüllte die Kirche in weitem Umkreis. Die Glocken setzten ein mit schwingenden Klängen, und Meister Perez legte seine gekrümmten Finger auf die Tasten der Orgel.

Die hundert Stimmen ihrer metallenen Pfeifen ertönten in erhabenen Harmonien, nach und nach sich verlierend, als trüge ein Windstoß ihren letzten Widerhall davon ...

Dieser erste Akkord glich einer Stimme, die von der Erde aufstieg zum Himmel ... Leise, wie in weiter Ferne, antwortete ein anderer, der, stärker und stärker werdend, schließlich anschwoll zu einer Flut betäubenden Wohlklangs.

Das waren die Engelschöre, die den weiten Weltenraum durchhallten, bis sie die Erde erreichten.

Darauf vernahm man einen mehrstimmigen Gesang, den die Hierarchien der Seraphim anstimmten ... tausend Gesänge, zu gleicher Zeit, harmonisch zusammenklingend – und doch nichts anderes als die Begleitung einer seltsamen Melodie, die über jenem geheimnisvollen Meer von Stimmen zu schweben schien wie ein Nebelfetzen über den Wellen.

Und neue Gesänge erklangen und verhallten, einer nach dem andern. Immer schlichter wurde die Zusammenstellung. Schon waren es nur noch zwei Stimmen, deren Widerhall sich verband. Und schließlich blieb nur noch eine einzige übrig, die einen hellklingenden Ton aushielt, einem Lichtstrahl gleich ...

Der Priester senkte die Stirn, und über seinem ergrauten Haupt, umgeben von Weihrauchqualm mit bläulichen Schleiern, zeigte sich die Hostie den Augen der gläubigen Gemeinde. In diesem Augenblick tat sich der Ton, den Meister Perez trillernd ausgehalten hatte, weit, weit auf,

21 Gesang beim Einzug zu Beginn der Heiligen Messe.

22 Gesang zur Darbringung von Brot und Wein für die Eucharistie (das Abendmahl).

und ein gewaltiger Ausbruch von Harmonien erschütterte die Kirche. In allen Winkeln summten die Wellen der Luft, und in den schmalen Ajimez-Fenstern[23] klirrten die bunten Scheiben.

Aus jedem der Töne dieses prachtvollen Akkordes entrollte sich ein Motiv. Die einen nahe, die anderen fern, diese hell, jene gedämpft – es war als ob Wasser und Vögel, Winde und Blätter, Menschen und Engel, Erde und Himmel ... als ob jedes in seiner Sprache eine Hymne sang auf des Heilands Geburt.

Die Menge lauschte in atemloser Bewunderung. In jedem Auge perlte eine Träne, und tiefe Andacht hielt alle Herzen gefangen.

Der Priester im Amt fühlte, wie seine Hände bebten, denn der HERR war es, den sie hielten, der HERR, dem Menschen und Erzengel huldigten ... sein Gott war es! Und er glaubte den Himmel offen und die Hostie sich verwandeln zu sehen.

Die Orgel fuhr fort zu spielen, doch ihre Stimmen erloschen allmählich – so wie eine Stimme langsam verhallt und immer schwächer wird in weiter Ferne.

Plötzlich erklang auf der Empore ein Schrei, ein herzzerreißender, schriller Schrei – der Schrei einer Frau. Die Orgel hauchte einen seltsamen, verstimmten Ton aus, der wie Schluchzen klang. Dann blieb sie stumm.

An der Treppe, die hinaufführte, staute sich die Menge, und alle Gläubigen, ihrer frommen Andacht entrissen, sahen voll Spannung nach oben.

»Was ist geschehen? Was ist los?«, fragte man. Niemand wusste eine Antwort. Man riet hin und her. Die Verwirrung wuchs, und der Tumult wurde immer größer, so dass die weihevolle Ordnung der Kirche gestört zu werden drohte.

»Was war denn das?«, fragten die Damen den Stadtrichter, der, von dem Ministranten gefolgt, als einer der ersten auf die Empore gestiegen war. Bleich und mit Anzeichen tiefer Betrübnis wandte er sich nun zum Sessel des Erzbischofes, der, ungeduldig wie alle, ihn zurückerwartete, um den Grund jener Störung zu erfahren.

»Was ist vorgefallen?«

»Meister Perez ist soeben gestorben!«

---

23 Zwillingsfenster, typisch für die maurische Architektur.

Und wirklich! Als die ersten Gläubigen, nach vielem Gestoß und Gedränge auf der Treppe, auf die Empore gekommen waren, sahen sie den armen Organisten mit dem Gesicht auf den Tasten seines alten Instrumentes liegen, das noch leis vibrierte. Seine Tochter kniete ihm zu Füßen, rief ihn unter Seufzen und Schluchzen vergeblich beim Namen.

III

»Guten Abend, meine liebe Frau Balthasara! Auch Ihr kommt heute Abend zur Hahnenschreimette? Ich meinerseits hatte die feste Absicht, zur Pfarrkirche zu gehen; aber so geht's ja immer: Man geht dahin, wo etwas los ist! Und wenn ich die Wahrheit sagen soll: Seit Meister Perez nicht mehr lebt, ist mir jedes Mal, wenn ich in St. Agnes eintrete, als wenn man mir einen Stein aufs Herz legte. – Ach, der Ärmste! Er war der reine Heilige ... Von mir kann ich wohl sagen, dass ich ein Stück seines Rocks als Reliquie aufbewahre, und das verdient er auch ... denn, bei meiner Seele, wenn sich der Herr Erzbischof nur ein bisschen dafür verwenden wollte, dann würden unsere Enkel ihn sicher noch auf dem Altar sehen ... Aber wie soll das wohl geschehen! ... Ist man erst tot, so hat's mit Freunden seine Not. Wonach man jetzt läuft, ist nur das Neue – – Ihr versteht mich doch? ... Was? Ihr wisst noch gar nicht, was los ist? – Ja, darin sehen wir uns doch ähnlich, nicht wahr: von zu Hause zur Kirche, und von der Kirche nach Hause, und um das, was die Leute reden oder nicht reden, darum kümmern wir uns nicht ... Nur dass ich so – im Vorbeigehen – hier ein Wort auffange und da ein Wort ... und dabei habe ich gar nicht mal Lust, all das zu erfahren ... nur so, um auf dem Laufenden zu sein, – von dem, was vorgeht. – Also, es ist wirklich wahr – man soll's nicht für möglich halten ... aber der Organist von St. Romani, dieses Schielauge, das nichts weiter kann als auf die andern Organisten schimpfen, dieser verlotterte Kerl, der eher aussieht wie ein Schlachtergeselle aus der Knochenhauergasse als ein Musiklehrer – der wird heute am Heiligen Abend anstelle von Meister Perez spielen! – Aber das wisst Ihr wohl, dass sich niemand anders darauf einlassen wollte ... na, das ist ja stadtbekannt in Sevilla, und die ganze Welt weiß davon! Nicht mal seine Tochter, die doch selbst Musiklehrerin ist und nach dem Tode ihres Vaters in das Kloster als Novize trat –! Es ist ja auch ganz natürlich, wenn man etwas so Herrliches zu hören gewohnt ist, dann muss einem alles andere schlecht vorkommen, und man geht Vergleichen am besten ganz aus dem Wege. Die Gemeinde hatte nämlich schon beschlossen, dass, zu Ehren des Verstorbenen und als Beweis dafür, mit welcher Achtung man seiner gedenkt, die Orgel heute Abend stumm bleiben sollte. Aber da kommt dieser Kerl und sagt, er wage es, sie zu spielen ... Ach, die Dummheit ist doch immer am dreistesten! Allerdings hat nicht er die meiste Schuld, vielmehr die, welche ihm eine solche Entweihung gestatten ... Aber so geht's ja zu in der Welt! ... und ich muss sagen, was hier an Volk zusammenkommt, ist keine Kleinigkeit ... Man könnte meinen, seit einem Jahr habe sich nichts geändert! Dieselben Persönlichkeiten, der gleiche Aufwand, dasselbe Gedränge am Portal, dieselbe Begeisterung im Vorhof, genauso viel Volk in der Kirche ... Ach, wenn der Tote wieder erwachte und das sähe! Er würde gleich wieder sterben, um es nicht zu erleben, dass seine Orgel von solchen Händen gespielt wird! – – Wenn es wahr ist, was mir die Leute in meiner Nachbarschaft erzählt haben, so bereiten sie dem Eindringling einen schönen Empfang! In dem Augenblick, wo er seine Hand auf die Tasten legt, soll ein Durcheinander von Pauken und Schellen und Zambombas losbrechen, dass auch nichts anderes mehr zu hören sein wird ... Doch still! Da geht der Held des Tages ja schon in die Kirche. Jesses, was für ein buntes Wams er trägt, und was für eine Halskrause ... und wie gewichtig er dreinschaut! – Aber los! Der Erzbischof ist schon lange da, gleich wird die Mette beginnen ... los, ich glaube, von dem, was wir heute Abend zu erwarten haben, werden wir noch lange erzählen!«

Mit diesen Worten bahnte sich die gute Frau, die unseren Lesern schon durch die Ergüsse ihrer Geschwätzigkeit hinreichend bekannt ist, einen Weg durch die Menge, wobei sie ihrer Gewohnheit nach mit Knüffen und Ellenbogenpüffen nicht sparte, und trat in St. Agnes ein.

Die Feierlichkeit hatte schon begonnen.

In der Kirche herrschte dieselbe Pracht wie im Vorjahr.

Der neue Organist hatte sich zwischen den Andächtigen, die im Seitenschiff standen, um den Ring des Prälaten zu küssen, hindurchgedrängt und die Empore bestiegen. Mit einer Wichtigkeit, die ebenso gekünstelt wie lächerlich wirkte, schlug er der Reihe nach die Tasten der Orgel an, die Register prüfend.

Unter den einfachen Leuten, die sich im Hintergrund der Kirche drängten, wurde dumpfes Stimmengewirr hörbar – die sicheren Anzeichen dafür, dass der Sturm am Losbrechen war und nicht mehr lange auf sich warten lassen würde.

»Er ist ein Gauner!«, sagten die einen. »Er gibt sich gar keine Mühe, weil er weiß, dass er doch nichts Rechtes zustande bringt!«

»Ein Dummkopf ist er!«, meinten die andern. »Die Orgel in seiner Pfarrkirche hat er so heruntergewirtschaftet, dass sie jetzt schlechter klingt als eine Nachtwächterknarre ... und nun will er die von Meister Perez auch noch verderben!«

Schon schlug der eine seinen Mantel zurück, um gehörig auf seine Trommel einhauen zu können, ein anderer legte seine Schellen zurecht, und ein jeder bereitete sich darauf vor, so viel Radau wie möglich zu machen. Nur hie und da fand sich jemand, der es schüchtern wagte, den Neuling zu verteidigen, obwohl dessen hochmütiges und gewichtiges Getue so merklich von dem bescheidenen Auftreten und der leutseligen Güte des seligen Meister Perez abstach.

Endlich kam der feierliche Augenblick, in dem der Priester sich tief verneigte, leise ein paar fromme Worte sprach und die Hostie in die Hand nahm ... Alsbald begannen die Glocken zu läuten, einen Regen kristallener Töne entsendend. In durchsichtigen Schwaden qualmte der Weihrauch empor, dann setzte die Orgel ein.

Aber in dem gleichen Augenblick erfüllte die Hallen der Kirche ein ohrenbetäubender Lärm, den ersten Akkord völlig erstickend.

Hirtenpfeifen und Dudelsäcke, Schellen und Tamburine – alle Lärminstrumente des Pöbels schrillten gleichzeitig auf. Doch nur einige Sekunden währte das tolle Gejohle. Sehr bald wurden alle wieder still – und fast ebenso gleichzeitig, wie sie losgelegt hatten.

Langgezogen, erhaben und prächtig entquoll der zweite Akkord den metallenen Pfeifen der Orgel, herabbrausend wie ein Wasserfall, unerschöpflich an Wohlklang.

Das waren Gesänge von so himmlischem Klang, wie er nur im Augenblick höchster Verzückung das Ohr liebkost! Gesänge, die nur sinnlich erfasst werden können, von den Lippen jedoch nicht wiedergegeben! Abgerissene Töne einer fernen Melodie, wie der Wind sie bisweilen herüberträgt ... Verliebtes Blättergesäusel der Bäume, leis rauschend wie Regen ... Tirilieren der Lerchen, wenn sie trillernd zwischen Blumen aufflattern und wie ein Pfeil in die Wolken schießen ... Laute, die nicht zu bezeichnen sind – gewaltig, ehrfurchtheischend wie des Donners

Rollen ... Seraphimchöre[24] ohne Rhythmus und ohne Kadenz[25], niemals vernommene Himmelsmusik, die nur Phantasie begreift, beflügelte Hymnen, aufsteigend zum Throne des Herrn wie eine Säule strahlender Töne ... All das brachten die hundert Stimmen der Orgel zum Ausdruck, mit solcher Kraft, mit so geheimnisvoller Poesie und in so phantastischen Farben wie nie zuvor ...

*

Als der Organist von der Empore herabkam, drängte sich alles Volk an der Treppe, um ihn zu sehen und ihn zu bewundern. Die Begeisterung war so groß, dass der Stadtrichter mit Recht befürchtete, sie möchten den Musikus im Gewühl erdrücken, weshalb ein paar seiner Ministranten, mit dem Stock in der Hand, ihm einen Weg zum Hochaltar bahnen mussten, wo der Prälat seiner harrte.

»Ihr seht«, sagte dieser zu ihm, als er endlich vor ihm stand, »ich komme eigens aus meinem Palast hierher, um Eurem Spiel zu lauschen. Seid auch Ihr so hartnäckig wie Meister Perez, der mir niemals den weiten Weg ersparen wollte – werdet denn auch Ihr niemals im Dom bei der Christmette spielen?«

»Im kommenden Jahr«, erwiderte der Organist, »verspreche ich, Euch Euren Willen zu erfüllen. Denn um nichts in der Welt werde ich jemals wieder diese Orgel spielen!«

»Warum denn nicht?«, forschte der Prälat.

»Weil ... weil sie schon alt ist und nichts mehr taugt«, versetzte der Organist, wobei er Mühe hatte, die Erregung zu meistern, die sich durch die Blässe seines Gesichts verriet. »Sie gibt das nicht mehr her, was man ausdrücken möchte.«

Der Erzbischof zog sich zurück, von seinen Priestern und Dienern gefolgt. In einer Sänfte nach der anderen wurden die Herren und Damen vorübergetragen, in den krummen Gassen des Viertels sich verlierend. Auch die Gruppen im Atrium lösten sich auf, und in alle Richtungen zerstreuten sich die Andächtigen. Und schon wollte die Pförtnerin die Türen der Vorhalle schließen, als sie noch zwei Frauen bemerkte, die, nachdem sie sich bekreuzigt und vor dem Altarblatt[26] unter dem St. Phil-

---

24 Mehrzahl von „Seraph“: Bestimmte Ordnung von Engeln, die auch in der Bibel erwähnt werden.

25 In sich schlüssige Akkordfolge.

ippbogen ein Gebet gesprochen hatten, durch das Zofengässchen fortgingen.

»Was Ihr auch sagen mögt, meine liebe Frau Balthasara«, sprach die eine der beiden, »ich bin nun mal so! Jeder nach seiner Fasson ... Und selbst wenn die frommen Barfüßer mir einen Eid drauf gäben – ich würde es doch nicht glauben! Dieser Kerl kann das nicht gespielt haben, was wir da hörten ... Ich hab' ihn doch schon tausendmal in St. Bartholomäi spielen hören, was seine Pfarrkirche war, und der Herr Pfarrer hat ihn doch gerade deshalb fortjagen müssen, weil er so schlecht spielte, dass man sich Watte in die Ohren stopfen musste! ... Und dann braucht man ihn doch nur anzusehen ... Heißt es nicht: das Gesicht sei ein Spiegel der Seele? – Ach, so gut, als sähe ich es vor mir, so gut habe ich unserm lieben Meister Perez sein Gesicht noch im Gedächtnis ... wie an jenem Heiligen Abend, als er von der Galerie herabkam und die Zuhörer mit seiner Kunst einfach fortgerissen hatte ... Was für ein liebes Lächeln er doch hatte, und wie heiß seine Backen waren vor Erregung. So alt er auch war, er sah aus wie ein Engel – – und nun nehmt dagegen den anderen, der die Treppe herabgepoltert kam, als ob ein Hund ihn verkläffte, bleich wie der Tod und mit einem ... ach, du mein! Nein, meine beste Frau Balthasara, Ihr dürft es mir schon glauben – wahr und wahrhaftig, Ihr dürft es mir glauben: mir schwant, mir schwant, die Sache hat einen Haken ...«

Bei den letzten Worten verschwanden die beiden Frauen um die Straßenecke. –

Es ist wohl unnötig, unseren Lesern zu sagen, wer die eine von beiden war.

IV

Ein weiteres Jahr war vergangen.

Halb verborgen im dunklen Kirchenchor, sprach die Äbtissin des Klosters zu St. Agnes leise mit Meister Perez' Tochter. Die Turmglocke mahnte mit trauriger Stimme die Andächtigen, und hin und wieder durchschritt jemand das stille, verlassene Atrium, nahm Weihwasser am Portal und wählte einen abgelegenen Platz im Seitenschiff, wo schon ein paar Leute aus der Nachbarschaft geduldig auf den Beginn der Hahnenschreimette warteten.

---

26 Mittlerer Teil eines dreiteiligen Altarbildes.

»Seht Ihr nun«, sagte die Oberin, »wie überaus kindisch Eure Furcht ist? Kein Mensch ist in der Kirche! Heute Abend strömt ganz Sevilla in den Dom. Spielt Ihr nur getrost die Orgel und sorgt Euch um nichts; wir sind so gut wie unter uns ... Aber Ihr schweigt ja noch immer und hört nicht auf zu seufzen? Was fehlt Euch denn? Was habt Ihr?«

»Ich ... habe Furcht«, brachte das junge Mädchen in höchster Erregung hervor.

»Furcht? Wovor?«

»Ich weiß nicht ... vor etwas Übernatürlichem ... Denkt Euch, gestern Abend ... ich hatte Euch sagen hören, Ihr wünschtet so sehr, dass ich bei der Mette die Orgel spielte ... so stolz war ich auf diese Auszeichnung! ... und wollte nun die Register[27] in Ordnung bringen, um Euch heute eine Überraschung zu bereiten. – – Ich kam in das Chor ... ganz allein ... öffnete die Tür, die zur Empore führt ... In diesem Augenblick schlug gerade die Uhr vom Dom – ich weiß nicht welche Stunde ... Aber die Glockenschläge klangen so traurig ... und so viele waren es ... immer fort schlug es, und die ganze Zeit über blieb ich wie festgenagelt auf der Schwelle stehen – mir war, als seien es hundert Jahre gewesen!

»In der Kirche war es finster und totenstill ... Ganz hinten flimmerte ein trübes Licht, wie ein einsamer Stern am nächtlichen Himmel – das Licht der Ewigen Lampe auf dem Hochaltar ... Und bei ihrem schwachen Schein, bei dem all das Schreckliche der Dunkelheit noch deutlicher hervortrat, sah ich einen Mann ... ja, Heilige Mutter, Ihr dürft es mir glauben, ich sah einen Mann an der Orgel sitzen! Er wandte mir den Rücken zu und ließ stillschweigend eine Hand über die Tasten gleiten, während er mit der anderen die Register zog ... Und die Orgel spielte, spielte wirklich! Aber es ist nicht zu beschreiben, wie sie spielte! Jeder ihrer Töne glich einem Schluchzen, das in den Metallpfeifen erstickt wird, und die gepresste Luft darinnen vibrierte und gab leise, gedämpfte Töne von sich, kaum vernehmbare – aber dennoch wirkliche Töne.

»Die Domuhr schlug weiter, und der Mann an der Orgel ließ immer noch die Hand über die Tasten gleiten. Ich hörte sogar, wie er atmete.

»Vor Schrecken gerann mir das Blut in den Adern. Am ganzen Leib war ich kalt wie Eis, und meine Schläfen brannten wie Feuer ... Und dann wollte ich aufschreien, aber ich konnte nicht. Der Mann hatte mir das Gesicht zugewandt und mich angesehen – nein, das ist nicht rich-

---

27 Bei der Orgel eine Pfeifenreihe gleicher Bauart und Klangfarbe.

tig ... angesehen hatte er mich nicht, er war ja blind – es war mein Vater!«

»Aber, Schwester, schlagt Euch doch solche Phantasiegebilde aus dem Kopf, mit denen der alte böse Feind schwächliche Seelen zu verwirren sucht. Sprecht ein Paternoster[28] und ein Ave Maria, und bittet den Erzengel St. Michael, den Führer der himmlischen Heerscharen, um Beistand gegen die bösen Geister! Legt ein Skapulier[29] um den Hals, das Ihr vorher mit der Reliquie des St. Pakomius, des Helfers gegen die Versuchung, in Berührung gebracht habt! – – Aber nun geht, geht auf die Empore und setzt Euch an die Orgel! Die Mette muss endlich anfangen: die Andächtigen warten schon voll Ungeduld ... Euer Vater ist droben im Himmel, und eher als dass er Euch einen Schrecken einjagt, wird er herabkommen und seine Tochter bei dieser feierlichen Handlung inspirieren, auf dass es eine besonders innige Andacht werde.«

Hierauf nahm die Priorin ihren Platz im Chor ein, inmitten der übrigen Schwestern. Meister Perez' Tochter öffnete mit bebenden Händen die Tür zur Empore und nahm auf der Orgelbank Platz. Und die Mette begann.

Sie begann wirklich und verlief auch ohne irgendeinen bemerkenswerten Zwischenfall bis zur Einweihung. In diesem Augenblick jedoch ertönte gleichzeitig mit der Orgel ein Schrei aus dem Munde von Meister Perez' Tochter ...

Die Superiorin, die Nonnen und ein paar Andächtige stürzten hinauf.

»Da seht hin! seht ihn an!«, rief das junge Mädchen, ihre Augen starr auf den Schemel gerichtet, von dem sie bestürzt aufgesprungen war und sich nun an das Geländer der Empore klammerte.

Jedermann wandte den Blick auf die Orgel. Niemand war bei ihr – und trotzdem spielte die Orgel von allein weiter ... spielte, wie nur die Erzengel es nachahmen könnten in der höchsten Freude ihrer mystischen Verzückung ...

*

»Hab' ich es Euch nicht tausendmal versichert, meine beste Frau Balthasara, hab' ich's Euch nicht gesagt! Die Sache hat einen Haken! ... Und ich will ihn Euch zeigen ... was? Ihr wart gestern Abend nicht in der

---

28 Vaterunser.

29 Tuch, das man über der Tunika einer Ordenstracht trägt.

Hahnenschreimette ... Na, aber schließlich wisst Ihr doch, was sich zugetragen hat. Man spricht ja in ganz Sevilla von nichts anderem ... Der Herr Erzbischof ist wütend – und das mit vollem Recht! – er ist wütend, weil er nicht in St. Agnes gewesen ist und das Wunder nicht hat miterleben dürfen ... Und warum nicht? Um eine Katzenmusik anzuhören! Nämlich Leute, die dort waren und es gehört haben, was der famose Organist von St. Bartholomäi im Dom zustande gebracht hat, sagen, es sei wirklich nichts anderes gewesen ... Na, und was sagte ich Euch damals? Dass dieses Schielauge so was nicht habe spielen können ... ach, Unsinn! ... Die Sache hatte einen Haken, und dieser Haken war nichts anderes als – die Seele von Meister Perez!«

Das Teufelskreuz

Ob du es glaubst oder nicht – mich kümmert es wenig. Ich weiß es von meinem Vater, und der von meinem Großvater, und ich erzähle es nun dir wieder – sei es auch nur zum Zeitvertreib!

I

Schon fing die Dämmerung an, über dem malerischen Segretal ihre leichten Dunstschwingen auszuspannen, als wir nach ermüdendem Tagesritt in Bellver, dem Ziel unserer Reise, ankamen.

Bellver ist ein kleines Städtchen, das sich dem untern Hang eines Berges anschmiegt. Dahinter steigen, hochragend und von Nebeln umbraut, die Kämme der Pyrenäen auf, wie Reihen und Ränge eines gewaltigen Amphitheaters aus Granit.

Auf das wellige Tuch der grünen Triften[30] sind hier und da weiße Häusergruppen hingekleckst; von fern gleichen sie Tauben, die ihren Flug unterbrochen haben, um ihren Durst an einer der Quellen zu löschen. Diese Quellen umfließen, zu einem Bach vereint, den Fuß eines nackten Felsens, auf dessen Gipfel noch alte Mauerreste an die Grenzen erinnern, die einst die Grafschaft Urgel von ihrem bedeutendsten Lehngute trennten.

Dort hinauf steigt ein vielgewundener Pfad, dem bewachsenen Ufer des Flusses und all seinen Krümmungen folgend. Rechter Hand steht ein Kreuz. Aus Eisen sind Schaft und Arme. Getragen wird es von einem runden Marmorblock, und Stufen aus dunklen, schlecht verbundenen Quaderstücken führen zu ihm hinauf.

Der Jahre Zerstörungswerk hat das Metall mit Rost umkleidet, hat den steinernen Fuß gesprengt und ausgehöhlt. Kletterpflanzen haben sich in den Spalten angesiedelt; sie umschlingen das Kreuz, winden an ihm sich empor und setzen ihm eine Krone auf, dieweil eine alte, dicke Eiche als Thronhimmel dient.

30 Der vom Vieh benutzte Weg zwischen Weideland und Stall.

Ich war meinen Reisegefährten um einige Minuten voraus und hielt meinen mageren Klepper[31] an. Sinnend betrachtete ich jenes schlichte Kreuz, das Abbild frommen Glaubens aus früheren Jahrhunderten.

Eine Welt von Gedanken stürmte in diesem Augenblick auf mich ein – Gedanken, flüchtig, nicht fassbar und ohne bestimmte Form. Wie an unsichtbarem Lichtfaden verbanden sie mit der leisen Wehmut meines Geistes die große Einsamkeit jener Gegend und die tiefe Stille der Dämmerung.

Und unwillkürlich überkam mich frommes Verlangen. Mechanisch ließ ich mich aus dem Sattel gleiten, nahm den Hut ab und versuchte, mich an eines jener Gebete zu erinnern, die mich einst meine Mutter gelehrt hat. – Wenn einem später solche Gebete unfreiwillig auf die Lippen kommen, erleichtern sie die beschwerte Brust und lindern den Schmerz. Sie gleichen darin den Tränen, in die sich der Schmerz ja auch zuweilen verwandelt, um zu vergehen.

Schon hatte ich angefangen zu beten, als ich auf einmal heftig an der Schulter gepackt wurde.

Ich wandte den Kopf: Ein Mann stand neben mir.

Es war einer unserer einheimischen Führer. Unbeschreibliches Entsetzen zeichnete sich auf seinem Gesicht ab. Er versuchte, mich fortzuziehen und meinen Kopf mit dem Hut, den ich noch immer in der Hand hielt, zu bedecken.

Erstaunt und zornig zugleich sah ich ihn an. In meinem Blick lag eine energische, wenn auch stumme Frage.

Der Ärmste ließ nicht ab von seinem Bemühen, mich von meinem Fleck zu entfernen; doch als er antwortete, war in seiner Stimme ein so ehrlicher Klang, dass ich überrascht aufhorchte, obwohl ich damals den Sinn seiner Worte noch nicht begreifen konnte.

»Beim Andenken Ihrer Mutter!«, sagte er. »Beim Heiligsten, was Sie auf Erden haben, gnädiger Herr, setzen Sie den Hut auf und verlassen Sie schleunigst dieses Kreuz! Sie können doch nicht so verzweifelt sein, dass Ihnen Gottes Hilfe nicht mehr genügt und Sie an den Teufel sich wenden!«

Eine Weile sah ich ihn starr an. Ehrlich gesagt, ich hielt ihn für verrückt. Aber er fuhr mit gleicher Heftigkeit fort:

---

31 Altes, nicht mehr sehr kräftiges Pferd; Schindmähre.

»Sie wollen über die Grenze. Also gut! Wenn Sie vor diesem Kreuz die Hilfe des Himmels erflehen, so werden die Spitzen der nahen Berge in einer Nacht bis in die Sterne wachsen – nur damit wir unser ganzes Leben lang den Kamm nicht erreichen.«

Ich konnte ein Lächeln nicht unterdrücken.

»Sie machen sich wohl im Stillen über mich lustig? ... glauben vielleicht, dies sei ein Kreuz – so heilig wie das vor unserer Kirche?«

»Wer zweifelt daran?«

»Na, da sind Sie aber schwer im Irrtum. Denn – bis auf das wenige, was es von Gott hat, ist dies Kreuz verflucht! Es ist von einem bösen Geist besessen und heißt deshalb das Teufelskreuz.«

»Das Teufelskreuz?«, wiederholte ich und gab endlich seinen Bitten nach, ohne mir der unwillkürlich aufsteigenden Angst bewusst zu werden, die sich allmählich meiner bemächtigte und mich mit geheimnisvoller Kraft von jenem Ort forttrieb. »Das Teufelskreuz! Nie habe ich von einer so sinnlosen Verschmelzung zweier sich gänzlich feindlicher Begriffe gehört! Ein Kreuz – und des Teufels!! Na, weißt du –! Wenn wir erst im Städtchen sind, musst du mir diesen Unsinn mal erklären.«

Während dieser kurzen Unterhaltung hatten unsere Gefährten ihre Tiere angespornt und uns am Fuße des Kreuzes eingeholt. Ich setzte ihnen mit wenigen Worten auseinander, was sich soeben zugetragen hatte, und bestieg darauf wieder meinen Gaul.

Die Glocken der Kirche läuteten gerade das Ave Maria, als wir im verborgensten und düstersten Gasthof Bellvers absattelten.

II

Rote und bläuliche Flammen züngelten um den dicken Eichenkloben, der in dem großen Kamin brannte. An der verräucherten Wand zeichneten sich zitternd unsere Schattenbilder ab. Bald sanken sie in sich zusammen, bald nahmen sie Riesengestalt an, je nachdem, ob das Feuer einen helleren oder dunkleren Schein ausstrahlte.

Der hölzerne Napf leerte und füllte sich wieder und wieder – und natürlich nicht mit Wasser! Wie ein Schöpfeimer am Brunnenrad hatte er schon dreimal in dem Kreise, den wir ums Feuer bildeten, die Runde gemacht. Alle warteten ungeduldig auf die Geschichte vom Teufelskreuz, die uns unser Führer gewissermaßen als Nachtisch nach dem soeben verzehrten, recht bescheidenen Abendessen versprochen hatte.

Endlich räusperte er sich zweimal, goss sich noch einen Schluck Wein in die Kehle, wischte sich mit dem Handrücken über den Mund und begann zu erzählen:

»Es ist schon lange, lange her – ich weiß nicht, wie lange – aber die Mauren halten noch den größten Teil Spaniens in ihrem Besitz. Unsere Könige hießen noch Grafen, und die Städte und Dörfer gehörten zum Lehen gewisser Herren, die auch ihrerseits wieder Vasallen waren, abhängig von anderen, noch mächtigeren als sie. – Also um diese Zeit trug sich das zu, was ich euch erzählen will.«

Nach dieser kurzen geschichtlichen Einleitung schwieg der Held des Tages einige Sekunden, wie um seine Gedanken zu sammeln. Dann fuhr er fort:

»Ja, die Sache war die ... In früheren Zeiten gehörte dies Städtchen mit einigen anderen zum Erbgut eines Edelmanns, dessen Herrenburg sich viele Jahrhunderte lang auf dem Gipfel eines Felsens erhob, der, vom Segre umspült und nach ihm benannt worden ist.

Noch zeugen für die Wahrheit meiner Erzählung einige formlose Trümmer, die, mit Moos und Unkraut bedeckt, von der Landstraße aus zu sehen sind.

Ich weiß nicht, soll ich sagen, es war ein Glück oder ein Unglück? Das Schicksal wollte es jedenfalls, dass dieser Ritter, den seine Untergebenen seiner Grausamkeit wegen verabscheuten und den aufgrund seiner Laster weder der König bei Hofe noch seine Nachbarn an ihrem Herde duldeten, es überdrüssig wurde, noch länger allein mit seiner schlechten Laune und seinen Knappen dort oben in dem Felsennest seiner Ahnen zu hausen.

Tag und Nacht zerbrach er sich den Kopf, auf der Suche nach irgendeiner Zerstreuung, die seinem Wesen entsprach. Leicht war es nicht, etwas für ihn Passendes zu finden; denn längst war er müde, mit seinen Nachbarn Händel anzufangen, seine Diener zu prügeln und seine Landeskinder aufknüpfen zu lassen. Und wie die Chroniken berichten, ist ihm bei solch einer Gelegenheit seltsamerweise ein recht glücklicher Gedanke gekommen.

Er hatte erfahren, dass die Christen anderer machtvoller Länder eine gewaltige Flotte ausrüsteten, um in einem märchenhaften Lande das Grab unseres Herrn Jesu Christi aus den Händen der Mauren zu befreien; und er beschloss, sich diesem Zuge anzuschließen.

Ob er diesen Gedanken ausführte, weil er hoffte, seine zahlreichen Sünden dadurch zu büßen, dass er sein Blut für eine so gerechte Sache vergoss, oder nur um sich in ein Land zu begeben, wo man von seinen Schandtaten nichts wusste, – das weiß man nicht. Tatsache ist, dass er zur größten Zufriedenheit von Jung und Alt, von Freien und Hörigen, soviel Geld wie nur möglich zusammenraffte, seine Dörfer gegen eine hohe Summe freigab, von seinem Eigentum nur den Segrefelsen und die vier Türme der väterlichen Burg behielt und zwischen Abend und Morgen verschwand. –

Wie von einem Alb erlöst, atmete das ganze Land auf und genoss eine Weile die Freiheit.

Vorbei war die Zeit, wo in ihren Gemüsegärten an den Bäumen statt der Früchte Büschel von Menschen hingen! ... Wenn jetzt die Mädchen des Dorfes mit dem Krug auf dem Kopf ausgingen, um von der Quelle am Weg Wasser zu holen, brauchten sie keine Furcht mehr zu haben; und die Hirten hatten es nicht mehr nötig, ihre Herden auf unbequemen Pfaden an den Segre zu führen, noch an jeder Wegbiegung zu zittern – aus Angst, auf die Knappen ihres heißgeliebten Herrn zu stoßen.

So gingen drei Jahre ins Land. Die Geschichte vom bösen Ritter (unter diesem Namen nur kannte man ihn) verfiel allmählich dem Sagenschatz der alten Weiber, die sie dann, an den langen Winterabenden, mit hohler, furchterregender Stimme den staunenden Kindern erzählten. Auch gab es Mütter, die mit den Worten: »Pass auf, der Herr vom Segre kommt!« ihre Kleinen bange machten, wenn sie unartig waren oder weinten. Aber eines Tages oder eines Nachts, ob vom Himmel gefallen oder ausgespien aus den Schlünden der Hölle – was weiß ich! – erschien der gefürchtete Ritter wirklich und, wie man zu sagen pflegt, lebendig und leibhaftig inmitten seiner alten Vasallen.

Ich will euch nicht erst beschreiben, welche Wirkung diese angenehme Überraschung hatte. Das könnt ihr euch viel besser selbst ausmalen ... Ihr braucht nur zu wissen, dass er seine alten verkauften Rechte wieder zurückforderte, und dass er, der schon ein Bösewicht war, als er auszog in den Krieg und weder Hab und Gut sein Eigen nannte, jetzt als ein noch viel größerer Bösewicht zurückkehrte und keine anderen Mittel mehr besaß als neben seiner Gewissenlosigkeit seinen Speer und ein halbes Dutzend Abenteurer, die ebenso schlimm und verlottert waren wie ihr Anführer.

Natürlich weigerten sich die Bauern, Abgaben zu entrichten, da sie sich doch um einen so hohen Preis losgekauft hatten. Aber der Ritter steckte ihre Scheunen in Brand und sengte ihre Felder und Garben.

Da wandten sie sich an den König und erflehten von ihm Gerechtigkeit. Der Ritter jedoch lachte über die Drohbriefe der landesherrlichen Grafen; er nagelte sie an die Pforten seiner Burg und hängte die Sendboten an einen Baum.

Als die Bauern schließlich keinen andern Ausweg mehr wussten, rotteten sie sich in ihrer Erbitterung zusammen, empfahlen sich dem Schutze Gottes und griffen zu den Waffen. Aber auch der Ritter sammelte sein Gesinde, rief den Teufel um Beistand an und bereitete sich auf seinem hohen Felsen zum Kampf.

Furchtbar und blutig begann dieser Kampf. Man schlug sich mit allen Waffen, überall und zu jeder Stunde, befehdete sich mit Stahl und mit Feuer, in den Bergen und Tälern, tagsüber und nachts.

Das war nicht mehr ein Kampf, um zu leben; ein Leben war es, um zu kämpfen!

Endlich siegte die gerechte Sache. Ihr werdet hören, wie dies geschah.

In einer stockdunklen Nacht, als ringsum alle Geräusche verstummt waren und kein einziger Stern am Himmel strahlte, waren Burgherr und Knechte, noch trunken von einem geglückten Ausfall, beim Verteilen der Beute und sangen, von den Geistern des Weines berauscht, im tollen Lärm des Gelages ruchlose Lieder zum Lob ihres höllischen Schutzherrn.

Wie gesagt, rings um das Schloss lag tiefes Schweigen, und nur der Widerhall der Lästerlieder verzitterte im dunklen Schoß der Nacht, den Seelen der Verdammten gleich, die, von den Stürmen der Hölle umtost, sich rastlos hin und her bewegen ...

Nachlässig hatten die Wachen von Zeit zu Zeit einen Blick auf das schlafende Dorf geworfen und, ohne Furcht vor einem etwaigen Überfall und auf den dicken Schaft ihrer Speere gestützt, waren sie allmählich eingeschlafen.

Die Turmuhr schlug gerade Mitternacht, als einige todesmutige Bauern sich anschickten, unter dem Schutze der Dunkelheit den befestigten Segrefelsen zu erklimmen.

Als sie erst oben waren, war das, was es noch zu tun gab, nur das Werk eines Augenblicks. Die Wachen warf man vom Wehrgang hinunter

– vom Schlaf in den Tod nur ein Sprung ... Mit Kienfackeln[32] steckte man Zugbrücke und Fallgitter in Brand, und mit Windeseile lief das Feuer an den Mauern entlang. Die allgemeine Verwirrung kam den Eindringlingen gelegen; sie bahnten sich einen Weg durch die Flammen und machten im Handumdrehen den Bewohnern jener Räuberhöhle den Garaus.

Alle kamen um.

Als der erste fahle Morgenschimmer die hohen Spitzen der Tannen tünchte, schwelten noch die verkohlten Trümmer der eingestürzten Türme, und durch die großen Mauerbreschen sah man deutlich an einer der geschwärzten Säulen der Halle den Harnisch[33] des verhassten Führers in der Sonne funkeln. Seine Leiche lag mit Blut beschmutzt inmitten seiner düsteren Gesellen, zwischen zerfetzten Teppichen und noch dampfender Asche.

Die Zeit verstrich. Über den öden Burghof kroch Dornengestrüpp; Efeu rankte sich um die dunklen Pfeiler, und blaue Kampanulen[34] schaukelten sich an den höchsten Zinnen. Das plötzliche Aufheulen des Windes, das Gekrächz der Nachtvögel und das Rascheln der Echsen zwischen den hohen Gräsern störten hin und wieder das Grabesschweigen jener verfluchten Stätte. Die unbegrabenen Gebeine ihrer einstigen Bewohner geisterten im bleichen Schein des Mondes umher. Und an der geschwärzten Säule der Halle sah man noch die Rüstung des Herrn vom Segre hängen.

Niemand wagte, sie anzurühren. Aber unzählige Sagen umspannen sie, und wer sie in der Sonne hatte blitzen sehen, wurde nicht müde, von ihr in abergläubischer Furcht zu schwatzen. Auch glaubte man, bisweilen in tiefer Nacht das Klirren ihrer Ringe und Ketten zu vernehmen und zu hören, wie sie, vom Winde bewegt, aneinanderschlugen und traurig wimmerten.

Trotzdem blieben alle diese Sagen, die sich die Leute in der ganzen Umgegend über die Rüstung ausdachten und einander zuraunten, nichts weiter als – Sagen, und das einzig Zuverlässige, das sich daraus ergab, war vorläufig nichts als eine gehörige Portion Angst. – Natürlich be-

32 Kien = das Harz der Kiefer.

33 Brustpanzer eines Ritters.

34 (poln.) blaue Glockenblume.

mühte sich jeder, sie nach Möglichkeit zu verheimlichen und, wie man zu sagen pflegt, sein Herz nicht in die Hosen sacken zu lassen.

Wenn sich hiernach nichts weiter zugetragen hätte, so wäre alles in Ordnung gewesen. Aber der Teufel, der anscheinend mit seinem Werk nicht zufrieden war, mischte sich wieder ins Spiel, wozu ihm der liebe Gott zweifellos die Erlaubnis erteilt hatte, um das Land für seine Sünden zu bestrafen. Und von diesem Augenblicke an nahmen all die Sagen, die bis dahin über unwahrscheinliche Gerüchte nicht hinausgegangen waren, mehr und mehr greifbare Gestalt an und wurden von Tag zu Tag glaubwürdiger.

In der Tat hatte sich einige Nächte vorher etwas Seltsames zugetragen, was vom ganzen Dorfe beobachtet worden war.

In der Dunkelheit hatte man von weitem gesehen, wie einige geheimnisvoll-phantastische Lichter, deren Herkunft sich niemand zu erklären wusste, an den zerklüfteten Hängen des Segrefelsens hinaufstiegen. Bald liefen sie zwischen den Burgruinen hin und her, bald schwebten sie gleichsam in der Luft, bald rannten sie durcheinander, verschwanden und tauchten wieder auf und entfernten sich schließlich in verschiedene Richtungen.

Dies wiederholte sich während drei oder vier Nächte im Zeitraum eines Monats. In Unruhe und Bestürzung warteten die Bauern auf das Ergebnis jener geheimnisvollen Zusammenkünfte. Es ließ auch gar nicht lange auf sich warten. Als drei oder vier Scheunen in Flammen aufgingen, hier und da ein Stück Vieh verschwand und man in den Abgründen Leichen von Reisenden fand, sah sich das Land in einem Umkreis von zehn Meilen in hellen Schrecken versetzt.

Hiernach war kein Zweifel mehr möglich: Eine Bande von Straßenräubern hatte sich in den Kellern der Burg eingenistet.

Anfangs zeigten sie sich nur ab und zu und an ganz bestimmten Stellen des Gehölzes, das noch heute die Ufer des Flusses umrahmt. Aber schließlich besetzten sie alle Gebirgspässe und legten sich an den Straßen in den Hinterhalt, plünderten in den Tälern und stürzten sich wie ein Bach in die Ebene, wo sie nach Willkür hausten und keinen Stein auf dem andern ließen.

Die Mordtaten mehrten sich. Mädchen verschwanden, Kinder wurden trotz Wehklagen der Mütter aus den Wiegen gerissen und bei den Teufelsmessen geopfert, wo, wie man allgemein glaubte, die aus den Kirchen geraubten Weihgefäße als Becher dienten. Allmählich bemächtigte sich aller Herzen eine solche Angst, dass sich nach dem Abendläuten niemand mehr aus dem Hause wagte; und selbst dort fühlte man sich nicht mehr sicher vor den Banditen des Felsens.

Wer aber waren sie? Woher waren sie gekommen? Wie war der Name ihres geheimnisvollen Führers? – Das waren Rätsel, die alle zu lösen trachteten, aber noch niemand hatte lösen können –, obgleich man seit kurzem bemerkt hatte, dass die Rüstung des einstigen Lehnsherrn von dem bisherigen Platz verschwunden war, und bald danach einige Feldarbeiter bestätigten, dass der Hauptmann jener ruchlosen Bande in einer Rüstung einhergehe, die, wenn sie nicht dieselbe war, doch jener bis ins kleinste glich.

Wenn man, wie schon mal gesagt, all das phantastische Drum und Dran abzieht, womit die Furcht ihre Lieblingsgeschichten schmückt und aufbauscht, so bleibt nichts Seltsames und Übernatürliches zurück.

– Gibt es wohl etwas Alltäglicheres, als dass sich einige Banditen durch ihre Gräueltaten berüchtigt machen? Und ist es nicht ganz natürlich, dass sich ihr Führer des Rüstzeugs bemächtigt, das der Herr vom Segre zurückgelassen hat?

Als jedoch einer von der Bande, den man bei einem der letzten Zusammenstöße gefangen hatte, kurz vor seinem Tode einige Enthüllungen machte, die selbst den Ungläubigsten zu denken gaben, war das Maß übervoll. Sein Geständnis lautete ungefähr wie folgt:

»Ich stamme aus vornehmem Hause. Meine Jugendstreiche, meine tolle Verschwendungssucht, und schließlich meine Schandtaten zogen mir den Zorn meiner Verwandten und den Fluch meines Vaters zu; er enterbte mich auf dem Sterbebett. Als ich mich so allein und mittellos sah, musste mir wohl der Teufel den Gedanken eingeflüstert haben, einige junge Burschen, die sich in einer ähnlichen Lage befanden, um mich zu sammeln. Verlockt durch die Aussicht auf ein lustiges, freies und schwelgerisches Leben, zögerten sie nicht einen Augenblick, meine Pläne zu den ihren zu machen.

Diese Pläne bestanden darin, einige junge Leute um mich zu scharen, die lustig und leichtsinnig genug waren und sich vor Gefahren nicht scheuten, um fortan auf Kosten des Landes ein fröhliches Leben zu führen und sich von dem zu ernähren, was die eigene Kühnheit einbrachte, – solange, bis es Gott gefiel, uns nach seinem Belieben abzurufen. Heute hat es mich getroffen.

Als Schauplatz unserer künftigen Raubzüge wählten wir diese Gegend, und der geeignetste Platz für unsere Zusammenkünfte schien uns das verlassene Bergschloss. Schützte uns dort ja nicht nur seine starke, gefährliche Lage, auch Furcht und Aberglauben verteidigte uns gegen das Volk.

Eines Nachts saßen wir alle in einem der zerfallenen Säulengänge um ein Feuer, dessen rötlicher Schein die verlassenen Hallen erhellte, als ein hitziger Streit über die Frage entbrannte, wer von uns der erwählte Führer sein sollte.

Ein jeder von uns pries seine Verdienste; auch ich bestand auf meinem Recht. Schon gab es einige, die unter sich flüsterten und mir drohende Blicke zuwarfen. Schon brüllten andere mit trunkener Stimme und griffen zum Dolch, um die Frage auf diese Weise zu lösen: Da vernahmen wir plötzlich ein seltsames Waffenklirren und ein schweres Gepolter von Tritten, die näher und näher kamen. Wir alle sahen uns erschreckt und misstrauisch um, sprangen auf und zogen unsere Schwerter; wir waren entschlossen, unser Leben teuer zu verkaufen. Aber unbeweglich blieben wir stehen, als wir mit gleichmäßig festem Schritt einen hochgewachsenen Mann kommen sahen. Er war vom Kopf bis zu den Füßen geharnischt; selbst das Visier war heruntergelassen. Er entblößte sein Schwert, das zwei Männer kaum hätten handhaben können, legte es auf einen der Säulenstümpfe und rief mit einer Stimme, die so hohl und dumpf wie das Murmeln der unterirdischen Quellen klang: »Wenn einer unter euch ist, der sich erkühnt, der Erste im Schloss von Segre zu sein, solange ich hier noch hause, so nehme er sich dies Schwert zum Zeichen seiner Gewalt!«

Wir alle verharrten in Schweigen, bis die erste Bestürzung von uns gewichen war; dann aber riefen wir ihn mit lauter Stimme zu unserm Hauptmann aus und boten ihm einen Becher Wein an, den er aber mit einer Handbewegung zurückwies. Vielleicht wollte er sein Gesicht nicht enthüllen, und vergebens war all unser Mühen, durch das Gitterwerk seines Helms zu spähen, das seine Züge verbarg.

Dies jedoch hinderte uns nicht daran, noch in jener Nacht den furchtbarsten aller Schwüre zu leisten; und in der folgenden Nacht nahmen unsere nächtlichen Streifzüge ihren Anfang. Unser geheimnisvoller Führer war immer allen voran. Weder Feuer kann ihm etwas anhaben, noch Gefahren ihn einschüchtern, noch Tränen ihn rühren. Niemals öffnet er seine Lippen. Aber wenn unsere Hände von Blut rauchen, wenn die Kirchen einstürzen und der Brand sie verzehrt, wenn die Weiber entsetzt zwischen Schutt und Trümmern flüchten und die Kinder ihr Wehgeschrei ausstoßen, wenn die Greise unter unsern Streichen zusammenbrechen: dann lacht er vor wilder Freude! Das ist seine Antwort auf all das Wimmern und Fluchen und Jammern.

Niemals legt er die Waffen ab; niemals, auch nicht nach siegreichem Zug, öffnet er das Visier; an keinem Gelage nimmt er teil, und niemals überlässt er sich dem Schlafe. Die Schwerter, die ihn treffen, versinken in seiner Rüstung; sie bringen ihm weder den Tod, noch sind sie blutbefleckt beim Herausziehen. Das Feuer glüht ihm Harnisch und Panzerhemd, aber selbst dann schreitet er unerschrocken durch die Flammen, auf der Suche nach neuen Opfern. Auf Gold sieht er mit Verachtung; Weiberschönheit ist ihm ein Gräuel; Ehrsucht lässt ihn völlig kalt.

Einige von uns halten ihn für einen großen Narren, andere für einen verkommenen Edelmann, dem ein Rest von Scham das Gesicht verhüllt. Aber es gibt auch welche, die davon überzeugt sind, dass es der Teufel in eigener Person ist ...«

Nach diesen Enthüllungen starb der Gefangene mit einem spöttischen Lächeln auf den Lippen, ohne seine Sünden zu bereuen. Mehrere seiner Genossen folgten ihm in verschiedenen Zeitabständen aufs Blutgerüst[35]. Aber der schreckliche Führer, dem ständig neues Gesindel zulief, fuhr fort in seinem schändlichen Treiben.

Die armen Bewohner jener Gegend wurden immer ratloser und verzweifelter und wussten schon längst nicht mehr, wie dem Gang der Dinge abzuhelfen sei. Wurde es doch mit jedem Tage schlimmer und unerträglicher! –

Unweit des Städtchens, im tiefen Dickicht eines Waldes, befand sich eine kleine Einsiedelei, die dem St. Bartholomäus[36] geweiht war. Hier wohnte damals ein frommer Mann von so vorbildlichem Lebenswandel, dass er beim Volke im Ruf der Heiligkeit stand – so heilsam waren seine Ratschläge, so treffend seine Prophezeiungen. Der Klugheit und der sprichwörtlichen Weisheit dieses ehrwürdigen Klausners[37] empfahlen die Einwohner Bellvers die Lösung des schwierigen Problems. Und

35 Schafott oder allgemein Hinrichtungsstätte.

36 Der Heilige Bartholomäus, der in diesem Buch des Öfteren erwähnt wird, war der Schutzheilige zahlreicher Berufe, vor allem der Bauern.

37 Einsiedler, der in einer Klause (einem abgeschiedenen Ort) lebt.

nachdem dieser die göttliche Barmherzigkeit durch Vermittlung seines heiligen Schutzherrn erfleht hatte (der, wie ihr wohl alle wisst, den Teufel aus nächster Nähe kennt und ihn schon mehr als einmal recht kurz an die Kette gelegt hat), riet er ihnen, sich während der Nacht am Fuß des Burgfelsens – dort wo der steinige Pfad sich hinaufschlängelt, in den Hinterhalt zu legen. Zugleich trug er ihnen auf, wenn sie erst oben angelangt wären, sollten sie von keiner anderen Waffe Gebrauch machen, um den Bösen zu ergreifen, als von einem wunderwirkenden Gebet, das er sie auswendig lernen ließ. – wie die Chronik versichert, soll dies dasselbe Gebet gewesen sein, mit dem auch St. Bartholomäus den Teufel eingefangen hat.

Der Rat wurde befolgt, und das Ergebnis übertraf selbst die höchsten Erwartungen.

Noch lagen Stadt und Burg im Dämmerlicht des werdenden Tages, als schon die Einwohner Bellvers in dichten Gruppen auf dem Marktplatz standen und einander mit geheimnisvoller Miene erzählten, wie in der Nacht der berüchtigte Hauptmann der Segre-Banditen, an Händen und Füßen gefesselt, auf dem Rücken eines kräftigen Maultiers seinen Einzug ins Städtchen gehalten habe.

Auf welche Weise das Unternehmen geglückt war, vermochte niemand zu erklären, – nicht einmal diejenigen, die dabei gewesen waren, konnten darüber Auskunft geben. Tatsache war, dass die Anwendung des Gebetes oder auch die Tapferkeit der Beteiligten den Anschlag zu dem bekannten glücklichen Ende geführt hatte.

Wie ein Lauffeuer verbreitete sich die Neuigkeit von Haus zu Haus und von Mund zu Mund. Mit großem Hallo stürzten die Menschen auf die Straßen, vor dem Gefängnis sich scharend. Die Kirchenglocke rief die angesehensten Bürger in den Kapitelsaal[38] zu Rat, und sehnlichst erwarteten alle die Stunde, wo der Angeklagte vor seinen Richtern erscheinen sollte.

Diesen war von dem Grafen von Urgel die Vollmacht erteilt worden, in aller Eile über die Übeltäter strenges Gericht zu halten, und nachdem sie eine Weile überlegt hatten, befahlen sie, den Verbrecher herbeizuführen, um ihm den Urteilsspruch zu verkünden.

Wie ich schon erzählt habe, auf dem Marktplatz und in allen Straßen, die der Gefangene durchschreiten musste, um zur Gerichtsstätte zu gelangen, schwirrte die ungeduldige Menge wie ein Bienenschwarm hin

38 Versammlungsstätte einer Klostergemeinschaft.

und her. Besonders vor dem Kerkertor wuchs die Erregung des Volkes mit jeder Minute. Immer stärker wurde das Murren und Schreien der Menge, immer bedrohlicher ihre Reden, und schon fingen die Wachen an, Schlimmes zu befürchten, als endlich der Befehl eintraf, den Angeklagten herauszuholen. Als dieser unter dem massigen Torbogen des Gefängnisses erschien, in vollem Harnisch und mit geschlossenem Visier, lief ein dumpfes Murmeln des Bewunderns und der Überraschung durch die dichtgedrängten Volksmassen, und nur zögernd teilten sie sich, um ihn durchzulassen.

Alle hatten die Rüstung des Herrn vom Segre wiedererkannt; es war dieselbe, über die so viele dunkle Gerüchte umgingen, als sie noch oben in der fluchbeladenen Burg an der zerfallenen Mauer hing.

Es waren dieselben Waffen – daran war nicht zu zweifeln. Alle hatten seinerzeit oft genug den schwarzen Helmbusch[39] gesehen – damals, als sie mit ihrem Herrn in Händeln[40] lagen. Und hatten ihn später, von Efeu umrankt, am verkohlten Pfeiler, wo die Waffenstücke beim Tode ihres Herrn geblieben waren, hin und her schwanken sehen, wenn in der Dämmerung der Abendwind erwachte. Wer aber mochte der Unbekannte sein, der jetzt in ihnen einherging? Bald sollte man es erfahren – wenigstens glaubte man so ... Ihr aber werdet jetzt hören, wie auch diese und noch manch andere Hoffnung zuschanden ward, und warum aus dieser feierlichen Gerichtsverhandlung, die völlige Klärung der Dinge bringen sollte, neue, unbegreifliche Verwicklungen hervorgingen.

Der geheimnisvolle Bandit war endlich in den Ratssaal eingetreten. Stimmen wurden unter den Umstehenden laut, aber tiefes Schweigen folgte, als in den hochgewölbten Hallen das Klirren der goldenen Sporen widerklang.

Stockend und unsicher fragte ihn einer der Richter nach seinem Namen; ein jeder lauschte aufmerksam, damit ihm keine Silbe der Antwort entginge. Der Ritter aber zuckte nur leicht mit den Schultern, verächtlich und kränkend; die Richter sahen einander an, ärgerlich, überrascht.

Dreimal wiederholte man die Frage, und dreimal erfolgte die gleiche oder eine ähnliche Antwort.

Da huben die anwesenden Bürgersleute an zu schreien: »Lasst das Visier ihn lüften! Das Gesicht soll er zeigen! Sein Gesicht! wir wollen

39 Stilisiertes Rangabzeichen an Helmen.

40 Händel = anderes Wort für Streit.

doch mal sehen, ob er sich dann auch noch erkühnt, uns so verächtlich zu behandeln. Jetzt freilich fühlt er sich durch das Inkognito geschützt!«

»Zeigt Euer Gesicht!« wiederholte derselbe Richter, der ihn schon vorher angesprochen hatte.

Der Ritter aber rührte sich nicht.

»Kraft meines Amtes befehle ich Euch ...«

Die nämliche Antwort.

»Im Namen der landesherrlichen Grafen ...«

Auch das wirkte nicht.

Das Volk raste vor Wut. Die Halsstarrigkeit des Angeklagten hätte gereicht, die Geduld eines Heiligen zu erschöpfen. Seiner Sinne nicht länger mächtig, stürzte sich einer der Wächter auf den Ritter und öffnete ihm gewaltsam das Visier ... Ein einziger Schrei der Überraschung entrang sich den Zuschauern. Eine Weile blieb jeder gelähmt von dem Schrecklichen, dem Unfassbaren – –

Es war auch wirklich kein Kinderspiel!

Das Visier war zurückgeschlagen bis zur Stirnhöhe und lag heruntergeklappt auf der stählernen Halsberge, aber der Helm war völlig leer!

Als der erste Schrecken gewichen war, traten einige herzu, aber kaum hatten sie die Rüstung berührt, als ein leises Zucken durch sie hindurchging und sie mit einem eigenartig dumpfen Geräusch in sich zusammenfiel.

Beim Anblick dieses neuen Wunders stürzte der größte Teil der Zuschauer entsetzt aus dem Saal.

Mit Windeseile flog die Neuigkeit durch die Menge, die ungeduldig das Ergebnis des Verhörs erwartet hatte, und das Lärmen und Schreien und Tosen war so, dass niemand mehr zweifeln konnte, was man allgemein öffentlich aussprach: dass es der Teufel war, der beim Tode des Herrn vom Segre sein Erbe in Bellver angetreten hatte.

Allmählich aber legte sich der Tumult, und man beschloss, die verzauberte Rüstung wieder in den Kerker zu werfen.

Darauf schickte man vier Boten an den Grafen von Urgel und an den Erzbischof, die ihnen im Namen des heimgesuchten Städtchens den Fall vortragen sollten. Und schon nach wenigen Tagen kehrten sie mit dem Bescheid der hohen Herren zurück, der, wie man zu sagen pflegt, recht kurz und bündig war.

»Hängt die Rüstung«, hieß es darin, »auf dem Marktplatz eurer Stadt auf! Ist sie vom Teufel besessen, so muss er sie entweder fahren lassen – oder er wird mit ihr gehängt.«

Hochbeglückt über eine so scharfsinnige Lösung, beriefen die Bürger Bellvers aufs Neue den Rat ein und ließen auf dem Marktplatz einen gewaltigen Galgen errichten. In allen Gassen staute sich die Menge, als sich der hohe Magistrat in aller Feierlichkeit, die solch ein wichtiger Fall erforderte, zum Kerker begab, um die Rüstung zu holen.

Schon standen die würdigen Herren vor dem Gefängnis, um durch den massiven Torbogen einzutreten, als sich ihnen, bleich und außer Fassung, ein Mann zu Füßen warf und zur Verwunderung aller Umstehenden tränenden Auges ausrief: »Gnade, Ihr Herren, Gnade!«

»Gnade! Wofür?«, fragte man ihn. »Doch nicht etwa für den Teufel, der in der Rüstung des Herrn vom Segre steckt?«

»Für mich«, bat mit zitternder Stimme der Unglückliche, in dem jetzt alle den Kerkermeister erkannten. »Die Rüstung ist – verschwunden!«

Bei diesen Worten zeichnete sich Erstaunen auf den Gesichtern aller ab, die sich im Torweg befanden. Stumm und starr hätten sie, Gott weiß wie lange, in ihrer Stellung verharrt, wenn sie nicht von der Erzählung des entsetzten Wächters angelockt worden wären. Sie drängten sich um ihn, seinen Worten begierig lauschend.

»Verzeiht mir, Ihr Herren«, sagte der arme Kerkermeister, »ich will Euch wahrlich nichts verheimlichen, was auch gegen mich aussagen möge.«

Unter allgemeinem Schweigen fuhr er fort: »Ich werde niemals ganz erklären können, wie ich darauf gekommen bin ... aber mir schien die Geschichte von der leeren Rüstung immer ein Märchen, und ich dachte mir, man hätte es wohl zugunsten einer vornehmen Persönlichkeit ausgeheckt, die man vielleicht aus allerlei Standesrücksichten weder bloßzustellen noch zu bestrafen wünschte.

Dieses Glaubens war ich schon von je, und auch die Starrheit, in der ich die Rüstung wiedersah, als man sie aus dem Rat ins Gefängnis zurückbrachte, konnte mich nur in meinem Glauben bestärken. Im Verlangen, das Geheimnis zu ergründen (wenn überhaupt ein Geheimnis dahinter stecken sollte), schlich ich mich eine Nacht um die andere vergeblich nach der Zelle, das Ohr an die Ritzen der eisernen Tür legend. Aber nichts war zu vernehmen.

Vergebens spähte ich durch ein kleines Mauerloch, um den Harnisch genauer ins Auge zu fassen. Ich sah ihn zwar in der dunkelsten Ecke auf einem Häufchen Stroh, aber die einzelnen Stücke lagen dort regungslos, hingeworfen wie am ersten Tage.

Von Neugierde gepeinigt, zündete ich schließlich eines Nachts eine Laterne an und stieg hinab ins Verlies; ich wollte mich selbst davon überzeugen, dass jener Gegenstand des allgemeinen Schreckens nichts Geheimnisvolles an sich hätte. Ich hob die doppelten Riegel und trat in den Kerker ein. Nicht einmal die Vorsicht besaß ich, die Tür hinter mir zu schließen – so sicher war ich im Glauben, dass alles nur eine Fabel sei!

Oh, hätte ich doch niemals die Tür geöffnet! Kaum war ich einige Schritte gegangen, als das Licht meiner Laterne von selbst erlosch; als meine Zähne zu klappern begannen und meine Haare sich sträubten. Denn in dem tiefen Schweigen, das mich umgab, hatte ich plötzlich ein Geräusch gehört ... so, als ob Eisenstücke aufgehoben würden und in der Finsternis gegeneinander schlügen ...

Das erste, was ich tat, war, dass ich zum Ausgang stürzte, um die eiserne Tür zu schließen. Doch kaum hatte ich sie berührt, als sich auf meine Schulter eine wuchtige, eisenbeschuhte Hand legte, die mich heftig schüttelte und auf der Schwelle zu Boden warf. Dort blieb ich bewusstlos liegen, bis mich am folgenden Morgen meine Knechte fanden. Von allem, was sich nach meinem Fall zugetragen, erinnere ich mich nur noch, dass mir so war, als hätte ich, schon der Ohnmacht nahe, ein dumpfes Stampfen von Schritten und Sporenklirren vernommen, das sich langsam in der Ferne verlor.«

Tiefe Stille folgte der Erzählung des Kerkermeisters. Aber dann brach ein höllisches Lärmen los, ein Jammern, Schreien und Drohen. Die friedlich Gesinnten hatten viel Mühe, die rasende Volksmenge zurückzuhalten, die unter lautem Gebrüll den Tod des Mannes forderte, dessen Neugier das Unglück wieder heraufbeschworen hatte.

Schließlich gelang es, den Aufruhr zu beschwichtigen, und man rüstete sich zu einer neuen Verfolgung. Auch sie brachte ein durchaus zufriedenstellendes Ergebnis.

Nach Verlauf von einigen Tagen befand sich die Rüstung wieder im Gewahrsam der Stadt. Das Rezept war ja einmal bekannt, und mit St. Bartholomäi Hilfe war die Sache ja nicht sehr schwierig.

Aber damit war die ganze Arbeit noch nicht getan: vergeblich hing man die Rüstung an den Galgen, um sie dingfest zu machen. Vergeblich stellte man sie unter die schärfste Bewachung, um ihr wenigstens auf dieser Welt jegliche Möglichkeit zum Entwischen zu nehmen. Sobald die einzelnen Waffenstücke auch nur ein Fünkchen Licht sahen, fügten sie sich zusammen und setzten sich ganz gemächlich in Trab, um aufs Neue ihre Wanderungen über Berg und Tal zu unternehmen, dass es eine wahre Lust war.

Das war also eine Geschichte ohne Ende.

In ihrer Angst verteilten die Bürger die einzelnen Stücke der Rüstung, deren sie wohl schon zum hundertsten Male habhaft geworden waren, untereinander und baten den frommen Klausner, der sie doch schon einmal mit seinem Rar erleuchtet hatte, er möge bestimmen, was man damit machen solle.

Der heilige Mann verordnete dem Volke zuerst eine allgemeine Bußübung. Er selbst schloss sich drei Tage in der Höhle ein, die ihm als Unterschlupf diente, und gebot darauf, den teuflischen Harnisch einzuschmelzen, um aus ihm und einigen Quadersteinen der Segreburg ein Kreuz zu errichten.

Die Arbeit wurde auch ausgeführt – allerdings nicht ohne neue und unerhörte Wunder, die die Herzen der bestürzten Bürger Bellvers mit Schrecken füllten.

Kaum waren nämlich die Rüststücke in die Glut geworfen und fingen an, sich zu röten, als dem großen Schmiedefeuer ein langgezogenes tiefes Stöhnen entquoll. Ein Wirbel roter, grüner und blauer Funken tanzte über den züngelnden Flammen, und zwischen den Holzscheiten sprangen die Waffenstücke, wie wenn sie lebendig wären und die Wirkung des Feuers spürten. Sie krümmten sich krachend, als ob eine Schar von Teufeln auf ihnen ritt und ihren Herrn aus jener Marter zu befreien trachtete.

Angsterregend und grauenvoll aber wurde die Arbeit, als die glühende Rüstung allmählich die Form des Kreuzes annahm.

Mit furchtbarem Dröhnen fielen die Hämmer auf den Amboss nieder, und zwanzig kräftige Arbeiter bändigten die zischenden Eisenbarren, die unter den Schlägen stöhnend sich wanden.

Schon streckte das Bildnis unserer Erlösung die Arme aus; schon war man dabei, das Kopfende fertig zu schmieden, als die sprühende, teuflische Masse sich von neuem in furchtbaren Zuckungen krümmte. Sie zog sich im Zickzack zusammen, ringelte sich wie eine Natter und umschlang die Körper der Ärmsten, die Mühe hatten, den Armen des Todes zu entfliehen.

Rastloses Schaffen in Gottvertrauen, viel Weihwasser und Gebete vollbrachten es endlich, den höllischen Geist zu besiegen. Aus der Rüstung wurde ein Kreuz.

Ja, und das ist nun das Kreuz, das ihr heute gesehen habt. Nach dem Teufel wurde es benannt, weil er darin gebändigt ist. Aber dies Kreuz schmückt kein Mädchen mit Maiensträußen; weder ziehen die Hirten den Hut, wenn sie dort vorübergehen, noch beugen die alten Leute davor die Knie. Kaum vermag das strenge Gebot der Priester die Jungen daran zu hindern, mit Steinen nach ihm zu werfen.

Jedem Gebet, vor diesem Kreuz gesprochen, hat Gott sein Ohr verschlossen. In dem Wacholdergebüsch, von dem es umgeben ist, sammeln sich im Winter Rudel von Wölfen; von dort aus stürzen sie sich auf das Vieh. In seinem Schatten lauern die Räuber dem Wanderer auf, und ihm zu Füßen begraben sie die Ermordeten. Und wenn ein Unwetter ausbricht, so ändern die Blitze jäh ihre Bahn, um sich pfeifend am Schaft dieses Kreuzes zu treffen und die Quader des Sockels zu sprengen.«

Glaubet an Gott!

Ein provenzalisches Spielmannslied

»Ich bin wahrhaftig Theobald von Montagut gewesen, der Baron von Fortkastell. Wer du auch seist, der du einen Augenblick an meinem Grabe verweilst, – Fürst oder Bürger, Herr oder Knecht ... glaube an Gott, wie ich an ihn geglaubt habe – glaube und bitte für mich!«

Auftakt

Ihr fahrenden Ritter, die ihr, die Lanze im Langriemen und mit herabgelassenem Visier, auf kräftigem Rosse die Lande durchjagt, die ihr kein anderes Erbe besitzt als euren gefeierten Namen und euer gutes Zweihänderschwert! Ihr Pilger nach Ehre und Ruhm im edlen Waffenhandwerk! Wenn ihr, durchs zerklüftete Tal von Montagut streifend, überrascht werden solltet von Wetter und Nacht, wenn ihr Zuflucht gefunden habt in dem verfallenen Kloster, das dort heute noch steht, – so lauscht meinem Sang!

Ihr Hirten, die ihr bedächtigen Schritts euren Schafherden nachfolgt, die Zerstreuten auf Hängen und Bergwiesen weidend! Wenn ihr sie zur Tränke getrieben habt an den klaren Bach, der, zwischen dem Felsengestein des Montagut-Tales, rauschend und springend dahinfließt, wenn ihr in des Sommers Glut, im Mittagsbrand, Schatten und Schirm gefunden habt am Fuß der zerbröckelten Schwibbogen[41] des Klosters, dessen moosbedeckte Grundpfeiler das Wasser umspült, – so lauscht meinem Sang!

Ihr Mädchen aus nahen Weilern[42]! Ihr Lilien des Waldes, glücklich im Schutz eurer Demut sprießend! Wenn der Schutzpatron eures Dorfes sein Fest hat und ihr in der Frühe ins Montagut-Tal hinabsteigt, Maßliebchen und Kleeblüten pflückend, des Heiligen Bild zu schmücken,

41 Waagerechter Bogen zwischen Mauerteilen.

42 Winziges Dorf, aus nur wenigen Häusern bestehend.

wenn ihr, die Furcht vor dem düsteren, auf Felsen thronenden Kloster überwunden und den stillen, verlassenen Kreuzgang betretend, zwischen verwilderten Gräbern herumirrt, wo Tausendschön wächst und die blauesten der Hyazinthen, – so lauscht meinem Sang!

Ihr alle werdet an jenem heiligen Orte ein Grabmal gesehen haben, – du, edler Ritter, vielleicht beim Leuchten des Blitzes, du, schweifender Hirt, in der sengenden Sonnenglut, und du, schöne Maid, am frühen Morgen, als noch Tautropfen drauf lagen, wie Tränen anzuschauen, – euch allen wird das bescheidene Grabmal aufgefallen sein. Einst stand vor dem grobgemeißelten Stein noch ein hölzernes Kreuz; das Kreuz ist längst dahin, und nur der Stein verblieb. Die Inschrift auf diesem Stein ist der Sinnspruch meines Gesanges; in dem Grabe ruhet in Frieden der letzte Baron von Fortkastell, Theobald von Montagut, und dessen befremdliche Geschichte will ich euch erzählen.

Erster Gesang

I

Als die edle Frau Gräfin von Montagut mit ihrem erstgeborenen Sohn Theobald schwanger ging, hatte sie einen seltsamen, grässlichen Traum, vielleicht war's ein göttlicher Fingerzeig, vielleicht ein bloßes Hirngespinst, das die spätere Zeit erst verwirklicht hat.

Es träumte ihr, sie hätte eine Schlange zur Welt gebracht, eine gräuliche Schlange, die sich zischend durchs Gras wand, wie zum Sprunge emporzüngelte und schließlich, ihren Blicken entschwindend, im Gebüsch sich verbarg.

»Da ist sie! Da ist sie!«, schrie die Gräfin, als sie aus ihrem entsetzlichen Traume erwachte, ihren Dienern den Busch zeigend, wo sich das widerliche Reptil verborgen hatte.

Als die Diener eiligst dort ankamen, wohin die edle Frau, starr und von tiefer Furcht ergriffen, noch immer mit dem Finger wies, entflatterte dem Dornbusch eine weiße Taube und schwang sich in die Lüfte.

Von einer Schlange aber war nichts zu sehen.

II

Theobald kam zur Welt. Die Mutter starb bei seiner Geburt, und ein paar Jahre darauf fiel sein Vater in einer Schlacht, als frommer Streiter gegen Gottes Feinde.

Von diesem Tage ab kann man die Jugend des Erben von Fortkastell nur mit dem Sturmwind selbst vergleichen. Wohin er schritt, bezeichnete seinen Weg eine Spur von Blut und Tränen. Er henkte seine Hörigen, schlug sich mit seinesgleichen, den Mädchen tat er Gewalt an, prügelte die Mönche, und keinen Heiligen ließ lästernd er in Frieden; es gab kein Heiligtum, dem er nicht fluchte.

III

Eines Tages zog er aus, um zu jagen. Um vor dem Regen Schutz zu suchen, hieß er, wie er schon oft getan, das ganze teuflische Gefolge verwegener Knappen, gottloser Schützen und verruchter Buben mit Meute, Rossen, Geierfalken sich in die Kirche eines seiner Dörfer flüchten. Von Zorn ergriffen, ohne Furcht vor einem Wutausbruch des ungestümen Herrn, beschwor der ehrwürdige Priester ihn im Namen Gottes und eine geweihte Hostie in den Händen haltend, jenen Ort zu verlassen und zu Fuß an einem Pilgerstab zum Papst zu wandern, um Vergebung für seine Sünden zu erflehen.

»Lass mich zufrieden, alter Narr!«, rief Theobald, als er dies hörte, »lass mich zufrieden! Oder ich hetze meine Hunde auf dich und, da ich heute noch kein einziges Stück Wild erbeutet habe, mache ich zu meiner Kurzweil Jagd auf dich, wie auf ein wildes Schwein!«

IV

Theobald war ein Mensch, der ausführte, was er sagte. Trotzdem erwiderte der Priester: »Tu, was du willst! Sei aber eingedenk, es lebt ein Gott, der einmal straft, ein andermal vergibt. Wenn ich von deinen Händen sterbe, so wird er meine Schuld im Buch seines Zornes tilgen und an die Stelle deinen Namen setzen, auf dass du deine Missetat büßest.«

»Ein Gott, der einmal straft, ein andermal vergibt!«, rief lästernd der Baron und lachte höhnisch. »Ich glaube nicht an Gott! Um dir dies zu beweisen, will ich jetzt ausführen, was ich dir verheißen habe. Bin ich auch kein Betbruder, so bin ich doch kein Freund, mein Wort zu brechen. He, Raimund! Gerhard! Peter! Hetzt die Meute! Gebt mir den Sauspieß! Blast das Halali[43] auf eurem Horn! Wir wollen einmal Jagd auf diesen Dummkopf machen – und wenn er sich auf die Retabeln[44] der Altäre flüchtet!«

V

Nur einen Augenblick zauderten die Knappen, dem Befehl nachzukommen. Dann, auf ein zweites Geheiß ihres Herrn, begannen sie, die Hatzhunde, deren Gebell die ganze Kirche zum Beben brachte, zu entkoppeln. Schon hatte der Baron, satanisch lachend, die Armbrust gespannt; schon erwartete der ehrwürdige Priester, die Augen gen Himmel erhoben und leise ein Gebet sprechend, ruhig den Tod, – als sich vor dem Gotteshause ein fürchterliches Geschrei erhob. Hörner schmetterten das Zeichen zur Hetzjagd, und es erschollen Rufe wie »Ein Eber! ...« »Da, durchs Gestrüpp! ...« »Bergauf! ...«

Kaum vernahm Theobald die Kunde von dem ersehnten Wild, als er schon freudetrunken vor die Tür der Kirche stürzte. Und ihm folgte die ganze Dienerschar mit Rossen und mit Hunden.

VI

»Wo ist der Eber?«, fragte der Baron und schwang sich auf sein Ross, ohne die Steigbügel zu benutzen noch die Armbrust zu entspannen.

»Da, durch die Schlucht, am Fuße jener Höhen!«, erwiderte man ihm.

Ohne auf die letzten Worte zu hören, stieß der ungestüme Jäger dem Pferde seine goldenen Sporen in die Weichen, so dass es wie der Wind davonstob. Und hinter ihm her hetzte das ganze Gefolge.

Die Dorfbewohner waren als erste des schrecklichen Tieres ansichtig geworden, hatten ein großes Geschrei erhoben und sich in ihre Hütten geflüchtet. Nun steckten sie ängstlich die Köpfe aus den Fensterlöchern, und als sie sahen, wie das höllische Gelichter im Waldesdickicht verschwand, bekreuzigten sie sich, ohne ein Wort zu verlieren.

---

43 Traditionelles Tonsignal bei der Jagd, meist auf einem Jagdhorn geblasen.

44 Altaraufsatz; Schauwand.

VII

Allen voran jagte Theobald. Sein Ross, schneller als die Pferde seiner Diener und auch rücksichtsloser angespornt, war dem Wild so dicht auf der Spur, dass Theobald seinem rasenden Tier die Zügel über den Hals warf, sich zwei oder dreimal im Bügel hoch aufrichtete und die Armbrust anlegte, um zu schießen. Aber der Eber, der zwischen dem dichten Gebüsch nur dann und wann sichtbar wurde, entschwand seinen Blicken, um bald danach wieder aufzutauchen – außerhalb der Reichweite der Waffe.

So hetzte Theobald mehrere Stunden durch Täler und Schluchten, das felsige Flussbett hinauf, und verlor sich schließlich im schattigen Gewirr eines Waldes von riesenhafter Ausdehnung. Die Augen hatte er dabei immer auf das ersehnte Wild geheftet, stets im Glauben, es endlich erreicht zu haben, und immer wieder gefoppt von dessen fabelhafter Gewandtheit.

VIII

Endlich bot sich eine günstige Gelegenheit.

Er legte die Armbrust an. Der Pfeil flog ab und bohrte sich zitternd in den Rücken des furchtbaren Tieres, das sich mit schauerlichem Gebrüll hoch aufbäumte.

»Der ist mir sicher!«, schrie der Jäger in wilder Freude und rammte seinem Pferd wohl zum hundertsten Mal die Sporen in die blutigen Weichen. »Der ist mir sicher! Die Flucht nützt ihm nichts mehr! Die Schweißspur, die er hinterlässt, zeichnet seinen Weg.« Und damit stieß er ins Horn, zum Zeichen seines Erfolges, auf dass seine Diener es hörten.

In demselben Augenblick strauchelte das Pferd. Die Beine knickten ihm ein, ein leises Zittern durchlief seine angespannten Muskeln, und dann schlug es flach auf den Boden. Aus den geblähten, schaumbedeckten Nüstern schoss ein dicker Blutstrahl.

Es war der Erschöpfung erlegen ... Und es musste gerade verrecken, als der verwundete Eber schon langsamer zu laufen anfing, als nur noch ein letzter Kraftaufwand fehlte, um das Wild einzuholen.

IX

Die Wut und Raserei Theobalds spottete jeder Beschreibung. Sein Fluchen und Lästern zu wiederholen ... es auch nur zu wiederholen, wäre schimpflich, wäre Verworfenheit. Er brüllte nach seinen Dienern – aber in jenen unermesslichen Einsamkeiten antwortete nur das Echo. Er raufte sich das Haar, zerzauste sich den Bart – grässlich war seine Verzweiflung!

»Ich lauf zu Fuß hinter ihm her, und wenn mich der Schlag treffen sollte!«, rief er endlich, indem er seine Armbrust wieder spannte und sich anschickte, dem Wild nachzusetzen.

Aber da vernahm er hinter sich ein Knacken im Unterholz, das dichte Laubwerk tat sich auf, und vor ihm stand ein Knappe, einen Rappen am Zügel führend, ein Ross, schwarz wie die Nacht.

»Das schickt mir der Himmel!«, rief der Jäger, sich gewandt wie eine Gemse in den Sattel schwingend.

Der Knappe war mager, sehr mager, und gelb wie der leibhaftige Tod. Er lächelte eigentümlich, als er die Zügel dem Reiter überließ ...

X

Das Ross wieherte so gewaltig, dass der ganze Wald dröhnte. Dann tat es einen ganz unglaublichen Satz – einen Satz, der es höher als zehn Ellen über den Boden erhob ...

Und nun begann die Luft dem Reiter um die Ohren zu sausen, als wenn er selbst ein Stein wäre, aus einer Schleuder geworfen. Er raste dahin im Galopp – in einem so wilden Galopp, dass er fürchtete, die Zügel zu verlieren und, vom Schwindel erfasst, hinabzustürzen. Er musste die Augen schließen und sich mit beiden Händen an der flatternden Mähne des Tiers festhalten!

Und weder von den Sporen gekitzelt noch mit Hilfe des Zaumes gelenkt, auch nicht vom Reiter durch Zurufe angefeuert, flog das Ross dahin, flog wie der Sturmwind ...

Wie lange Theobald so dahinschoss, ohne zu wissen wo, vermag niemand zu sagen. Die Zweige peitschten ihm im Fluge das Gesicht, die Dornen zerfetzten ihm das Gewand, und der Wind pfiff ihm um die Ohren ...

XI

Als er sich endlich wieder ein Herz fasste und, für einen Augenblick die Augen öffnend, hastig ringsum schaute, sah er sich in eine wildfremde, ihm völlig unbekannte Gegend versetzt – musste also schon weit, sehr weit von Montagut sein.

Und das Ross rannte weiter, unaufhaltsam weiter! Bäume und Felsen, Burgen und Dörfer flogen an ihm vorbei wie der Blitz. Immer neue Landschaftsbilder tauchten vor seinen Blicken auf, aber kaum gesichtet, verschwanden sie schon, um anderen, fremd und immer fremder anmutenden Bildern Platz zu machen.

Enge Schluchten, voll gewaltiger Granitblöcke, die das Unwetter von den Gipfeln der Berge losgerissen hatte ... Lachende Triften, mit Rasenteppich bedeckt und besät mit weißen Gehöften ... Öde, endlose Steppen, wo der kalkweiße Sand in der feurigen Mittsommersonne glühte ... Weite, steinige Halden, Hochebenen von riesiger Ausdehnung, Gebiete des ewigen Schnees, wo sich hochgetürmte Eisschollen vom grauen, düsteren Himmel abhoben, gleich weißen Gespenstern die Arme ausstreckend, um den Reiter an seinem Schopf zu packen ...

Dieses und tausend andere Bilder, die niemand zu schildern vermag, erblickte Theobald auf seinem phantastischen Ritt. Dann aber hüllte ihn dichter Nebel ein, und nun vernahm er nicht einmal mehr den Hufschlag seines Pferdes.

Zweiter Gesang

Auftakt

Edle Ritter, biedere Hirten, schöne Mädchen – ihr alle, die ihr meinem Gesang lauschet! Wenn euch das verwundert, was ich berichte: glaubt nicht, dass es eine Fabel sei, die meine Laune gesponnen hat, um eure Leichtgläubigkeit zu betören! Von Mund zu Mund wurde die Geschichte überliefert, bis sie auch ich vernahm. Und jene Grabinschrift, die heute noch im Kloster Montagut zu sehen ist, legt unabweisbar Zeugnis ab für meiner Worte Wahrheit.

Glaubt also, was ich euch berichtet habe, und glaubt auch das, was zu erzählen mir noch bleibt! Es ist so wahr wie das Vorhergesagte – wenn es auch noch weit wunderbarer klingt. Mag sein, dass ich mit etwas dichterischem Schmuck das nackte Gerippe dieser schlichten und erschütternden Geschichte verschönernd umhänge, doch niemals werde ich nach bestem Wissen auch nur einen Zoll von der Wahrheit abweichen.

I

Als Theobald den Hufschlag seines Rosses nicht mehr vernahm und sich emporgehoben fühlte in die Lüfte, da packte ihn ein solches Entsetzen, dass er erbebte. Bisher hatte er geglaubt, dass alles, was sich seinen Blicken darbot, nur Hirngespinste wären, erzeugt in seinem schwindlig wirren Kopf. Er hatte lediglich geglaubt, sein Pferd sei mit ihm durchgegangen, doch nicht daran gezweifelt, dass er sich immer noch auf seinem eigenen Grund und Boden befinde.

Jetzt konnte er nicht länger darüber im Zweifel sein, dass er zum Spielzeug einer überirdischen Macht geworden war, die ihn verschleppte, ohne dass er wissen konnte, wohin ... Durch dichten Nebel ging es, durch seltsame, phantastische Wolkengebilde, in deren Schoß, vom Blitz bisweilen erhellt, sprühende Funken sichtbar wurden, die auf ihn niederzufallen drohten.

Das Ross durchjagte – oder besser gesagt: durchschwamm einen Ozean von schwülen, flammenden Gasen ... und allmählich entrollten sich vor den entsetzten Augen des Reiters, eins nach dem andern, des Himmels Wunder ...

II

Über den Wolken fliegend, sah er ein gewaltiges Heer auf Sturmesflügeln dahinziehen. Die Engel waren es, Vollstrecker des göttlichen Zorns, mit flammenden, im Winde flatternden Haaren, angetan mit langen, von Feuer gesäumten Gewändern, die Schwerter schwingend, die in tausend tiefblauen Funken sprühten und glitzerten.

Und noch höher stieg er, glaubte in der Ferne, einem Meer von siedender Lava gleich, die aufgebrachten Gewitterwolken zu sehen, und hörte zu seinen Füßen den Donner brüllen, als ob Meeresbrandung gegen den Felsen anprallte, von dessen Gipfel der staunende Wanderer hinabblickte.

III

Und er sah den Erzengel, der weiß wie Schnee auf einer riesigen Kristallkugel saß und sie durch den weiten Raum sternklarer Nächte lenkte, wie einen silbernen Nachen[45] auf blauem See ...

Und die flammende Sonne sah er auf goldenen Achsen kreisen, in einem vielfarbigen, feurigen Dunstkreis, und in ihrem Brennpunkt die Feuergeister, die unversehrt in der Lohe[46] hausen, aus dem glühenden Schoß der Sonne Hymnen der Freude dem Schöpfer singend ...

Er erblickte die kaum wahrnehmbaren Lichtfäden, mit denen die Menschen an die Sterne gefesselt sind, und sah den Regenbogen, wie eine gewaltige Brücke über den Abgrund gespannt, der den ersten Himmel vom zweiten trennt ...

IV

Auf unsichtbarer Stufenleiter sah er die Seelen auf die Erde hinabsteigen. Viele sah er hinuntergehen – wenige aber heraufkommen. Jede dieser unschuldigen Seelen wurde von einem schneeweißen Erzengel begleitet und von dessen Fittichen beschützt. Schweigend und tränenden Auges kehrten die einen einsam zurück. Die andern aber, von Engeln geleitet, schwebten singend empor, so wie Lerchen am frühen Morgen in die Lüfte steigen.

Dann zerrissen die blauen und rosigen Dunstschleier, die gleich durchsichtigen Seidenvorhängen im Himmelsraum schwammen – zerrissen, wie am Ostersamstag in unseren Kathedralen der Altarschleier zerreißt –, und das Paradies der Gerechten mit all seiner strahlenden Pracht lag offen vor seinen Blicken.

V

Dort waren die heiligen Propheten versammelt – wie sie, grob ausgehauen, an den steinernen Portalen unserer Kathedralen zu sehen sind. Dort waren auch die leuchtenden Jungfrauen – wie sie der Maler vergebens in den bunten Kirchenfenstern darzustellen versucht. Und die Che-

45 Kleines Boot oder Kahn.

46 Flamme.

rubim[47] waren da, in langen schleppenden Gewändern und mit goldenem Nimbus[48] – ähnlich so, wie sie auf dem Blatt der Altäre nachgebildet sind. Und umgeben von allen Chören seliger Geister, von Sternen gekrönt, von Licht umflutet und über alle Maßen schön: die Königin der Erzengel, die Mutter Gottes, Unsere Liebe Frau vom Montserrat, die Zuflucht der Sünder und der Trost der Betrübten ...

VI

Und weiter trug ihn das Ross – über das Paradies der Gerechten hinweg, über den Thron der Heiligen Jungfrau Maria hinaus. – Von immer größerer Furcht wurde er ergriffen, und ein tiefer Schrecken erfüllte seine Seele.

In jenen Weiten, die zum geheimnisvollen Heiligtum des HERRN führen, herrscht ewige Einsamkeit, herrscht ewiges Schweigen.

Von Zeit zu Zeit strich ihm ein eisiger Wind über die Stirn, kalt wie die Klinge eines Dolches, – ein Wind, der ihm bis ins Knochenmark drang und unter dessen Hauch seine Haare sich sträubten. – Ähnliche Schauer müssen die Propheten verspürt haben, als sich ihnen der Geist Gottes näherte.

Endlich gelangte er in Himmelsräume, die von einem dumpfen Brausen erfüllt waren – ähnlich dem Summen der Bienen, wenn sie an Herbstnachmittagen die letzten Blumen umschwärmen ...

VII

In diesen phantastischen Regionen sammeln sich alle Geräusche der Erde – all die Laute, von denen wir sagen, sie verklingen im Raum; all die Worte, von denen wir meinen, sie verhallen in der Luft; all die Wehklagen, von denen wir glauben, es vernehme sie niemand.

Hier, in harmonischen Kreisen, schweben auf und schweben ab all die Gebete der Kinder, die Bitten der jungen Mädchen, die Psalmen der frommen Einsiedler, das Flehen der Armseligen, die keuschen Worte derer, die reinen Herzens sind, die geduldigen Klagen der Mühseligen und

---

47 Mehrzahl von Cherub: Geflügelte Wesen aus dem Alten Testament, erst später den Engeln zugeordnet.

48 Heiligenschein.

Beladenen, das Jammern der Leidtragenden, die Lobgesänge der gläubig Hoffenden ...

Und unter diesen Stimmen, die dort im leuchtenden Äther hin und wiederschwebten, vernahm Theobald auch seiner seligen Mutter Stimme, die Gottes Gnade für ihn erflehte. – Aber seine eigene Stimme hörte er nicht.

VIII

Weiter hinaus drang an sein Ohr das missratene Getöse von tausend und abertausend rauen, heiseren Lauten, von wildem Lästern und Rachegeschrei, von geilen Gesängen und zotigen Worten, von Flüchen der Verzweifelten, Drohungen der Ohnmächtigen, meineidigen Schwüren der Gottlosen ...

Theobald flog durch diesen zweiten Kreis mit der Schnelligkeit eines Meteors[49], der am Sommerabend den Himmel durchquert, – um nur seine eigene Stimme nicht länger zu hören, die dort donnernd erklang, alle anderen Stimmen inmitten des Höllenlärms übertönend.

»Ich glaube nicht an Gott! Ich glaube nicht an Gott!«, rief noch immer seine Stimme, in jenem Meer von Lästerworten auf- und abschwebend-Theobald selbst aber begann schon zu glauben.

IX

Und auch diese Räume ließ er hinter sich, durchquerte andere Weiten voll schrecklicher Gesichte, die er nicht begreifen konnte, und die ich nicht zu schildern vermag, und gelangte schließlich zum letzten und fernsten Kreise der Himmel, wo die Seraphim[50] den Herrn der Heerscharen anbeten, zu seinen Füßen kniend und sein Angesicht mit dreifachen Flügeln beschattend.

Theobald wollte ihn anschauen – aber ein feuriger Hauch verbrannte ihm das Gesicht, ein Meer von Licht blendete seine Augen und ein so

---

49 Sternschnuppe.

50 Sechsflügelige Engel, im Alten und Neuen Testament auftauchend, die Gottes Thron umschweben und dazu unentwegt „Heilig, heilig, heilig" singen (wovon sich auch das liturgische *Sanctus* der heiligen Messe ableitet).

gewaltiger Donner erscholl, dass es ihm in den Ohren dröhnte. Und er wurde aus dem Sattel geschleudert und wie ein glühender Stein, den der Vulkan ausspeit, ins Leere hinausgestoßen. Er fühlte, wie er tiefer und tiefer sank, ohne aber irgendwo niederzufallen ... geblendet, versengt, betäubt ... – wie der Engel Luzifer fiel, als ihn Gott mit einem einzigen Hauch seiner Lippen von seiner stolzen Höhe herabstieß.

Dritter Gesang

I

Die Nacht war hereingebrochen. Der Wind seufzte in den Blättern der Bäume, durch deren dichtes Laubwerk ein schwacher Mondstrahl blinzelte.

Theobald stützte sich auf die Ellbogen und rieb sich die Augen, als ob er aus tiefem Schlummer erwache. Als er sich umsah, wurde er gewahr, dass er sich in demselben Gehölz befand, wo er den Eber verwundet hatte, an derselben Stelle, wo sein Ross tot umgefallen war und wo man ihm jenes phantastische Reittier brachte, das ihn zu unbekannten, geheimnisvollen Himmelshöhen geschleppt hatte.

Grabesstille herrschte ringsum, unterbrochen nur von dem ängstlichen Blättergesäusel, von dem fernen Schreien der Hirsche, und dann und wann, wenn der Wind ihn herübertrug, von dem Hall einer Glocke, die in weiter Ferne läutete.

»Ich muss geträumt haben«, sagte Theobald. Er erhob sich, stieg durch dichten Wald bergab und kam schließlich ins offene Tal.

II

In der Ferne sah er die Felsen von Montagut und auf ihnen die Umrisse seiner Burg; deutlich hoben sie sich vom blauen, flimmernden Nachthimmel ab.

»Meine Burg ist noch weit«, überlegte er, »und ich bin müde. Ich werde den Morgen im nächsten Dorf erwarten.« Und er machte sich auf den Weg und kam ins Dorf.

Dort klopfte er an die erstbeste Tür.

»Wer seid Ihr?«, fragten ihn die Leute.

»Der Baron von Fortkastell!«, erwiderte er. Sie aber lachten ihm ins Gesicht.

Er klopfte an eine andere Tür.

»Wer seid Ihr und was ist Euer Begehr?«, fragte die Magd, die ihm öffnete.

»Euer Herr!«, entgegnete der Ritter überrascht, dass man ihn nicht erkannte. »Theobald von Montagut bin ich.«

»Theobald von Montagut?«, gab das junge Mädchen, das nicht auf den Mund gefallen war, unwirsch zurück. »Theobald von Montagut aus dem Märchen? ... Ihr seid wohl ...! Macht, dass Ihr weiterkommt und holt nicht ehrbare Leute aus dem Schlaf, um ihnen alberne Märchen zu erzählen!«

Aufs höchste erstaunt verließ Theobald das Dorf und machte sich auf den Weg zur Burg. Beim ersten Morgengrauen fand er sich vor dem Tor.

Der Burggraben war mit den Quadersteinen der zertrümmerten Zinnen verschüttet. Die morsche Zugbrücke hatte ausgedient, hing noch an der starken Eisenkette, die im Laufe der Jahre der Rost zerfressen hatte.

Im Bergfried[51] läutete schwer und ernst eine Glocke.

Vor dem Außentor der Burg war auf dem Granitsockel ein Kreuz errichtet. Auf den Mauern war auch nicht ein einziger vom Gesinde zu sehen. Aber aus dem Innern klang wirr und dumpf wie fernes Gemurmel ein frommer Gesang, feierlich und erhaben.

»Dies ist doch meine Burg, ohne Zweifel!«, sagte Theobald und ließ unaufhaltsam seinen Blick bald hierhin, bald dorthin gleiten, ohne zu begreifen, was ihm widerfahren war. »Dort im Torbogen ist ja auch mein Wappen eingemeißelt ... ja, und dies ist das Montagut-Tal ... diese Länder hier sind mein Eigentum, der Herrensitz von Fortkastell ...«

Da drehten sich die schweren Torflügel in ihren Angeln, und auf der Schwelle erschien ein Klosterbruder.

IV

»Wer seid Ihr! Was habt Ihr hier zu suchen?«, fragte Theobald den Mönch.

»Ich bin ein demütiger Knecht Gottes«, erwiderte der Mönch. »Ein Bruder des Klosters Montagut ...«

---

51 Unbewohnter Hauptturm mittelalterlicher Burgen.

»Aber ...« unterbrach der Baron, »ist denn Montagut nicht ein Herrensitz?«

»Das war es«, versetzte der Mönch, »vor langer Zeit ... Wie man erzählt, hat den letzten Herrn der Teufel geholt. Und da er keinen Erben hatte, an den das Lehen[52] weitergehen konnte, so schenkten die lehnsherrlichen Grafen diese Ländereien den Brüdern unseres Ordens, und die sind jetzt schon hier seit etwa hundert oder hundertzwanzig Jahren. – Und Ihr? Wer seid denn Ihr?«

»Ich ... «, stotterte der Baron von Fortkastell, nachdem er sich eine Weile besonnen hatte, »ich bin ... ich bin ein elender Sünder, der seine Schuld bereut. Ich möchte vor Eurem Abt die Beichte ablegen und ihn bitten, mich in den Schoß Eures Ordens aufzunehmen.«

52 Grundstück oder Gut, das von einem Dritten verwaltet und genutzt wird.

Die Höhle der Maurin

I

Gegenüber dem Kurhaus in Fitero, auf einem oben abgeplatteten Felsen, zu dessen Füßen der Alhamafluss braust, sind heute noch die Ruinen einer arabischen Burg zu sehen, die in den glorreichen Chroniken von der Maurenvertreibung oft genannt wurde. Sie war der Schauplatz großer, unvergesslicher Heldentaten, an denen ebenso sehr ihre Verteidiger teilhatten, als auch die kühnen Angreifer, denen es gelang, auf ihren Zinnen das Banner des Kreuzes aufzupflanzen.

Von den Mauern sind nur noch wenige Trümmer vorhanden. Die Steine des Wartturms sind zum Teil in den Burggraben, zum Teil darüber hinaus gefallen und haben ihn völlig verschüttet. Im inneren Burghof wachsen Brombeeren und Hederich[53]stauden, und wohin man den Blick wendet, sieht man nichts anderes als zerbrochene Schwibbögen und schwarze, verwitterte Quader, hier noch ein Stück Wehrgang, aus dessen Schlitzen der Efeu hervorsprießt, dort ein Eckturm, der sich wie durch ein Wunder erhalten hat; und weiterhin die Mörtelpfeiler mit den eisernen Ringen, an denen einst die Zugbrücke hing.

Da man mir sagte, dass es meinem Gesundheitszustand sehr dienlich sei, wenn ich mir Bewegung verschaffe, und auch weil mich die Neugierde trieb, machte ich, solange ich mich in den Bädern aufhielt, an jedem Nachmittag einen Spaziergang zu jenem wilden, zerklüfteten Felshang. Ich stieg zu den Ruinen der arabischen Festung hinauf und streifte dort oben stundenlang umher. Ich wühlte im Sande, um vielleicht einige Waffen zu finden, klopfte an die Mauern, um zu sehen, ob sie hohl waren, und so vielleicht einen versteckten Schatz zu heben, und durchkroch alle Winkel, in der Hoffnung, den Eingang zu jenen unterirdischen Gewölben zu entdecken, die es in allen maurischen Burgen gegeben haben soll.

Meine emsigen Nachforschungen blieben ergebnislos.

Eines Nachmittags jedoch, als ich schon die Hoffnung aufgegeben hatte, jemals etwas Neues und Seltsames in dem Felsennest zu finden, und, auf den Aufstieg verzichtend, zu Füßen der Burg am Flussufer entlangspazierte, sah ich eine Art großes Loch, das in das Gestein hinein-

53 Ackerrettich.

führte, halb verborgen von Laubwerk und dichtem Gestrüpp. Nicht ohne eine Prise Beklommenheit bahnte ich mir einen Weg durch das Gebüsch, das den Eingang der (wie ich anfangs glaubte) natürlich entstandenen Höhle umgab. Aber nachdem ich einige Schritte hineingegangen war, erkannte ich, dass es ein unterirdischer Gang war, künstlich aus dem Stein herausgehauen. Tiefer einzudringen wagte ich nicht, wegen der Finsternis, die darin herrschte. Ich begnügte mich, aufmerksam alle Einzelheiten des Gewölbes und des Bodens zu betrachten. Wie mir schien, führte der Gang in großen Stufen zu der Höhe hinauf, wo sich die erwähnte Burg befand; auch erinnerte ich mich, oben zwischen den Trümmern seinerzeit eine verschüttete Falltür gesehen zu haben. Zweifellos hatte ich einen jener Schleichwege entdeckt, die bei den Befestigungswerken jener Zeit üblich waren, – einen geheimen Gang, dessen Zweck es gewesen sein musste, während der Belagerung dem Feind in den Rücken zu fallen oder Wasser aus dem Fluss zu holen, der dort unmittelbar vorüberfließt.

Um mich von der Wahrheit meiner Vermutungen zu überzeugen, knüpfte ich, nachdem ich die Höhle auf dem gleichen Wege wieder verlassen hatte, wie ich hineingegangen war, eine Unterhaltung mit einem Winzer an, der an jenen Hängen mit dem Beschneiden von Reben beschäftigt war. Ich näherte mich ihm unter dem Vorwand, ihn um Feuer für meine Zigarette zu bitten.

Wir sprachen von allerlei: von der Heilkraft der heißen Quellen in Fitero, von der vorjährigen und diesjährigen Ernte, von den Mädchen Navarras und der Pflege des Weinstocks – kurz, wir sprachen von allem, was dem guten Mann einfiel, nur nicht von der Höhle, dem einzigen Gegenstand, auf den ich neugierig war.

Schließlich wandte sich das Gespräch doch noch diesem Punkt zu, und ich fragte ihn, ob er jemand kenne, der schon einmal tiefer eingedrungen sei und den Gang verfolgt habe.

»In die Höhle der Maurin eingedrungen?«, versetzte er, höchst erstaunt über meine Frage, »Wer sollte das wohl wagen? Wissen Sie denn nicht, dass jede Nacht aus dem Schlund ein Geist herauskommt?«

»Ein Geist?«, rief ich und lächelte. »Wessen Geist?«

»Der Tochter des maurischen Burgvogts[54] ... Sie geht hier in der Gegend noch immer als Geist um. In jeder Nacht sieht man sie in weißen

54 Aufseher einer Burg.

Gewändern aus der Höhle kommen und im Fluss einen Krug mit Wasser füllen.«

Diese Worte des guten Mannes brachten mich darauf, dass es über diese arabische Burg und den unterirdischen Gang, der meiner Vermutung nach mit ihr in Verbindung stand, eine Geschichte geben musste. Und da ich ein großer Freund von solchen Sagen bin, zumal wenn ich sie aus dem Munde des Volkes hören kann, bat ich ihn, sie mir zu erzählen. Er ließ sich nicht lange nötigen und erzählte sie ungefähr mit denselben Worten, mit denen ich sie hier wiedergebe.

II

Als die Burg, von der heute nur noch unförmige Trümmer übrig sind, noch im Besitz der maurischen Könige war und ihre Türme, von denen kein Stein mehr auf dem anderen geblieben ist, von der Höhe des Felsens aus das ganze fruchtbare Alhamatal beherrschten, wurde in der Nähe der Stadt Fitero eine blutige Schlacht geschlagen. In dieser Schlacht wurde ein edler christlicher Ritter, allen Ruhmes würdig, nicht weniger seiner Frömmigkeit wegen als seines Heldentums, schwer verwundet und von den Mauren zum Gefangenen gemacht.

Seine Feinde schleppten ihn in die Festung, legten ihn in Eisen und warfen ihn in ein dunkles Verlies. Hier rang er tagelang mit Leben und Tod, ward aber wunderbarerweise von seinen Wunden geheilt und von seiner Sippe endlich gegen viel Gold losgekauft.

Aus dem Kerker kehrte er in seine heimatliche Burg zurück, in die Arme seiner erfreuten Eltern. Seine Waffengefährten und Mannen jubelten ihm entgegen und glaubten die Stunde gekommen, um zu neuen Kämpfen auszuziehen. Der Seele des Ritters jedoch hatte sich eine tiefe Schwermut bemächtigt, und weder die zärtliche Aufmunterung seiner Eltern, noch die Bemühungen seiner Freunde vermochten, diese eigenartige Schwermut zu zerstreuen.

Während seiner Gefangenschaft war es ihm gelungen, die Tochter des maurischen Burggrafen zu Gesicht zu bekommen, von deren Schönheit er schon vorher viel gehört hatte. Als er sie aber mit eigenen Augen erblickte, fand er sie noch um ein Tausendfaches schöner, als er sie sich vorgestellt hatte. Er konnte ihrem verführerischen Zauber nicht widerstehen und verliebte sich Hals über Kopf in ein Wesen, dessen Besitz für ihn außerhalb jeder Möglichkeit lag.

Monate verbrachte der Ritter damit, die törichtesten und waghalsigsten Pläne zu schmieden. Und wenn er einmal ein Mittel ersonnen hatte, die Schranken zu durchbrechen, die ihn von jenem Mädchen trennten, so gab er sich ein andermal die denkbar größte Mühe, die Geliebte zu vergessen. Fasste er heute diesen Entschluss, so hatte er sich morgen für einen völlig entgegengesetzten entschieden. Schließlich aber kam ein Tag, an dem er seine Brüder und Waffengefährten um sich versammelte und ihnen befahl, ihre Mannen zusammenzurufen. Und nachdem man in größter Heimlichkeit alle nötigen Vorbereitungen getroffen hatte, wurde die Feste, die die Schöne – den Gegenstand seiner unsinnigen Liebe – beherbergte, durch einen kühnen Handstreich genommen.

Als man zu diesem Kampf auszog, waren alle im Glauben gewesen, ihren Führer treibe das Verlangen, sich für all das zu rächen, was er hatte erleiden müssen, vor allem für die Schmach, in Ketten gelegt und in ein tiefes Verlies geworfen worden zu sein. Nachdem aber die Burg eingenommen war, blieb keinem die wahre Ursache des kühnen Unternehmens verborgen; all die vielen braven Christen, die bei dem Überfall ihr Leben hatten lassen müssen, waren gefallen, um einer unwürdigen Leidenschaft zum Sieg zu verhelfen.

Berauscht von der Gegenliebe der wunderschönen Maurin, die zu entflammen dem Ritter endlich gelungen war, kümmerte er sich weder um die Ratschläge seiner Freunde, noch achtete er auf das Murren und Klagen seiner Mannen. Und doch gab es keinen, der nicht dazu riet, die Burg so schnell wie möglich wieder zu verlassen. Denn es stand fest, dass die Mauren sie wieder stürmen würden, sobald sie sich vom ersten Schrecken erholt hatten.

Und in der Tat erfüllte sich die Befürchtung. Dem maurischen Burggrafen gelang es, in den umliegenden Weilern neue Scharen anzuwerben. Eines Morgens kam die Wache, die an dem Ausguck des Bergfrieds aufgestellt war, heruntergestürmt und verkündete dem verliebten Paar, an allen Hängen des Gebirges, soweit es sich vom Felsen aus überblicken ließe, sähe man eine solche Wolke von Kriegsscharen sich herabwälzen, dass man fast glauben müsse, die gesamte heidnische Welt sei gegen die Burg unterwegs.

Die Tochter des Burggrafen wurde bleich wie der Tod, als sie diese Kunde vernahm. Der Ritter rief laut zu den Waffen, und bald darauf war alles in der Festung in Bewegung. In wilden Haufen kamen die Dienstleute aus ihren Quartieren gerannt, die Führer teilten Befehle aus, das

Fallgitter wurde herabgelassen, die Zugbrücke aufgezogen, und alle Zinnen krönten sich mit Armbrustschützen.

Ein paar Stunden später setzte der Sturm ein.

Mit Recht konnte man die Burg als uneinnehmbar bezeichnen. Nur durch eine Überrumpelung, wie die Christen sich ihrer bedient hatten, wäre es möglich gewesen, sie zu erobern. Und so hielten die Verteidiger immer wieder, wohl an die zehnmal, dem Ansturm stand.

Als die Mauren die Zwecklosigkeit ihrer Anstrengungen erkannten, beschränkten sie sich darauf, die Burg zu umzingeln, um die Insassen durch Aushungern zur Übergabe zu zwingen.

Und tatsächlich begann der Hunger furchtbar unter den Christen zu wüten. Da aber die Verteidiger wussten, dass sie, wenn die Burg übergeben wurde, ihr Leben nur gegen den Kopf ihres Führers würden erkaufen können, so wollte keiner Verrat üben, und dieselben, die das Betragen des Ritters heftig getadelt hatten, schworen jetzt, für ihn ihr Leben zu lassen.

Die Mauren verloren die Geduld und beschlossen, einen neuen Sturm mitten in der Nacht zu wagen. Der Sturm war fürchterlich, die Verteidigung verzweifelt und der Zusammenstoß entsetzlich. Im Kampfgewühl wurde dem Burggrafen die Stirn mit einem Axthieb gespalten; er stürzte von der Mauer, die man mittelst Sturmleitern erstiegen hatte, hinab in den Graben. Zur selben Zeit erlitt der Ritter in einer Bresche des Wehrgangs, wo trotz der Dunkelheit Mann gegen Mann gekämpft wurde, eine tödliche Verwundung.

Schon begannen die Christen zu weichen, sich geschlossen zurückziehend. Da warf die Maurin sich auf ihren Liebsten, der sterbend am Boden lag, hob ihn mit einer Kraft, die ihr die Verzweiflung und die Nähe der Gefahr verliehen hatte, auf ihre Arme und schleppte ihn in den inneren Burghof. Hier drückte sie auf eine Feder, und wie von übernatürlichem Antrieb bewegt, hob sich eine Steinplatte. In dem Schlund, der sich auftat, verschwand sie mit ihrer kostbaren Last und stieg die Treppe zum unterirdischen Gang hinab.

III

Als der Ritter wieder zu sich kam, sah er mit irren Blicken um sich. »Mich dürstet!«, sagte er. »Ich sterbe! Ich verbrenne!« Und in seinem Wundfieber, dem Vorläufer des Todes, kamen über seine trockenen Lippen, durch die der Atem röchelnd pfiff, nur immer wieder die angstvollen Worte: »Mich dürstet! Ich verbrenne! Wasser! Wasser!«

Die Maurin wusste, dass jenes unterirdische Gewölbe einen Ausgang hatte, der ans Flussufer führte. Das Tal aber und alle Hänge ringsumher waren voll maurischer Krieger. Nach der Einnahme der Festung fahndeten sie überall vergebens nach dem Ritter und seiner Geliebten, um an ihnen ihren Rachedurst zu stillen. Dennoch zauderte sie nicht einen Augenblick. Sie nahm den Helm des Sterbenden, schlich sich wie ein Schatten durch das Gebüsch, das die Mündung der Höhle verdeckte, und stieg hinab zum Ufer des Flusses.

Schon hatte sie Wasser geschöpft und wollte sich gerade wieder aufrichten, um zu ihrem Liebsten zurückzukehren, als ein Pfeil durch die Luft schwirrte. Mit einem gellenden Schrei brach sie zusammen.

Obgleich zu Tode verwundet, vermochte die Maurin den Eingang der Höhle zu erreichen und sich durch den unterirdischen Gang an den Ort zu schleppen, wo der Ritter lag. Als er sie blutüberströmt und todesmatt zurückkommen sah, kam er wieder zur Besinnung. Er erkannte die ungeheure Sünde, für die sie beide so hart büßen mussten. Die Augen gen Himmel gerichtet, nahm er das Wasser, das ihm seine Geliebte bot, ohne es jedoch an die Lippen zu führen, und fragte die Maurin:

»Willst du eine Christin werden? Willst du in meinem Glauben sterben und, wenn ich die ewige Seligkeit erlange, mit mir selig werden?«

Die Maurin, fast ohnmächtig infolge des Blutverlustes, war zu Boden gesunken. Sie machte eine zustimmende Kopfbewegung, worauf der Ritter über sie das Taufwasser ausgoss, den Namen des Allmächtigen anrufend.

Am andern Tage sah der Krieger, der den Pfeil abgeschossen hatte, am Flussufer eine Blutspur. Er folgte ihr, drang in die Höhle und fand die Leichname des Ritters und seiner Geliebten.

Noch heute kann man sie des Nachts zuweilen hier in der Gegend umgehen sehen.

Das Miserere[55]

Vor einigen Monaten besuchte ich die berühmte Abtei in Fitero. Als ich dort in der verwahrlosten Bibliothek herumstöberte, entdeckte ich in einem Winkel zwei oder drei Hefte mit Noten, schon ziemlich alt und verstaubt und von Ratten zernagt.

Es war ein Miserere.

Ich verstehe zwar nichts von Musik, aber ich liebe sie so sehr, dass ich bisweilen eine Opernpartitur in die Hand nehme und geschlagene Stunden darin herumblättere. Ich betrachte die mehr oder weniger dicht gedrängten Notengruppen, die Striche, Bogen, Dreiecke und die anderen Zeichen, Schlüssel genannt, – und das alles, ohne einen Deut zu begreifen und auch nur den geringsten Nutzen daraus ziehen zu können.

Meiner Gewohnheit getreu sah ich auch diese Hefte durch. Und das erste, was mir auffiel, war: dass das Miserere, obgleich auf der letzten Seite das allgemein übliche Wort Finis stand, in Wirklichkeit nicht zu Ende geführt war. Denn die Komposition war nur bis zum zehnten Bibelvers gediehen.

Dies hat ohne Zweifel zuerst meine Aufmerksamkeit erregt. Doch als ich mir dann die Notenblätter ein wenig genauer ansah, erstaunte ich noch mehr. Ich bemerkte nämlich, dass anstatt der italienischen Worte – wie `maestoso, allegro, ritardando, più vivo, a piacere` (die man doch überall gebraucht) – sich hier einige Zeilen befanden, die in ganz kleiner Schrift hingekritzelt und in Deutsch abgefasst waren. Zum Teil schrieben sie schwer ausführbare Dinge vor, wie zum Beispiel: »Die Knochen krachen ... krachen, und es muss sich so anhören, als ob das Wehgeschrei aus ihrem Mark käme ...« Oder auch dies: »Die Geigen heulen im Gleichklang. Die Trompeten erschallen, ohne zu betäuben. Also klingen alle Instrumente zugleich, und doch ist jedes einzelne herauszuhören. Das Ganze soll die schluchzende, wimmernde Menschheit darstellen.« Oder das zweifellos Sonderbarste von allem, die Fußnote des letzten Verses: »Die Töne sind fleischbedeckte

55 Die ersten Worte des 51. Psalms: *Miserere mei, Deus, secundum magnam misericordiam tuam* – „Gott, sei mir gnädig nach deiner Huld, tilge meine Frevel nach deinem reichen Erbarmen.“ Im A-Cappella-Stil vertont von Gregorio Allegri.

Knochen; Flammen, die niemals erlöschen: der Himmel und seine Harmonie ... Stärke! ... Stärke und Zartheit!«

Nachdem ich mir diese Zeilen, die mir aus der Feder eines Wahnsinnigen zu stammen schienen, halbwegs übersetzt hatte, wandte ich mich an das hutzelige Männchen, das mich führte.

»Wisst Ihr etwa, was das ist?«, fragte ich ihn.

Und da erzählte mir der Alte die folgende Geschichte.

I

Vor vielen Jahren kam einmal in einer dunklen Regennacht an die Klosterpforte dieser Abtei ein Pilgersmann. Er bat um ein wenig Feuer für seine nassen Kleider, um ein Stückchen Brot für seinen Hunger und um irgendeinen Unterschlupf, wo er den Morgen erwarten konnte. Bei Sonnenaufgang wollte er seinen Weg fortsetzen.

Der Laienbruder, der sein Gesuch entgegennahm, überließ ihm seinen bescheidenen Imbiss und sein dürftiges Lager und führte ihn an den brennenden Kamin. Und nachdem sich der Wanderer von seiner Erschöpfung erholt hatte, erkundigte sich der Bruder nach dem Zweck seiner Wallfahrt und dem Ziel seines Weges.

»Ich bin Musiker«, antwortete der Gefragte, »Weit, weit von hier wurde ich geboren. In meinem Vaterland genoss ich einst großes Ansehen. In meiner Jugend machte ich aus meiner Kunst eine mächtige Waffe der Verführung und entfachte mit ihr Leidenschaften, die mich zu einem Verbrechen hinrissen. Jetzt in meinem Alter will ich die Talente, die ich zum Bösen gebraucht habe, zum Guten wenden: durch das gleiche Mittel nämlich, das mich zur Verdammnis geführt hat, will ich meine Vergebung erwirken.«

Die rätselhaften Worte des Unbekannten erschienen dem Laienbruder nicht ganz verständlich. Die Neugierde war einmal in ihm erwacht und quälte ihn derart, dass er nicht abließ, zu fragen. Schließlich fuhr der Fremde folgendermaßen fort:

»Ich beweinte im Grunde meiner Seele die Schuld, die ich auf mich geladen hatte. Aber immer, wenn ich Gott um Erbarmen anflehen wollte, fand ich keine Worte, die meiner Reue würdigen Ausdruck verleihen konnten. – Da fiel mein Blick eines Tages zufällig auf ein heiliges Buch. Ich schlug es auf und entdeckte auf einer Seite einen gewaltigen Schrei ehrlicher Zerknirschung. Es war jener Psalm Davids, welcher beginnt: ›

Miserere mei, Deus!‹ Und von dem Augenblick an, wo ich diese Strophen gelesen hatte, war mein einziger Gedanke, eine musikalische Form zu finden – prächtig und erhaben genug, um die großartige Schmerzenshymne des königlichen Propheten zu umschließen. – Noch immer hab ich sie nicht gefunden. Wenn es mir aber gelingen sollte, das auszudrücken, was ich tief im Herzen fühle, was ich unklar im Geiste vernehme, so werde ich sicher ein so wunderbares Miserere schaffen, wie noch kein Mensch Ähnliches gehört hat. Etwas so Herzzerreißendes, dass schon beim ersten Akkord die Erzengel in Tränen ausbrechen und zusammen mit mir zum Herrn sprechen: *Misericordia*[56]*!* Und der Herr wird Erbarmen haben mit seiner armen Kreatur.«

Als der Pilger soweit in seiner Erzählung gekommen war, schwieg er einen Augenblick. Mit einem Seufzer nahm er dann den Faden seiner Rede wieder auf. Der Laienbruder, einige Knechte der Abtei und zwei oder drei Hirten aus der Meierei[57] der Mönche saßen rings im Kreise um den Kamin und lauschten in tiefem Schweigen.

»Ganz Deutschland hab ich schon durchwandert«, fuhr der Musiker fort, »auch ganz Italien und den größten Teil dieses Landes, das ja vorbildlich ist für die geistliche Musik. Und noch immer hab' ich kein Miserere gehört, das mir Anregung geben könnte, – nicht eins, nicht ein einziges ... Und ich hab doch schon so viele gehört, dass ich wohl sagen kann: Ich hab alle gehört!«

»Alle?«, unterbrach ihn da einer der Schäfer. »Habt Ihr etwa auch schon das ›Miserere der Berge‹ gehört?«

»Das Miserere der Berge?« fragte der Musiker erstaunt. »Was ist denn das für ein Miserere?«

»Sagte ich es nicht?«, murmelte der Bursche; und in geheimnisvollem Ton fuhr er fort: »Nur die, die so wie ich Tag und Nacht hinter dem Vieh hergehen, durch Schluchten und Klüfte, hören es zufällig. Dieses Miserere hat seine eigene Geschichte – eine sehr alte Geschichte – aber mag sie auch noch so unglaublich klingen: Wahr ist sie doch!

Vor vielen Jahren nämlich – ach, was rede ich da von Jahren! – vor vielen Jahrhunderten gab es hier ein berühmtes Kloster. Es stand im unwegsamsten Teil dieser Berge, die dem Tal, auf dessen Grunde die Abtei liegt, vorgelagert sind. Wahrscheinlich wurde das Kloster auf Kosten ei-

---

56 Barmherzigkeit.

57 Landwirtschaftliches Pachtgut.

nes Edelmannes erbaut, und zwar mit dem Vermögen, das er eigentlich seinem Sohne hatte hinterlassen wollen. Aber auf dem Sterbebett enterbte er ihn zur Strafe für seine Missetaten.

Bis hierher ging alles noch gut. Aber dieser Sohn musste wohl (wie wir noch sehen werden) in einer Teufelshaut gesteckt haben, wenn nicht sogar der Teufel in eigener Person gewesen sein. Als er nun erfuhr, dass sich sein Vermögen im Besitz der Geistlichen befand und sich sein Schloss in eine Kirche verwandelt hatte, tat er sich mit einer Handvoll Strauchdiebe zusammen – sicherlich Spießgesellen seines lasterhaften Lebens, in das er sich nach Verlassen des Vaterhauses gestürzt hatte. Und an einem Gründonnerstagabend – gerade um dieselbe Stunde, in der sich die Mönche im Chor befanden und anfangen wollten oder schon angefangen hatten, das Miserere zu singen – steckten diese Halunken das Kloster in Brand, plünderten die Kirche und töteten alle Mönche ohne Ansehen der Person. Nicht einen sollen sie am Leben gelassen haben.

Nach dieser Gräueltat machten sich die Banditen auf und davon, und ihr Anstifter mit ihnen – wohin, weiß man nicht, vielleicht geradewegs in die Hölle.

Die Flammen ließen von dem Kloster nur Schutt und Asche übrig, von der Kirche stehen noch heute einige Trümmer auf der Felsterrasse, woher der Wasserfall kommt, der, von Klippe zu Klippe sich stürzend, schließlich den kleinen Bach bildet, von dem die Mauern dieser Abtei umspült werden.«

»Aber«, unterbrach ihn da der Musiker ungeduldig, »wo bleibt denn das Miserere?«

»Wartet nur«, sagte der Schäfer gelassen. »Alles zu seiner Zeit.« Daraufhin fuhr er also in seiner Geschichte fort:

»Die Leute in der Umgegend waren höchst aufgebracht über das Verbrechen. In langen, durchwachten Nächten schilderten es voll Entsetzen die Väter den Söhnen, und die Söhne den Enkeln. Aber was die Erinnerung noch lebendiger hält, ist etwas anderes. Alle Jahre nämlich – und zwar in derselben Nacht, in der die Tat begangen wurde – sieht man hinter den zertrümmerten Fenstern der Kirche Lichter schimmern und hört eine seltsame Musik, ja, wenn der Wind es herüberträgt, bisweilen auch schauerliche Trauergesänge.

Das sind die Mönche. Sie haben sich wohl vor ihrem Tode nicht mehr vorbereiten können, um rein von aller Schuld vor dem Richterstuhle

Gottes zu erscheinen. Und nun kommen sie immer noch aus dem Fegefeuer und singen das Miserere, Gottes Barmherzigkeit erflehend.«

Die Zuhörer sahen einander ungläubig lächelnd an. Nur der Pilger schien tiefbewegt von der Erzählung und fragte den Wirt, der sie ihnen berichtet hatte, in sichtlicher Erregung:

»Und dies Wunder, sagt Ihr, wiederholt sich noch jedes Jahr?«

»Binnen drei Stunden fängt es ganz bestimmt wieder an. Denn gerade heute haben wir Gründonnerstagabend, und eben hat die Uhr der Abtei acht geschlagen.«

»Wie weit ist es bis zum Kloster?«

»So eine gute Meile – aber was fällt Euch ein? Wohin wollt Ihr in solch einer Nacht?«

»Ihr seid wohl ganz und gar von Gott verlassen?«, riefen alle, als sie sahen, dass der Pilger von der Herdbank aufstand, seinen Stock nahm und sich zur Tür wandte.

»Wohin ich will? Die wunderbare Musik will ich hören – das große, das wirkliche Miserere ... das Miserere der Toten, die wieder auf die Welt kommen und wissen, was es heißt, in Sünden zu sterben.«

Und mit diesen Worten trat er dem entsetzten Laienbruder und den nicht minder erschrockenen Hirten aus den Augen.

Der Wind heulte und warf sich gegen die krachenden Türen – gerade so, als ob ein kräftiger Arm sie aus den Angeln reißen wollte. Der Regen fiel in Strömen und peitschte die Fensterscheiben. Und dann und wann flammte ein Blitz auf und erhellte das Stück Horizont, das sich überblicken ließ.

Nachdem sich das erste Erstaunen gelegt hatte, rief der Laienbruder:

»Er ist verrückt!«

»Natürlich ist er verrückt!« wiederholten die Hirten. Und dann schürten sie wieder die Glut und rückten näher ans Feuer.

II

Der seltsame Mensch, den man in der Abtei für wahnsinnig hielt, stieg nach Rat des Hirten am Flusslauf aufwärts und kam nach einem Wege von etwa einer oder zwei Stunden dorthin, wo die Klosterruinen schwarz und ehrfurchtgebietend emporragten.

Der Regen hatte aufgehört. In dunklen Scharen zogen die Wolken dahin, und zwischen ihren Fetzen spukte bisweilen ein flüchtiger Schein fahlen, ungewissen Lichts. Der Wind tobte gegen die mächtigen Pfeiler und fegte durch die öden Kreuzgänge – mit einem Geräusch, das wie Seufzen klang ...

Trotzdem gab es nichts Übernatürliches, nichts Ungewöhnliches, das die Phantasie erregt hätte. Einem Menschen, der mehr als eine Nacht ohne weiteres Obdach als die Trümmer eines verlassenen Turms oder einer einsamen Burg verbracht und auf seiner langen Pilgerfahrt hundert und aberhundert Unwettern getrotzt hatte, – dem waren all diese Geräusche vertraut.

Der Pilger hatte sich auf eine verstümmelte Grabfigur gesetzt und harrte voll Sehnsucht der Stunde, zu der sich das Wunder verwirklichen sollte. All das seltsame, geheimnisvolle Flüstern der Natur und der stillen Nacht füllte sein aufmerksames Ohr.

Durch die Risse der geborstenen Bogen sickerten Wassertropfen und klatschten mit dem gleichmäßigen Ticktack einer Uhr auf die Fliesen. Aus einer Mauernische hervor, von der steinernen Aureole[58] einer noch aufrechtstehenden Statue verdeckt, krächzte ein Uhu. Schlangen und Eidechsen, vom Sturm aus ihrer Trägheit aufgestört, steckten ihren ungestalten Kopf aus den Schlupflöchern, raschelten zwischen den Hederichstauden und Brombeerranken, die am Fuße des Altars wuchsen, oder krochen zwischen den Fugen der Grabsteine, die in der Kirche als Estrich dienten. Tausend verworrene Geräusche erklangen und verbanden sich auf tausenderlei Weise; aber es waren immer dieselben.

Und so verging die Zeit, ohne dass der Musiker etwas Besonderes wahrnahm.

Der wird mir was weisgemacht haben! dachte er. Aber in demselben Augenblick vernahm er ein neues, an diesem Orte ganz unerklärliches Geräusch – ein Geräusch, wie es aus einer Uhr kommt, wenige Sekunden, bevor sie schlägt ... Ein Geräusch sich drehender Rädchen, ablaufender Ketten, eines Triebwerks, das sich leise in Bewegung setzt und von seinem geheimnisvollen Mechanismus Gebrauch machen will ... Und dann schlug eine Glocke: eins ... zwei ... drei ... – bis elf.

In der zerstörten Kirche gab es keine Glocke, keine Uhr, – nicht einmal einen Turm!

---

58 Strahlenkranz; Heiligenschein, der den ganzen Körper umschließt.

Noch war der letzte Glockenschlag nicht verklungen, noch verhallte er, schwächer und schwächer werdend, in vielfachem Echo. Noch hörte man seine zitternden Schwingungen in der Luft, als plötzlich die ganze Kirche zu leuchten begann: die granitenen Schutzdächer über den Skulpturen, die Marmorstufen der Altäre, die Quader der Spitzbogen, die durchbrochene Brüstung des Chors, die Krabbengirlanden der Karniese[59], die schwarzen Mauerpfeiler, der Estrich, die Wölbungen – alles! Und all das, ohne dass eine Fackel, Kerze oder Lampe zu sehen gewesen wäre, von der diese eigenartige Helligkeit ausgehen konnte.

Es sah aus, als ob ein Gerippe, dessen gelbe Knochen Phosphorgase ausströmten, im Dunkeln mit bläulichem Licht aufleuchtete und furchtsam zitternd verrauchte ...

Alles ringsumher schien lebendig zu werden. Aber die Bewegungen waren gleichsam galvanisch[60] – waren wie Todeszuckungen, die das Leben parodieren – plötzliche Bewegungen einer Leiche, die sich aus unbekannter Kraft regt, was noch entsetzlicher anzusehen ist als ihre Starrheit.

Steine verbanden sich mit anderen Steinen. Und die Teile des Altars, die noch kurz zuvor in wüstem Durcheinander den Boden bedeckt hatten, richteten sich jetzt unversehrt auf und standen da, als ob der Bildhauer soeben den letzten Meißelschlag getan hätte. Und zugleich mit dem Altar erhoben sich die zerstörten Kapellen und die zerbrochenen Kapitäle. Die zertrümmerten zahllosen Bogenreihen kreuzten sich willkürlich, verschlangen sich untereinander und bildeten mit ihren Säulen ein Labyrinth aus Porphyr[61].

Als sich so die Kirche wiederaufgebaut hatte, kam aus der Ferne ein harmonisches Klingen, dem Rauschen des Windes zum Verwechseln ähnlich. Es war aber ein ernster Chorgesang ferner Stimmen, der aus der Erde Schoß zu kommen schien. Und höher und höher steigend, wurde er mit jedem Mal deutlicher vernehmbar.

Dem kühnen Pilger wurde allmählich bange. Aber noch rang mit der Furcht seine Schwärmerei für alles Außergewöhnliche und Wunderbare. Er fasste neuen Mut, entfernte sich vom Grab, auf dem er solange gesessen hatte, und beugte sich über den Rand der Schlucht, worin der Gieß-

---

59 Karnies = Glockenleiste.

60 Auf elektrochemischer Stromerzeugung beruhend.

61 Purpurfarbenes, vulkanisches Gestein.

bach über die Felsen sprang und unter fürchterlichem, andauerndem Donnern hinabstürzte. Und da sträubten sich ihm die Haare vor Entsetzen.

Aus dem Grunde des Gewässers sah er die Gerippe der Mönche herauskommen, die über das Steingeländer der Kirche in jenen Abgrund hinabgeschleudert worden waren. Mit ihren langen Knochenfingern klammerten sie sich in den Felsspalten fest. Ihre zerfetzten Ordenskleider verhüllten nur zum Teil ihre Blöße. Die Kapuzen hatten sie über den Kopf gezogen. Ihre fleischlosen Kinnladen und die weißen Zähne bildeten einen seltsamen Gegensatz zu den dunklen Augenhöhlen der Totenschädel.

Sie erkletterten den Rand der Schlucht und sprachen mit schwacher Grabesstimme – aber mit dem Ausdruck eines erschütternden Schmerzes – den ersten Vers des Psalms Davids:

»Miserere mei, Deus, secundum magnam misericordiam tuam!«[62]

Die Mönche näherten sich dem Säulengang und ordneten sich in zwei Reihen. So betraten sie die Kirche. Im Chor warfen sie sich auf die Knie und sangen noch lauter und feierlicher die weiteren Verse des Psalms.

Musik begleitete rhythmisch ihren Gesang. Sie war das dumpfe Grollen des sich weiter und weiter entfernenden Donners, nachdem das Gewitter vorbeigezogen war. War das Sausen des Windes, der in den Schluchten des Berges heulte, das eintönige Brausen der Fluten, die über die Felsen stürzten. war jeder einzelne Wassertropfen, sickernd durch einen Mauerriss, war des Uhus Schrei aus seinem Versteck, der nimmermüden Echsen Geraschel.

Dies alles machte die Musik aus. Und noch etwas, was sich nicht erklären, ja nicht einmal begreifen ließ ... etwas, das dem Klang einer Orgel glich. Mit Tönen und Akkorden, gewaltig und wuchtig wie die Worte selbst, begleitete es die Verse der gewaltigen Hymne, in der der königliche Psalmendichter seiner Zerknirschung Ausdruck verliehen hatte.

Und die heilige Handlung nahm ihren Fortgang. Der Musiker erlebte alles in einem Zustand der Betäubung, der Bestürzung. Er glaubte sich außerhalb der wirklichen Welt. Er glaubte in einem erträumten Reich der Phantasie zu weilen, wo sich alle Dinge in seltsame und wunderbare Formen kleiden.

---

62 »Nach deiner großen Barmherzigkeit.«

Da riss ihn eine fürchterliche Erschütterung aus der Erstarrung, in der seine Sinne befangen waren. Seine Nerven drohten infolge heftiger Aufregung zu zerspringen. Die Zähne schlugen gegeneinander, – es war ihm ganz unmöglich, sich zusammenzunehmen. Und dazu kam die Kälte, die ihm bis ins Mark drang.

Die Mönche sangen gerade jene eindrucksvollen Worte des Miserere, welche lauten: »In iniquitatibus conceptus sum, et in peccatis concepit me mater mea.«[63]

Und als dieser Vers verklungen war und sich sein Widerhall von Wölbung zu Wölbung fortpflanzte, erhob sich ein gewaltiges, fürchterliches Geschrei. Es klang wie Wehklagen, das die gesamte Menschheit in Erkenntnis ihrer Freveltaten ausstieß. Ein entsetzlicher Schrei war es, aus allen Klagen der Unglücklichen, allem Gejammer der Verzweifelten und allem Lästern der Gottlosen zusammengesetzt. Ein ungeheuerliches Konzert – der würdige Ausdruck aller, die im Laster empfangen sind und in Sünden dahinleben.

Und weiter schritt der Gesang.

Bald klang er traurig und ernst, bald heiter wie ein Sonnenstrahl, der durch dunkle Wetterwolken bricht. Auf Blitze des Schreckens folgten leuchtende Strahlen des Jubels. Bis dann plötzlich eine Verwandlung eintrat: die Kirche erhellte sich, in einer Flut himmlischen Lichtes badend. Die Gebeine der Mönche bedeckten sich mit Fleisch, und ein Heiligenschein kränzte ihre Stirnen. Die Kuppel über ihnen teilte sich; und die Augen der Gerechten sahen den Himmel offen – ein Meer aus Licht und Glanz.

Cherubim und Seraphim, Erzengel und alle anderen Himmelschöre begleiteten diesen Vers mit Lobgesängen. Wie eine wohlgeformte Wassertrombe[64], wie eine riesige Säule duftenden Weihrauchs stieg er empor zum Thron des Herrn:

»Auditu meo dabis gaudium et laetitiam: et exultabunt ossa humiliata.«[65]

---

63 »Siehe, ich bin in sündigem Wesen geboren, und meine Mutter hat mich in Sünden empfangen.«

64 Bestimmte Art von Wirbelsturm.

65 »Lass mich hören Freude und Wonne, dass die Gebeine fröhlich werden, die du zerschlagen hast.«

Bei dieser Stelle wurde der Pilger von der strahlenden Helligkeit geblendet. Er fühlte ein Sausen in den Ohren und heftiges Klopfen in den Schläfen. Bewusstlos fiel er zu Boden und hörte nichts mehr.

III

Am folgenden Tag sahen die friedlichen Mönche der Fitero-Abtei den unbekannten Pilger ins Tor eintreten. Er war bleich und schien außer sich. Der Laienbruder, der inzwischen von dem sonderlichen Besuch am letzten Abend Bericht abgelegt hatte, warf seinem Oberen heimlich einen verständnisvollen Blick zu.

»Na, habt Ihr nun endlich Euer Miserere gehört?«, fragte er den Musiker mit einer Mischung aus Spott und Neugierde.

»Ja«, war die Antwort.

»Und wie hat es Euch denn gefallen?«

»Ich will es niederschreiben. Gebt mir eine Freistätte in Eurem Haus«, wandte er sich an den Abt, – »eine Freistätte und Brot für einige Monate. Und ich werde Euch ein unsterbliches Kunstwerk hinterlassen – ein Miserere, das meine Schuld im Angesicht Gottes tilgen und meinen Namen – und damit auch den dieser Abtei – bis in alle Ewigkeit unvergesslich machen wird.«

Die Mönche wurden neugierig und redeten dem Abt zu, seiner Bitte nachzukommen. Der Abt hielt ihn zwar für einen Narren, aber aus Mitleid erklärte er sich schließlich einverstanden.

Der Musiker richtete sich im Kloster ein und begann das Werk. Tag und Nacht schaffte er unermüdlich, ohne nachzulassen in seinem Eifer. Manchmal hielt er mitten in der Arbeit an, gleichsam lauschend auf etwas, das er im Geiste vernahm. Dabei wurden seine Augen groß und weit. Er sprang vom Sessel auf und rief: »Das ist es! Ja, so ... genau so ... ohne Zweifel, ganz genau so!« Und dann fuhr er wieder fort, Noten zu schreiben – mit einer so fieberhaften Geschwindigkeit, dass die Mönche, die ihn heimlich beobachteten, ihn mehr als einmal deswegen bewunderten.

Er schrieb die ersten Verse nieder und die folgenden – und war schon bis zur Mitte des Psalms gediehen. Als er aber bis zu dem Vers gekommen war, den er als letzten in den Bergen gehört hatte, wusste er nicht weiter.

Er schrieb ein, zwei ... hundert, zweihundert Entwürfe; alles vergeblich! Seine Musik ähnelte nicht der anderen, schon aufgezeichneten.

Von seinen Wimpern stahl sich der Schlaf. Die Eßlust verließ ihn, und ein Fieber stieg ihm ins Hirn. Er wurde wahnsinnig und starb schließlich, ohne das Miserere beendet zu haben.

Die Mönche bewahrten es nach seinem Tode als eine Sehenswürdigkeit auf, und daher ist es auch heute noch im Archiv dieser Abtei erhalten.

*

Als der Alte mit seiner Erzählung zu Ende war, ließ ich noch einmal meinen Blick über die alte verstaubte Miserere-Handschrift gleiten; sie lag noch aufgeschlagen auf dem Tisch.

In peccatis concepit me mater mea[66], stand auf der Seite, die ich vor mir hatte. Und all die Noten und Schlüssel und das andere Gekritzel, unleserlich für Laien in der Musik, schienen sich über mich lustig zu machen.

Ach, ich hätte eine Welt darum gegeben, wenn ich es hätte lesen können!

Denn – wer weiß ... vielleicht mochte doch ein Sinn darin liegen .

66 »Meine Mutter hat mich in Sünde empfangen.«

Das weiße Reh

I

Zu Anfang des vierzehnten Jahrhunderts lebte, zurückgezogen von allem höfischen Treiben, in einem kleinen Orte Aragoniens auf seiner Stammburg ein berühmter Ritter namens Don Dionys, der, nachdem er seinem König im Kampf gegen die Ungläubigen treu gedient hatte, nun von den Strapazen des Krieges ausruhte und den Freuden des edlen Weidwerks huldigte.

Es begab sich, dass dieser Ritter einmal in den Bergen seines Lehnsgutes in Begleitung seiner Tochter, deren seltene Schönheit und ungewöhnlich weiße Hautfarbe ihr den Namen »Weiße Lilie« eingetragen hatten, seiner Lieblingsbeschäftigung nachging. In der Verfolgung eines Stückes Wild begriffen, hatten sie nicht bemerkt, dass die Sonne höher und höher gestiegen war, so dass sie sich nun, um den heißen Mittagsstunden zu entgehen, in ein enges Tal flüchten mussten, das ein kleiner Bach durchfloss, munter von Stein zu Stein dahinplätschernd.

Don Dionys mochte wohl schon an die zwei Stunden an jenem lieblichen Ort weilen. Lang ausgestreckt im weichen Grase, lag er im Schatten einiger Schwarzpappeln und plauderte behaglich mit seinen Jägern über die Ereignisse des Tages. Der eine erzählte gerade von mehr oder minder bedeutsamen Abenteuern, die er in seinem Weidmannsleben hatte bestehen müssen, als oben von dem steilsten Hang, trotz Windesrauschen und Blättergesäusel, das Läuten einer Schelle, wie sie die Leithammel tragen, vernehmbar wurde und näher und immer näher kam.

Wirklich begannen, bald nachdem man das Geläute zuerst gehört hatte, durch das Gewirr von Lavendelbüschen und Thymianstauden etwa hundert schneeweiße Schafe herabzuklettern und über den Bach ans andere Ufer zu springen. Hinter ihnen kam, die Kappe weit übers Gesicht gezogen, um sich vor den senkrecht fallenden Sonnenstrahlen zu schützen, und die Jacke an einem Stock über die Schulter tragend, der dazugehörige Hirte.

Als man seiner ansichtig wurde, sagte einer der Jäger zu Don Dionys:

»Da wir gerade von allerlei seltsamen Abenteuern reden – hier habt Ihr den Schäfer Stephan, der seit einiger Zeit ein noch viel größerer

Trottel ist als ihn der liebe Gott von Natur aus gemacht hat, – na, und das will was heißen! Der könnte Euch angenehm die Zeit vertreiben, wenn er von der Ursache seiner ewigen Ängste erzählte!«

»Was fehlt denn dem armen Teufel!« fragte Don Dionys neugierig.

»Gar nichts fehlt ihm!« versetzte der Jäger geringschätzig. »Die Sache ist die ... ohne dass er an einem Karfreitag geboren ist oder das Zeichen des Kreuzes trägt – aber auch ohne irgendwelche Beziehungen zum Teufel zu unterhalten (denn er benimmt sich ganz wie ein rechter Christenmensch!) und ohne selbst zu wissen, wieso und woher, besitzt er die wunderbarste Gabe, die je ein Mensch besessen hat – ausgenommen vielleicht Salomon, der ja sogar die Vogelsprache verstanden haben soll!«

»Und worin besteht diese wunderbare Gabe?«

»Wie er behauptet – und er beteuert es und beschwört es beim Heiligsten auf Erden –«, fuhr der Jäger fort, »will er gesehen haben, wie die Hirsche, die hier in den Bergen herumlaufen, sich heimlich zugeflüstert hätten, ihn nicht in Ruhe zu lassen! Das Drolligste aber ist, dass er sie mehr als einmal dabei überrascht haben will, wie sie unter sich die Streiche verabredeten, die sie ihm spielen wollten, und dass er ihr schallendes Gelächter gehört zu haben glaubt, wenn ihnen einer dieser Streiche gelungen war!«

Während der Jäger dies erzählte, hatte sich Constanze, wie die schöne Tochter des Don Dionys hieß, der Gruppe der Jäger genähert. Und da sie ihre Neugier nicht verbarg, Stephans merkwürdige Geschichte kennenzulernen, sprang einer auf und holte den Schäfer, der gerade seine Herde tränkte, herbei.

Stephan war ein kräftiger Bursche von achtzehn bis zwanzig Jahren, mit einem zwischen den Schultern eingeklemmten Kopf, kleinen blauen Augen und einem unsicheren, scheuen Blick, wie ihn die Albinos zu haben pflegen. Dazu war er stumpfnasig, hatte wulstige, immer halbgeöffnete Lippen, eine niedrige Stirn und eine ursprünglich weiße, von der Sonne verbrannte Hautfarbe. Sein strähniges Haar, das ihm in langen Locken über die Augen fiel und das Gesicht umrahmte, war brandrot, wie die Mähne eines Fuchshengstes.

Das waren so ungefähr Stephans äußere Kennzeichen. Was seine geistigen Eigenschaften betrifft, so darf man – ohne Furcht, von ihm selbst oder irgendjemand, der ihn kannte, widerlegt zu werden – behaupten, dass er bodenlos dumm war – wenn auch als echter Bauernjunge etwas argwöhnisch und schalkhaft.

Als er vor ihm stand, begrüßte ihn sein Herr, gütig lächelnd und ihn beim Namen nennend, um dem armen Burschen über seine Verwirrung und sichtbare Verlegenheit hinwegzuhelfen. Und als sich der Schäfer so weit gefasst hatte, richtete Don Dionys von neuem das Wort an ihn und stellte, im ernstesten Ton der Welt und ein außerordentlich tiefes Interesse an den Einzelheiten seiner Erlebnisse vorschützend, eine Reihe Fragen, auf die Stephan anfangs nur ausweichende Antworten gab, als ob er wünschte, keine genaueren Erklärungen zu geben.

In die Enge getrieben jedoch durch die Fragen seines Herrn und die Bitten Constanzes, die am neugierigsten von allen war und darauf zu brennen schien, dass der Schäfer seine erstaunlichen Abenteuer erzählte, entschloss er sich, zu reden. Bevor er aber anfing, sah er sich misstrauisch um, als ob er befürchte, noch von anderen als den Anwesenden gehört zu werden, kratzte sich drei- oder viermal am Kopf, wie um seine Erinnerungen zu sammeln und sich die Worte zu überlegen, und begann daraufhin zu erzählen:

»Die Sache ist nämlich die, hoher Herr, oder der Umstand der, dass mit dem Teufel, wie mir ein Priester in Tarazona gesagt hat, den ich vor kurzem wegen meiner Zweifel um Rat fragte, durchaus nicht zu spaßen ist. Vielmehr immer hübsch still sein, recht viel zum Heiligen Bartholomäus beten (der am besten weiß, wo der Satan kitzlig ist) und ihn ruhig seines Weges ziehen lassen! Denn der liebe Gott ist gerecht und wird von oben herab schon für alles sorgen.

Je, das ist nun mal meine Ansicht, und deshalb hab ich mir vorgenommen, um keinen Preis in der Welt und zu keinem Menschen hierüber ein Wort verlauten zu lassen. Ich will es heute mal tun, um Eure Neugier zufriedenzustellen ... und – alles was recht ist! – für den Fall, dass der Teufel es mir hinterher krumm nehmen sollte und mich zur Strafe für meine Schwatzhaftigkeit wieder behelligt, trage ich in meinem Schafspelz ein gutes Evangelienbüchlein eingenäht ... na, und mit dessen Hilfe, denke ich doch, wird mir, wie schon bei ähnlichen Gelegenheiten, auch mein Knüppel nicht ganz ohne Nutzen sein.«

»Aber weiter, weiter!«, rief Don Dionys ungeduldig über die Weitschweifigkeit des Schäfers, der, wenn er so fortfuhr, überhaupt nicht zu Ende zu kommen drohte. »Lass die Umwege und komme schnurstracks auf die eigentliche Geschichte zu sprechen!«

»Auf die komme ich jetzt«, erwiderte Stephan bedächtig. Aber erst rief er laut und pfiff seine Schafe zuhauf, die er keine Minute aus den Augen ließ und die schon anfingen, sich über die Hänge zu zerstreuen. Darauf kratzte er sich abermals am Kopf und fuhr fort zu erzählen:

»Zum Teil infolge Eures ewigen Jagens, zum Teil infolge des wahllosen Abschießens durch die Wildschützen, die ja mit ihren Schlingen und ihrer Armbrust auf zwanzig Meilen in der Runde kein Wild am Leben lassen, war vor nicht langer Zeit der Wildbestand in diesen Bergen so weit gesunken, dass man auch nicht ein Stück mehr zu sehen bekam – und wenn man ein Auge aus dem Kopf dafür gegeben hätte!

Ich sprach damals darüber im Dorf mit ein paar Knechten, die in Veraton auf dem Felde arbeiten und mit denen ich jeden Sonntag, wenn die Messe aus ist, eine Weile vor der Kirche zu sitzen pflege. Und einer von ihnen sagte mir da:

›Aber wie kann das bloß angehen, Mensch, dass du auf kein einziges Stück Wild stößt? Wir nämlich können dir versichern, dass wir nicht ein einziges Mal aufs Feld kommen, ohne Spuren zu finden! Erst vor drei oder vier Tagen – um nicht noch weiter zurückzugreifen – hat ein Rudel, das nach den Spuren zu urteilen aus mehr als zwanzig Tieren bestanden haben muss, dem Küster[67] von der Heiligen Jungfrau zu Rosmarin einen Schlag Weizen abgemäht, wo es noch gar nicht an der Zeit war!‹

Und wohin führten die Spuren? fragte ich die Knechte, um zu sehen, ob ich nicht das Rudel aufspüren könne. ›Ins Lavendeltal‹, erwiderten sie.

Na, ich steckte den Bescheid denn auch in keinen zerrissenen Sack, und noch am selben Abend legte ich mich hier unter den Pappeln auf die Lauer. Und während der ganzen Nacht hörte ich, bald hier, bald da, bald nah, bald fern, die Hirsche schreien und sich einander was zurufen. Manchmal vernahm ich auch dicht hinter mir ein Rascheln im Laubwerk – aber so sehr ich meine Augen auch aufriss: Ich muss gestehen, ich bekam kein Stück Wild zu Gesicht!

Als ich dann bei Tagesanbruch die Schafe hier ans Bachufer trieb – etwa zwei Schleuderwurf weit aufwärts –, fand ich in einer Pappeldickung, in die selbst am Mittag kein Sonnenstrahl dringt, frische Rotwildspuren. Auch waren ein paar Zweige abgebrochen, das Wasser war noch trübe – und das Merkwürdigste von allem: Zwischen den Spuren der Tiere entdeckte ich die Abdrücke von ganz kleinen menschlichen

67 Kirchendiener.

Füßen, die, ohne Übertreibung, nicht größer sein konnten als ... als die Hälfte meiner Hand ...«

Bei diesen Worten schaute der Bursche sich unwillkürlich um, als ob er etwas suche, das er zum Vergleich heranziehen könne. Dabei fiel sein Blick auf Constanzes Füße, die, mit kostbaren Schuhen aus gelbem Saffian[68] bekleidet, unter ihrem Gewand hervorsahen. Aber gleichzeitig mit Stephan blickten auch Don Dionys und ein paar seiner Jäger dorthin. Schnell versteckte das schöne Mädchen die Füße und rief im natürlichsten Ton der Welt:

»Oh, nein! Ich habe leider nicht so niedliche Füße! Die finden sich bloß bei den Feen, von denen uns die fahrenden Sänger erzählen!«

»Damit ist die Geschichte aber keineswegs zu Ende«, fuhr der Schäfer nach Constanzes Einwendung fort. »Ich legte mich nämlich abermals auf die Lauer – und zwar in einem andern Versteck, wo die Hirsche unbedingt vorüberkommen mussten, wenn sie ins Tal wollten. Als ich da nun so saß, duselte ich gegen Mitternacht ein bisschen ein, jedoch nicht so tief, um nicht sofort die Augen aufzumachen, als ich neben mir ein Knacken im Unterholz zu hören glaubte.

Ganz leise richtete ich mich auf und lauschte angestrengt auf das verworrene Gemurmel, das immer näherzukommen schien. Auch trug der Wind so etwas wie Schreien oder eigentümliches Singen zu mir herüber: Gelächter und drei oder vier verschiedene Stimmen, die miteinander sprachen – und das mit einer Lebhaftigkeit und einem Geplapper, als ob Mädchen aus dem Dorf scherzend und lachend, die Krüge auf dem Kopf, in Scharen vom Brunnen heimkehrten.

Wie ich aus der Nähe der Stimmen und dem Knacken der Zweige schloss, die unter den Tritten jenes redseligen Rudels zerbrachen, kamen die Tiere aus der Dickung und wandten sich einer kleinen Matte zu, die der Berg in der Nähe meines Verstecks bildete. Und da vernahm ich unmittelbar hinter mir – nicht weiter weg, als wir hier auseinander sind – eine neue Stimme, frisch und hell wie Glockenklang. Und wollt ihr glauben, ihr Herren, was diese Stimme sagte? Also ich hörte – und das ist so sicher, wie dass ich einmal sterben muss! – sie klar und deutlich sagen:

›Kommt schnell, kommt schnell, ihr Schwestern, da sitzt ja der dumme Stephan!‹«

---

68 Leder aus Ziegenfell.

Nun konnten die Zuhörer, deren Augen schon lange schelmisch geleuchtet hatten, sich nicht länger des Lachens erwehren. Sie ließen ihrer guten Laune freien Lauf und brachen in schallendes Gelächter aus.

Die ersten, die zu lachen anfingen, und die letzten, die damit aufhörten, waren Don Dionys (der sich trotz seiner aufgesetzten Ernsthaftigkeit ungewollt an der allgemeinen Heiterkeit beteiligen musste) und seine Tochter Constanze, die immer wieder, so oft sie Stephan so verdutzt und verlegen dastehen sah, wie toll zu lachen begann, bis ihr die Tränen aus den Augen rannen.

Obwohl nun der Schäfer der Wirkung seiner Erzählung durchaus keinen Wert beimaß, schien er aufs höchste bestürzt und erregt. Und während die Herren nach Herzenslust über seine Einfalt lachten, sah er sich mit unverhohlenen Anzeichen von Furcht nach allen Seiten um, als ob er durch das Gewirr der Stämme irgendwas zu erspähen trachtete.

»Was ist denn, Stephan? Was hast du denn?«, fragte ihn einer der Jäger, als er bemerkte, wie der arme Bursche immer unruhiger wurde und bald entsetzt auf die immer noch lachende Tochter seines Herrn starrte, bald sich in fassungslosem Erstaunen umschaute.

»Ich weiß nicht ... aber es ist sehr sonderbar«, brachte Stephan hervor. »Als ich nämlich die soeben wiedergegebenen Worte vernommen hatte, erhob ich mich eiligst, um die Person, die sie ausgesprochen hatte, zu entdecken. Und da sprang aus demselben Gebüsch, in dem ich mich versteckt gehalten hatte, ein schneeweißes Reh hervor, setzte mit ein paar kühnen Sprüngen über Eichengestrüpp und Mastix[69]sträucher – und weg war es! Und hinter ihm drein ein ganzes Rudel Rehe – Rehe von ganz gewöhnlicher Farbe! Und ebenso wie das weiße, das sie führte, fiepten diese Rehe nicht etwa beim Fliehen – nein, sie brachen in menschliches Gelächter aus! Und ich möchte darauf schwören, dass mir dies Lachen noch jetzt in den Ohren klingt!«

»Ach was, Stephan!«, rief Don Dionys belustigt. »Befolge du nur den Rat, den dir der Priester in Tarazona gab: Sprich nicht von deiner Begegnung mit den lachlustigen Rehen, sonst mischt sich am Ende noch der Teufel ins Spiel, und du verlierst das letzte bisschen Verstand, das du noch hast. Mit einem Evangelienbüchlein bist du ja versorgt, und die Gebete des Heiligen Bartholomäus kennst du auch. Also geh du nur wieder zu deinen Schafen; sie fangen schon an talabwärts zu laufen. Sollten

69 Eine Art von Pistazienbäumen.

die bösen Geister dich wieder belästigen, so weißt du ja das Gegenmittel: ein Vaterunser – und ein Schlag mit deinem Knüppel!«

Nachdem der Schäfer seiner Ledertasche ein halbes Weißbrot und ein Stück Wildschweinbraten entnommen, sowie seinem Magen einen gehörigen Schluck Wein einverleibt hatte, was ihm auf Geheiß seines Herrn von einem der Reitknechte verabfolgt worden war, nahm er von Don Dionys und seiner Tochter Abschied. Und kaum war er vier Schritte gegangen, als er auch schon anfing, die Schleuder zu schwingen und mit Steinwürfen die Schafe zusammenzutreiben.

Nun gewahrte auch Don Dionys, dass inzwischen die ärgste Hitze vorbei war und ein kühles Nachmittagslüftchen durch die Blätter der Pappeln und über die Landschaft strich. Er gab daher seinem Gefolge den Befehl, die Pferde, die frei umherliefen und im Walde grasten, wieder zu satteln. Darauf hieß er die Meute loskoppeln und in die Hörner stoßen, und alsbald verließ die ganze Schar das Pappelgehölz und nahm die unterbrochene Jagd wieder auf.

II

Unter den Jägern des Don Dionys war einer namens Garcias, Sohn eines alten Dieners der Familie und deshalb seiner Herrschaft der liebste von allen.

Garcias war etwa im gleichen Alter wie Constanze, und schon von klein auf hatte er sich daran gewöhnt, ihr auch den geringsten ihrer Wünsche von den Augen abzulesen und jede ihrer Launen zu befriedigen.

In seinen Mußestunden war es ihm eine Freude, mit eigener Hand die spitzen Pfeile ihres elfenbeinernen Köchers[70] zu schärfen. Er ritt die Füllen[71] ein, die seine Herrin tragen sollten. Er richtete ihre Lieblingshunde für allerlei Jagdkünste ab, bildete ihre Falken aus und kaufte ihnen auf den Märkten Kastiliens rote, goldverzierte Hauben.

Infolge dieser ungewöhnlichen Dienstwilligkeit und der Vergünstigungen, die Garcias deswegen bei seiner Herrschaft genoss, hatte er sich bei den andern Jägern, den Knappen und dem niederen Burggesinde recht unbeliebt gemacht; nach Meinung der Neider enthüllten sich in all die-

70 Behältnis für die Pfeile beim Bogen- oder Armbrustschießen.

71 Fohlen.

sen Aufmerksamkeiten und Bemühungen, jeder Laune seiner Herrin zuvorzukommen, seine Speichelleckerei und sein kriecherisches Wesen. Die Gewitzteren indessen und die Boshaften glaubten in dem Eifer des dienstbeflissenen Jünglings gewisse Anzeichen für eine schlecht getarnte Liebe zu erblicken.

Wenn es wirklich so war, so fand Garcias für seine heimliche Neigung hinreichend Entschuldigungsgründe in Constanzes unvergleichlicher Schönheit. Er hätte ja auch eine Brust von Stein und ein Herz von Eis haben müssen, um einen Tag nach dem anderen an der Seite dieses Weibes gefühllos zu bleiben – einer Frau, deren Schönheit und Anmut nicht ihresgleichen hatte.

Die »Weiße Lilie des Moncayo« wurde sie auf zwanzig Meilen in der Runde genannt. Und diesen Beinamen verdiente sie auch, denn sie war so zart, so weiß und so blond, als hätte sie Gott, wie die Lilien, aus Schnee und Gold erschaffen.

Trotzdem munkelte man unter den benachbarten Adelsfamilien, dass das schöne Burgfräulein von Veraton nicht so reinen Blutes sei, wie sie schön war, und dass sie trotz ihrer blonden Haare und ihrer Alabasterhaut eine Zigeunerin zur Mutter gehabt habe.

Wie viel Wahres an diesem Gerede war, vermochte niemand zu sagen. Don Dionys hatte allerdings eine ziemlich abenteuerliche Jugend hinter sich. Nachdem er lange unter dem König von Aragonien gekämpft hatte, wofür er außer anderen Gnadenbezeugungen den Moncayo als Lehen behielt, war er nach Palästina gegangen. Hier führte er mehrere Jahre das Leben eines fahrenden Ritters ... und als er schließlich heimkehrte, um sich auf seine Burg in Veraton zurückzuziehen, brachte er eine kleine Tochter mit, die höchstwahrscheinlich in jenem fernen Land geboren war.

Der einzige, der etwas über Constanzes geheimnisvolle Herkunft hätte aussagen können, weil er Don Dionys auf seinen weiten Ritterfahrten begleitet hatte, war Garcias' Vater – aber der war schon vor geraumer Zeit gestorben, ohne selbst seinem Sohn ein einziges Wort hierüber mitgeteilt zu haben, obwohl ihn dieser oft genug inständig darum gebeten hatte.

Was dazu beitrug, das Geschwätz der Nachbarn zu nähren, war Constanzes eigenartiges Wesen, das ebenso bald in schwermütige Versunkenheit wie in lärmende Heiterkeit umschlagen konnte, – waren der kühne Schwung ihrer Gedanken, ihre absonderlichen Launen, ihre fremdländischen Gewohnheiten – ja, selbst die Eigentümlichkeit, dass sie rabenschwarze Augen und Brauen hatte, während ihr Gesicht weiß und ihr Haar goldblond war. Selbst Garcias, so treu ergeben er ihr auch war, hatte sich schließlich der Überzeugung nicht verschließen können, dass seine Herrin etwas Besonderes darstellte und sich von den übrigen Frauen wesentlich unterschied.

Unter all den Jägern, die Stephans Erzählung mitangehört hatten, war Garcias wohl der einzige, der den Einzelheiten jenes unglaublichen Abenteuers mit wirklicher Neugier gelauscht hatte. Wenn er auch unwillkürlich hatte lächeln müssen, als der Schäfer die Worte des weißen Rehes wiederholte, begann er dennoch, sobald sie vom Rastplatz im Gehölz aufgebrochen waren, in seinem Hirn die närrischsten Gedanken zu wälzen.

»Es kann kein Zweifel sein, dass all das von den sprechenden Rehen eine bloße Einbildung Stephans, dieses völligen Idioten, ist«, sagte sich der junge Jäger, während er auf seinem kräftigen Fuchs Schritt für Schritt hinter dem Zelter[72] Constanzes ritt, die übrigens ebenfalls ein wenig zerstreut und nachdenklich zu sein schien und, ohne viel Anteil an der allgemeinen Fröhlichkeit zu nehmen, sich etwas abseits von der Jagdgesellschaft hielt.

»Wer aber darf sagen, dass an dem, was dieser Trottel erzählt, gar nichts Wahres sei?«, überlegte der Jüngling weiter. »Viel seltsamere Dinge haben sich schon auf der Welt zugetragen, warum sollte es nicht ein weißes Reh geben, da ja auch – wenn man den Volkssagen Glauben schenken darf – Sankt Hubertus, der Schutzpatron der Jäger, ein solches besaß? Oh, wenn ich doch einmal ein weißes Reh lebendig fangen könnte, um es meiner Herrin zu bringen!«

Mit solchen Gedanken und Erwägungen vertrieb sich Garcias die Nachmittagsstunden. Und als die Sonne schon hinter die Kuppen der nahen Berge zu kriechen begann und Don Dionys seine Leute umkehren und in die Burg zurückkommen hieß, trennte er sich unbemerkt von den anderen und machte sich durch Dorn und Dickung auf die Suche nach dem Schäfer.

Es war schon fast dunkle Nacht, als Don Dionys vor den Toren seiner Burg ankam. Sofort ließ er sich ein einfaches Abendessen auftragen und setzte sich mit seiner Tochter zu Tisch.

---

72 Leichtes Reitpferd.

»Wo bleibt denn Garcias?«, fragte Constanze, als sie gewahr wurde, dass ihr Leibjäger nicht zur Stelle war, um sie wie gewöhnlich beim Essen zu bedienen.

»Wir wissen es auch nicht!«, erwiderten die anderen Jäger. »Er war schon bald nach dem Aufbruch im Tal nicht mehr unter uns, und seitdem haben wir ihn noch nicht wieder gesehen.«

In diesem Augenblick kam Garcias ganz außer Atem und schweißbedeckt hereingestürzt, aber mit dem fröhlichsten und zufriedensten Gesicht der Welt.

»Verzeiht, Herrin!«, bat er Constanze. »Verzeiht mir, dass ich für einen Augenblick meine Pflicht vernachlässigt habe. Aber dort, woher ich in rasendem Galopp komme, war ich nicht Euch nicht weniger zu dienen bemüht als hier.«

»Mir zu dienen?«, fragte Constanze. »Ich verstehe nicht, was du meinst.«

»Doch, Herrin: Euch zu dienen!«, beharrte der Jüngling. »Denn ich habe herausgebracht, dass das weiße Reh wirklich existiert. Außer Stephan versichern es noch andere Hirten und schwören, es mehr als einmal gesehen zu haben. Mit ihrer Hilfe und Gottes Beistand und unter dem Schutze meines Patrons Sankt Hubertus hoffe ich, dass ich es Euch binnen drei Tagen lebendig oder tot auf die Burg bringen werde!«

»Ach, was!« rief Constanze spöttisch, während alle Anwesenden in mehr oder weniger lautes Gelächter ausbrachen. »Lass das nächtliche Jagen und kümmere dich nicht um weiße Rehe! Bedenke, dass der Teufel es darauf angelegt hat, die Dummen zu versuchen, und, wenn du dich erkühnst, ihm auf die Hacken zu treten, wird er sich mit dir gerade so einen Spaß erlauben wie mit dem armen Stephan!«

»Herrin«, brachte Garcias stockend hervor, indem er nach Möglichkeit seinen Zorn über das spöttische Lachen seiner Gefährten zu verbergen trachtete, »ich bin noch niemals mit dem Teufel zusammen gewesen und weiß daher auch nicht, wie er sich benimmt ... aber ich schwöre es bei meiner Ehre, dass er sich alles andere eher mit mir erlauben wird als einen Spaß – denn dieses Vorrecht räume ich nur Euch ganz allein ein!«

Constanze war sich der Wirkung wohl bewusst, die ihre Sticheleien auf den in sie verliebten Jüngling ausübten. Es verlangte sie aber danach, seine Geduld auf die äußerste Probe zu stellen.

»Und wenn nun in dem Augenblick, wo du auf das weiße Reh anlegst“, fragte Constanze im selben spöttischen Ton, »es dich mit einem Lachen begrüßt, wie es Stephan vernommen hat? Oder wenn es dir geradeswegs ins Gesicht lacht, und wenn dir bei solch einem übernatürlichen Gelächter die Armbrust aus den Händen fällt? Und wenn es dann schneller als der Blitz davonhuscht, bevor du dich von dem Schreck erholen kannst?«

»Oh«, rief Garcias, »was dies betrifft, so dürft Ihr versichert sein: Wenn ich das Tier erst einmal in Schussweite habe, so wird es mir nicht ohne einen Pfeil im Leibe entwischen – und sollte es mehr Grimassen schneiden als ein Possenreißer und mich nicht allein auf Spanisch anreden, sondern, wie der Abt von Munilla, auf Lateinisch!«

Jetzt mischte sich auch Don Dionys ins Gespräch, und mit einem verzweifelten Ernst, der die ganze Ironie seiner Worte durchblicken ließ, fing er an, dem ohnehin schon verärgerten Burschen – für den Fall, dass er unversehens mit dem in ein weißes Reh verwandelten Teufel zusammentreffen sollte – die originellsten Ratschläge der Welt zu erteilen. Bei jedem neuen Einfall ihres Vaters richtete Constanze ihren Blick auf den tiefbetrübten Garcias und brach immer wieder in tolles Gelächter aus, während die anderen Jäger die Spötterei noch durch verständnisvolle Blicke und offensichtliche Schadenfreude verstärkten.

Diese Hänseleien dauerten während der ganzen Mahlzeit an, wobei die Leichtgläubigkeit des jungen Jägers sozusagen das obligatorische Thema der allgemeinen Heiterkeit bildete. Nachdem der Tisch abgedeckt war, Don Dionys und Constanze sich in ihre Gemächer zurückgezogen und die übrigen Burginsassen sich zur Ruhe begeben hatten, blieb Garcias noch eine geraume Weile unentschlossen sitzen und überlegte, ob er trotz der Späße seiner Herrschaft fest auf seinem Vorsatz beharren oder den Plan gänzlich aufgeben solle.

»Zum Teufel!«, rief er endlich, sich aus dem Zustand seiner Unschlüssigkeit herausreißend. »Etwas Schlimmeres als das, was mir soeben widerfahren ist, kann mir nicht geschehen! ... Und wenn es nun doch wahr sein sollte, was uns Stephan erzählt hat – ei, wie will ich dann meinen Triumph auskosten?«

Damit nahm er seine Armbrust, machte über den Spitzen der Pfeile das Zeichen des Kreuzes, warf sich die Waffe über die Schulter und schlich sich durch eine Seitenpforte aus der Burg, um den Weg in die Berge zu nehmen.

Als Garcias in der Talschlucht ankam, wo er nach Stephans Angaben auf das Erscheinen der Rehe warten sollte, ging gerade der Mond hinter den nahen Kuppen auf.

Als guter, erfahrener Jäger schritt er, bevor er einen geeigneten Platz zum Auflauern des Wildes einnahm, erst eine geraume Weile die Umgebung ab, prüfte die Fußwege und Saumpfade, den Standort der Bäume, die Beschaffenheit des Bodens und die Krümmungen und die Tiefe des Baches. Nachdem er alles ringsum auf das Genaueste untersucht hatte, kauerte er sich in einer kleinen Senkung unter einigen hohen, dichtbelaubten Pappeln nieder – hinter eine Reihe von Mastixsträuchern, die hoch genug waren, um einen auf der Erde hockenden Menschen zu verbergen.

Der Bach, der weiter oben aus bemoosten Felsen hervorsprudelte, und, sich durch die Schluchten des Moncayo windend, aus beträchtlicher Höhe ins Tal herabfiel, umspülte die Weiden an seinem Ufer, plätscherte lustig dahin zwischen Fels und Geröll und ergoss sich unweit des Ortes, wo der Jäger versteckt war, in eine Art Kessel.

Um dieses Staubecken herum bildete Laubwerk eine dichte Wand. Dort standen Pappeln, deren silberne Blätter lieblich flüsterten; Weiden, die sich tief hinabbeugten und die Spitzen ihrer biegsamen Zweige im klaren Wasser badeten; Steineichen in dichten Gruppen, an deren Stämmen sich Geißblatt und blaue Marienglocken emporrankten. Das dichte Laubdach, das den Bach in Schatten hüllte, schwankte im Winde und ließ von Zeit zu Zeit einen flüchtigen Mondstrahl durchdringen, der dann wie ein silberner Blitz auf den tiefen, unbeweglichen Wassern erzitterte.

Versteckt im Gebüsch, lauschte Garcias angestrengt auf das geringste Geräusch und wandte keinen Blick von der Stelle, wo seiner Berechnung nach die Rehe auftauchen mussten. Schon seit einiger Zeit wartete er vergebens. Alles ringsumher war in tiefes Schweigen versunken.

Da die Nacht schon zur Hälfte verstrichen war, begann sich bei ihm allmählich die Müdigkeit einzustellen. Dazu das gleichmäßige Murmeln des Baches, der berauschende Duft der Waldblumen, das Säuseln des Windes, – dies alles lullte ihn in jene süße Schläfrigkeit, in der die ganze Natur befangen schien. Und so musste denn der verliebte Bursche, der sich bis jetzt damit unterhalten hatte, sich die vielversprechendsten Zukunftsbilder auszumalen, wahrnehmen, wie sein Hirn immer langsamer zu arbeiten begann und seine Gedanken immer undeutlichere und verschwommenere Formen annahmen ...

Eine Weile noch wiegte er sich in diesem Dämmerzustand, der die Brücke vom Wachen zum Schlafen bildet; schließlich aber schloss er die Augen, ließ die Armbrust aus der Hand gleiten und fiel in einen tiefen Schlaf.

*

Zwei oder drei Stunden mochten schon vergangen sein, als der junge Jäger in aller Sorglosigkeit schnarchte und einen der schönsten Träume seines Lebens träumte. Auf einmal aber öffnete er erschreckt die Augen und richtete sich zur Hälfte auf, noch ganz benommen von dem dumpfen Gefühl, das sich einstellt, wenn man plötzlich aus tiefem Schlummer erwacht.

Es war ihm, als vernähme er im Wehen des Windes und in den leisen Geräuschen der Nacht einen seltsamen Chor von feinen Stimmen, die süß und geheimnisvoll untereinander sprachen, lachten oder sangen, jede für sich und auf ihre eigene Weise, so dass es dem wirren Gezwitscher der Vögel ähnelte, wenn sie beim ersten Sonnenstrahl im Gezweig der Bäume erwachen.

Nur einen Augenblick lang jedoch waren diese seltsamen Laute zu hören. Danach versank alles wieder in Schweigen.

»Wahrscheinlich hab ich von dem dummen Zeug geträumt, das uns der Schäfer erzählt hat«, beruhigte sich Garcias und rieb sich behaglich die Augen, in der festen Überzeugung, dass alles, was er gehört zu haben glaubte, nichts anderes gewesen sei als die flüchtige Spur des Traums, die beim Erwachen in der Einbildung zurückbleibt – so wie im Ohr die Schlusskadenz einer Melodie, nachdem die letzte Note zitternd verklungen ist. Und von der unwiderstehlichen Schläfrigkeit beherrscht, die ihm in den Gliedern lag, wollte er gerade wieder den Kopf ins Gras legen, als er von Neuem den fernen Hall jener geheimnisvollen Stimmen vernahm. Diesmal hörte er, wie sie im Chor zum Rauschen des Windes, des Wassers und der Blätter sangen:

»Der Bogenschütze, der hoch oben auf dem Turme Wache hielt, hat sein müdes Haupt auf die Mauer gelegt.
Den Jäger in seinem Versteck, der das Wild zu überraschen gedachte, hat der Schlaf übermannt.

Der Hirt, der die Stunden der Nacht aus dem Stand der Gestirne abliest,
schlummert nunmehr und wird schlummern bis Tagesanbruch.
Königin der Undinen, herbei und folge unseren Schritten!
Wiege dich auf den Zweigen der Weiden über dem Wasser!
Berausche auch du dich am Duft der im Schatten blühenden Veilchen!
Komm und genieße die Nacht, denn sie ist der Tag für die Geister!«

Solange die lieblichen Klänge der köstlichen Musik die Luft erfüllten, blieb Garcias unbeweglich sitzen. Dann, als sie verhallt war, bog er mit größter Vorsicht ein wenig die Zweige auseinander und sah nicht ohne Überraschung die Rehe im Rudel daherkommen. Mit unglaublicher Behändigkeit setzten sie hier über Buschwerk, blieben dort stehen, um zu lauschen, spielten miteinander, verbargen sich im Dickicht, tauchten wieder auf dem Fußpfad auf und kamen so den Hang herabgesprungen, in Richtung der Stelle, wo sich der Bach staute.

Den anderen Tieren voran sprang das weiße Reh. Es war behender und leichtfüßiger, lieblicher und lustiger anzusehen als alle zusammen; es hüpfte und rannte, stand und lief weiter, so leicht, als ob seine Füße den Boden gar nicht berührten, und seine seltene Farbe stach wie ein phantastisches Licht von dem dunklen Grund der Bäume ab.

Obwohl der Jüngling sich geneigt fühlte, in dem, was er vor sich hatte, etwas Wunderbares und Übernatürliches zu erblicken, musste er sich dochsagen, dass – abgesehen von der kurzen Betäubung, die einen Augenblick seine Sinne getrübt hatte, ihm Musik, Laute und Worte vorgaukelnd – weder an der Gestalt der Rehe, noch an ihren Bewegungen, noch an den kurzen Schreien, womit sie einander zu rufen schienen, etwas war, was einem an nächtliches Pirschen gewöhnten Jäger nicht schon hätte vertraut sein müssen.

Nachdem sich das erste Staunen gelegt hatte, war Garcias sogar davon überzeugt, dass es sich so verhielt. Innerlich über seine Furcht und Leichtgläubigkeit lachend, hatte er fortan nur noch im Auge, den genauen Standort der Rehe festzustellen, wobei er die Richtung berücksichtigte, die sie eingeschlagen hatten. Mit seiner Rechnung fertig, nahm er seine Armbrust zwischen die Zähne, kroch wie eine Schlange durch das Mastixgesträuch und blieb etwa vierzig Schritt entfernt von der Stelle liegen, wo er sich bisher verborgen hatte. Und nachdem er es sich in seinem neuen Versteck bequem gemacht hatte, wartete er den geeigneten

Zeitpunkt ab, um, sobald die Rehe am Wasser wären, einen sicheren Schuss zu tun.

Kaum drang dies eigenartige Geräusch von durchschrittenem und heftig aufgewühltem Wasser an sein Ohr, als sich Garcias leise und unter größter Vorsicht erhob, indem er sich zuerst auf die Fingerspitzen und dann auf ein Knie stützte.

Schon stand er aufrecht. Noch einmal tastete er seine Waffe ab, ob alles in Ordnung sei, tat einen Schritt vorwärts, reckte den Hals über das Gesträuch, bis er den Stauteich übersehen konnte, und spannte die Armbrust.

Aber im selben Augenblick, als er die Armbrust spannte und nach der Beute Ausschau hielt, entrang sich seinen Lippen unwillkürlich ein leiser Schrei der Verwunderung.

Der Mond war langsam höher und höher gestiegen und hing nun mitten am Himmel. Sein milder Schein ergoss sich über die Bäume, bestrahlte den bewegten Spiegel des Baches und ließ alle Dinge wie durch einen blauen Schleier blicken.

Die Rehe waren verschwunden.

An ihrer Stelle erblickte Garcias mit Verwunderung, ja fast mit Bangen, eine Schar wunderschöner Mädchen. Tändelnd stiegen die einen ins Wasser, während andere gerade die letzten Hüllen abstreiften, die den Schatz ihrer schönen Glieder noch den lüsternen Blicken verbargen.

Was sich hier den überraschten Augen Garcias' darbot, war ein Bild, wie es ein zwanzigjähriger Jüngling sich selbst in den glühendsten Farben der Phantasie nicht hätte ausmalen können. Es war noch schöner als all die lieblichen, wollüstigen Träume, die der leise unruhige Morgenschlummer beschert, diese himmlisch reinen Träume, die beglückend sind wie das Tageslicht, das dann durch die hellen Bettvorhänge schimmert.

Als sich nun alle ihrer Kleider und tausend farbigen Schleier entledigt und sie an die Bäume gehängt hatten, wo sie im Dunkel hell hervorstachen, oder sie achtlos auf den Rasenteppich geworfen hatten, begannen die Mädchen nach Herzenslust im Gehölz umherzutollen, stürzten sich in den Bach und kletterten wieder heraus, so dass das Wasser hoch aufspritzte und die Blumen am Ufer mit einem feinen Regen funkelnder Tautropfen übergoss.

Hier tauchte eins von ihnen, weiß wie ein Lämmchen, mit ihrem blonden Kopf zwischen den grünen, schwimmenden Blättern einer Wasserpflanze auf – wie eine halbgeschlossene Blüte an biegsamem Stengel, den man eher errät als unter den zahllosen leuchtenden Wasserkreisen zittern sieht.

Dort schaukelte ein anderes Mädchen, dem das offene Haar über die Schultern fiel, am Ast einer Weide, der über dem Bach hing, und die kleinen rosigen Füße rissen eine silberne Narbe in den glatten Wasserspiegel, so oft sie ihn berührten. Und während die einen am Ufer lagen, die blauen Augen halb geschlossen, sich am Duft der Blumen berauschend und leicht erschauernd unter dem frischen Nachtwind, wirbelten die anderen in lustigem Reigen umher, launig die Hände ineinandergeschlungen, den Kopf mit entzückender Nachlässigkeit in den Nacken geworfen, und im Tanzschritt mit den Füßen den Boden berührend.

Es war unmöglich, all ihren schnellen Bewegungen zu folgen, unmöglich, mit einem Blick die immer wechselnden Bilder zu umfassen. Die einen liefen durch das Gewirr der Bäume, spielend und mit frohem Lachen einander jagend. Die andern furchten das Wasser wie Schwäne, die Flut mit ihren starren Brüsten zerteilend, wieder andere tauchten hinab in die Tiefe, blieben eine Zeitlang unter Wasser, um dann mit einer jener seltenen Blumen wieder hochzukommen, die verborgen auf dem Grunde der tiefen Gewässer wachsen.

Mit staunendem Blick starrte der Jäger bald hierhin, bald dorthin, ohne an einem Punkt verweilen zu können. Schließlich fiel sein Auge auf eine Gruppe Mädchen, von denen eines schöner war als das andere. Von ihnen umringt, unter einem grünen Laubdach, das gleichsam als Thronhimmel diente, saß eins, dem die andern halfen, die feinen leichten Gewänder abzustreifen. Und in diesem Mädchen glaubte Garcias den Gegenstand seiner heimlichen Liebe zu erkennen – die Tochter seines edlen Herrn Don Dionys, die unvergleichlich schöne Constanze!

Von einer Überraschung in die andere fallend, wagte der verliebte Jüngling nicht einmal seinen eigenen Augen Glauben zu schenken; er meinte, er stünde unter dem Einfluss eines sinnverwirrenden, trügerischen Traumes.

Vergebens jedoch versuchte er, sich davon zu überzeugen, dass alles, was er erblickte, nur das Resultat seiner überreizten Einbildung wäre. Je länger und genauer er hinsah, desto mehr war er davon überzeugt, dass jenes Mädchen wirklich Constanze war.

Nein, er konnte nicht länger zweifeln! Das waren ihre schwarzen Augen, ihre langen Wimpern, die sie beschatteten und doch kaum ausreichten, das Feuer ihrer Blicke abzuschwächen. Das war ihr reiches blondes Haar, das ihre Stirn umkränzte und ihr wie eine Flut über die rundlichen Schultern und weißen Brüste fiel. Das war ihr lieblicher Hals, auf dem ihr zarter Kopf saß, leicht vornübergeneigt wie eine Blume, die sich unter der Last der Tautropfen beugt. Und das waren ihre üppigen Formen, von denen er so manches Mal geträumt hatte, – ihre Hände, die wie ein Strauß Jasminblüten aussahen; ihre winzigen Füße, die nur mit zwei Stückchen Schnee vergleichbar waren, die die Sonne nicht hat schmelzen können und die morgens weiß zwischen dem Grün hervorleuchten.

In dem Augenblick, als Constanze aus dem Gebüsch trat und, des letzten Schleiers beraubt, die verborgenen Schätze ihrer Schönheit den Augen ihres Verehrers preisgab, begannen ihre Gespielinnen aufs neue zu einer wunderschönen Melodie im Chor zu singen:

»Genien[73] der Luft, des leuchtenden Äthers Bewohner: Kommt herbei, in silbernen Nebel gehüllt!
Unsichtbare Sylphen[74]: Entsteigt dem Kelch der halbgeöffneten Lilie und kommt in eurem Perlmuttergespann, von Schmetterlingen gezogen!
Quellgeister ihr: verlasst euer moosiges Bett und fallet auf uns herab in rieselndem Perlenregen!
Smaragdene Käfer, leuchtende Glühwürmchen, schwarze Falter, kommt alle herbei!
Kommt alle, alle herbei, ihr Geister der Nacht! Kommt wie ein summender Schwarm goldfunkelnder Kerfen[75]!
Kommt! Schon leuchtet das große Gestirn, der Geheimnisse treuer Behüter, in der ganzen Fülle seiner Schönheit!
Kommt! denn die Stunde ist da für die wunderbare Verwandlung!
Kommt! denn die, die euch lieben, erwarten euch schon voller Sehnsucht!«

Garcias verharrte noch immer regungslos. Aber schon als er den geheimnisvollen Gesang hörte, fühlte er, wie sich die Natter der Eifersucht in sein Herz fraß. Und einem Triebe gehorchend, der stärker war als sein Wille – dem Verlangen, auf einen Schlag den ganzen Zauber zu

---

73 Schutzgeister der römischen Mythologie.

74 Anmutige Naturgeister, dem Element Luft zugeordnet.

75 Anderes Wort für Insekten (Kerbtiere).

zerstören, der seine Sinne betäubte, bog er mit krampfhaft zitternder Hand das Gezweig auseinander, das ihn solange verborgen hatte, und mit einem einzigen Satz sprang er ans Ufer des Baches ...

Der Zauber war fort! Alles war fort, zerflossen wie Nebel und Dunst! Und wohin er auch blickte – nichts war zu sehen! Das einzige, was er vernahm, war das laute Getrappel der aufgescheuchten Rehe, die, beim schönsten ihrer nächtlichen Spiele überrascht, entsetzt vor ihm flüchteten – die einen hierhin, die andern dorthin, über die Büsche hinweg und in wilder Jagd den Hang hinauf ...

»Oh, ich wusste ja nur zu gut, dass alles ein Blendwerk des Teufels war!«, rief der Jäger. »Aber zum Glück war er diesmal nicht flink genug und hat das beste Stück in meiner Hand gelassen!«

Und wirklich war es so! In der Absicht, durch das Gehölz zu entkommen, hatte sich das weiße Reh in das Gewirr der Zweige und Sträucher geworfen, war in einem Netz von Geißblattranken hängen geblieben und suchte nun vergebens, sich freizumachen.

Schon legte Garcias an. Doch im selben Augenblick, als er den Pfeil abschießen wollte, wandte sich das Reh nach dem Jäger um und rief ihm mit klarer, heller Stimme zu:

»Garcias, was tust du?«

Der Jüngling schwankte, zauderte einen Augenblick und ließ, erschreckt bei dem bloßen Gedanken, seine geliebte Herrin beinahe getötet zu haben, die Armbrust auf den Boden fallen.

Ein schallendes, helles Gelächter riss ihn aus seiner Betäubung. Das weiße Reh hatte jenen kurzen Augenblick benutzt, um sich loszumachen, und rannte nun schnell wie der Blitz davon, über den Streich lachend, den es dem Jäger gespielt hatte.

»Ah, du verdammte Teufelsbrut!«, rief der Jäger mit fürchterlicher Stimme und hob die Armbrust mit unglaublicher Schnelligkeit auf. »Zu früh hast du gejubelt, zu früh hast du dich außer Schussweite geglaubt!« Und mit diesen Worten schoss er den Pfeil ab. Schwirrend flog er davon und verlor sich im Dunkel der Bäume. Doch im selben Augenblick gellte von dort ein Schrei, dem verhaltenes Stöhnen folgte.

»Mein Gott!«, rief Garcias, als er das ängstliche Wimmern vernahm. »Mein Gott, wenn es wahr wäre!« Und außer sich, fast wahnsinnig vor Entsetzen und ohne sich recht über das Geschehene klar zu werden, stürzte er davon, der Richtung seines Pfeiles folgend.

Endlich kam er dort an – da aber sträubte sich ihm vor Grauen das Haar, die Worte blieben ihm in der Kehle stecken, und er musste sich an einen Baumstamm klammern, um nicht umzusinken.

Am Abhang zwischen dem spitzen Dornengestrüpp lag Constanze in ihrem Blut und gab, von seiner Hand tödlich getroffen, vor seinen Augen ihren Geist auf.

Die grünen Augen

Schon vor langer Zeit hatte ich Lust, etwas unter diesem Titel zu schreiben. Heute endlich bot sich mir dazu Gelegenheit. Mit großen Lettern hab ich ihn auf die erste Seite gesetzt und darauf die Feder nach Herzenslust über das Papier fliegen lassen.

Ich glaube, ich habe ein paar Augen gesehen, wie sie in dieser Geschichte geschildert sind. Ich weiß nicht, ob nur im Traum – aber gesehen hab' ich sie! Es wird mir wohl nicht gelingen, sie so zu beschreiben, wie sie waren – leuchtend und durchsichtig wie Regentropfen, die an den Blättern der Bäume hängen, im Sommer nach einem Gewitter. Die Phantasie meiner Leser muss ich auf jeden Fall bemühen – schon, um begreiflich zu machen, was ich mit dieser Skizze (wie man sie wohl bezeichnen kann) auszudrücken beabsichtige – mit dieser Skizze zu einem Gemälde, das ich später einmal malen möchte.

I

»Der Hirsch ist verwundet ... kein Zweifel, er ist verwundet! Hier zwischen den Brombeerbüschen sieht man die Schweißspur, und dort bei dem Mastixstrauch, über den er gesprungen ist, sind ihm die Läufe schwach geworden. Unser Junker[76] beginnt, wo andere aufhören ... Vierzig Jahre bin ich schon Jäger und habe keinen besseren Wurf gesehen! Aber bei St. Saturn, dem Schutzherrn Sorias[77], versperrt dem Tier dort beim Eichengestrüpp den Weg! Hetzt die Hunde an! Stoßt in die Hörner, dass euch die Lunge platzt! Drückt den Gäulen die Sporen in die Weichen! Seht ihr denn nicht, dass er zur Pappelquelle fliehen will? Wenn wir ihn nicht zur Strecke bringen, bevor er sie erreicht, müssen wir ihn verloren geben!«

Die Schluchten des Moncayo[78] warfen in mehrfachem Echo den Klang der Hörner zurück. Das Gebell der entfesselten Meute und das Lärmen der Knappen[79] brach los mit erneuter Kraft, und der ganze wirre Haufe von Menschen, Pferden und Hunden stürzte sich nach dem Ort, den Ig-

76 Junger Adliger, der noch nicht zum Ritter geschlagen wurde.

77 Stadt und Provinz im Osten Kastiliens.

78 15 Kilometer langes und 7 Kilometer breites Bergmassiv.

79 Knappe = junger Mann, der einem Ritter dient.

naz, der Jägermeister der Markgrafen von Almenar, als den günstigsten bezeichnet hatte, um dem Wild den Weg abzuschneiden.

Aber es war alles umsonst. Als der schnellste der Hunde keuchend und mit schäumenden Lefzen das Eichengestrüpp erreichte, war der Hirsch, geschwind wie ein Pfeil, schon mit einem einzigen Satz darüber hinweggesprungen und verlor sich nun zwischen dem Buschwerk eines Pfades, der zur Quelle führte.

»Halt! ... Alle Mann halt!«, rief Ignaz da. »Es ist Gottes Wille, dass er uns entwischt.«

Die Reiter brachten die Pferde zum Stehen. Die Hörner verstummten, und knurrend gaben die Hunde auf den Zuruf der Jäger die Verfolgung auf.

In diesem Augenblick holte der Held des Tages, Ferdinand von Argensola, der älteste Sohn auf Almenar, seine Weidgenossen ein.

»Was tust du?« fuhr er seinen Jäger an, und Erstaunen zeichnete sich auf seinem Antlitz ab. Zorn sprühte aus seinem Blick, »Was tust du, Dummkopf? Du siehst, dass das Tier verwundet ist – das erste Wild, das von meiner Hand fällt –, und gibst die Hetze auf! Lässt es laufen, so dass es irgendwie in der Dickung verrecken muss! Glaubst du denn, ich bin hier, um den Wölfen zum Fraß Hirsche zu stechen?«

»Gnädiger Herr«, murmelte Ignaz zwischen den Zähnen, »es ist ganz unmöglich, hier weiterzugehen.«

»Unmöglich? Weshalb?«

»Weil dieser Pfad zum Pappelquell führt«, entgegnete der Jägersmann. »Und im Pappelquell haust ein böser Geist. Wer es wagt, sein Wasser zu trüben, zahlt teuer für seine Keckheit. Der Hirsch wird längst hinübergesprungen sein, – wie aber wollt Ihr hinüberkommen, ohne auf Euer Haupt ein furchtbares Unglück zu lenken? Wir Jäger sind zwar die Könige des Moncayo – aber Könige, die einen Tribut entrichten; das Wildbret, das sich an diesen verwunschenen Ort flüchtet, ist ein verlorenes Stück.«

»Verlorenes Stück! Lieber will ich das Erbe meiner Väter aufs Spiel setzen, lieber meine Seele dem Teufel verschreiben, als zuzugeben, dass dieser Hirsch mir entwischt ist – der einzige, den mein Jagdspieß erreicht hat, der erste Erfolg meiner Weidmannsgänge ... Da! Siehst du ihn? ... Siehst du ihn? Noch ist er von hier aus zuweilen zu sehen ... die Läufe versagen ihm, er ermüdet allmählich! – Lass mich! Lass mich! Gib die Zügel frei – oder ich werfe dich zu Boden! Wer weiß, ob ich ihm überhaupt Zeit lasse, bis zur Quelle zu kommen? Und wenn er hinkommt, so mag sie der Teufel holen samt ihren klaren Wassern und ihren Bewohnern! – Vorwärts, Blitz! Vorwärts, mein Pferd! Wenn du ihn einholst, so lass ich deinen goldenen Kappzaum mit den Diamanten meines Geschmeides besetzen!«

Pferd und Reiter stoben davon wie der Wind.

Ignaz blickte ihnen nach, bis sie sich in der Dickung verloren. Dann sah er sich um, und alle waren, wie er, starr vor Bestürzung.

Der Jäger rief endlich: »Ihr habt es alle gesehen: ich wäre bereit gewesen, unter den Hufen seines Pferdes zu sterben, wenn ich ihn hätte zurückhalten können. Ich habe meine Pflicht erfüllt. Gegen den Teufel hilft kein Mut. Bis hierher darf der Jäger mit seiner Armbrust gehen, drüber hinaus – mag der Herr Kaplan mit seinem Weihwedel versuchen, ob er weiterkommt.«

II

»Ihr seid blass. Unlustig und düster geht Ihr umher; was fehlt Euch? Seit dem Tag, den ich immer für unheilvoll halten werde – damals, als Ihr das verwundete Tier bis an den Pappelquell verfolgtet – möchte man meinen, eine böse Zauberin hätte Euch das Mark aus den Knochen gehext.

Ihr geht nicht mehr mit der lärmenden Meute in die Berge, und der Klang Eurer Hörner weckt ihr Echo nicht mehr. Allein und in Gedanken versunken, greift Ihr an jedem Morgen zur Armbrust und verliert Euch im Dickicht. Dort bleibt Ihr, bis die Sonne untergeht. Und wenn Ihr bei Einbruch der Dunkelheit bleich und ermüdet zur Burg zurückkehrt, such' ich vergeblich in Eurer Tasche nach Jagdbeute. Womit beschäftigt Ihr Euch denn all die Stunden, fern von denen, die Euch über alles lieben?«

Während Ignaz sprach, schnitzelte Ferdinand, in Gedanken versunken, mechanisch mit seinem Jagdmesser an der Ebenholzbank. Nach langem Schweigen, das nur unterbrochen wurde von dem schleifenden Geräusch des Messers, wenn es von dem glatten Holz abglitt, wandte sich der Jüngling an seinen Untergebenen und rief, als ob er auch nicht eins von dessen Worten gehört hätte:

»Du, Ignaz, du bist doch schon so alt, du kennst doch alle Schlupfwinkel des Moncayo, hast dem Wild nachpirschend an seinen Hängen dein

Leben verbracht, und auf deinen Weidmannsgängen hast du mehr als einmal seinen Gipfel erstiegen – du, sag mir: Hast du irgendwann einmal eine Frau getroffen, die zwischen den Felsen haust?«

»Eine Frau?«, rief der Jäger erstaunt und sah ihn starr an.

»Ja«, erwiderte der Jüngling. »Es ist recht seltsam, was ich erlebt habe ... recht seltsam. Ich dachte, ich könnte dies Geheimnis immer für mich behalten, aber es ist mir jetzt nicht mehr möglich – mein Herz läuft davon über, und mein Antlitz verrät es. Ich will es dir darum enthüllen. Du sollst mir helfen, das Geheimnis zu lösen, von dem diese Frau umgeben ist. Wie es scheint, ist sie nur für mich da, denn niemand kennt sie, niemand hat sie gesehen, und keiner kann mir über sie Auskunft geben.«

Der Jäger rückte, ohne die Lippen zu öffnen, seinen Schemel neben die Bank seines Herrn, nicht einen Augenblick den entsetzten Blick von ihm wendend.

»Seit ich an jenem Tag«, fuhr sein Gegenüber fort, nachdem er sich eine Weile besonnen hatte, »trotz deiner unheilvollen Warnung den Pappelquell aufsuchte, sein Wasser durchritt und den Hirsch wiedersuchte, den euer Aberglaube beinahe hätte entfliehen lassen, sehnt sich mein übervolles Herz nach Einsamkeit.

Du kennst jenen Ort ja nicht. Sieh, der Quell entspringt heimlich dem Schoß eines Felsens, fällt tropfenweise von einem Blatt zum andern, zwischen den grünen schwankenden Pflanzen hindurchrinnend, die am Rand seiner Wiege wachsen. Wenn die Tropfen herabfallen, leuchten sie wie goldene Sterne und klingen wie Harfentöne. Unter dem Moos fließen sie wieder zusammen, flüstern und murmeln, mit einem Geräusch, wie das Summen der Bienen um Blüte und Baum, und plätschern dahin durch den Sand. Hier bilden sie eine kleine Pfütze, dort haben sie ein Hindernis zu überwinden, das sich ihnen in den Weg stellt, und so überholen sie einander, springen, fliehen, rennen, bald lachend, bald seufzend, und ergießen sich schließlich in einen See. In den See fallen sie mit einer Musik, die nicht wiederzugeben ist. Klagen, Worte, Namen, Lieder – ich weiß nicht, was ich alles an Lauten vernommen habe, wenn ich einsam und fiebernd auf dem Steinblock saß und die Wasser der verwunschenen Quelle in den tiefen Schlund hinabstürzen sah, in dem sie sich sammeln, und dessen stiller Spiegel kaum vom Abendwind gekräuselt wird. Alles dort ist groß und gewaltig. Die Einsamkeit mit ihren tausend unbekannten Lauten wohnt an jener Stätte und berauscht den Geist mit ihrer unerklärlichen Wehmut. Aus dem silbernen Laub der Pappeln, aus den Spalten der Felsen, aus dem Plätschern des Wassers scheinen unsichtbare Geister der Natur zu uns zu sprechen, im unsterblichen Geist des Menschen einen Bruder erkennend.

Wenn ihr mich im Morgengrauen zur Armbrust greifen und bergwärts schreiten saht, so tat ich es nie, um in der Dickung dem Weidwerk nachzugehen. Nein, ich setzte mich an den Rand des Quells und suchte in den Wassern ... ich weiß nicht was, etwas Wahnsinniges! An dem Tage, an dem ich auf meinem Falben[80] hinübersetzte, war mir, als hätte ich auf ihrem Grund etwas Seltsames aufleuchten sehen ... etwas sehr Seltsames ... die Augen einer Frau.

Vielleicht war es nur ein flüchtiger Sonnenstrahl, der sich in dem aufspritzenden Wasser brach, vielleicht war es eine Blume, wie sie obenauf zwischen den Algen schwimmen und deren Kelch den Smaragden gleicht ... ich weiß es nicht! Mir war, als wenn sich ein Blick in meinen bohrte, – ein Blick, der in meiner Brust ein wahnwitziges Verlangen nach etwas Unmöglichem entfachte: ein Wesen zu finden, die die gleichen Augen hatte wie diese Kreatur.

Tag für Tag ging ich dorthin, um dieses Wesen zu suchen.

Endlich, eines Abends ... ich hielt mich anfangs für den Spielball meiner Träume ... aber nein, es ist wirklich wahr: ich habe ja schon viele Male mit ihr gesprochen – so wie ich jetzt mit dir spreche ... also, eines Abends sah ich auf meinem alten Platz eine Frau sitzen, – eine Frau, so schön, dass sie sich jeder Beschreibung widersetzt! Ihre Gewänder reichten bis zum Wasser hinab und schwammen dort auf der Oberfläche. Ihr Haar war wie Gold; ihre Wimpern glänzten wie leuchtende Fäden, und zwischen ihnen blitzte ein paar lebhafte Augen, das ich schon einmal gesehen hatte ... ja, denn die Augen jener Frau waren dieselben, die sich mir unvergesslich ins Gedächtnis eingeprägt hatten – Augen von einer unwahrscheinlichen Farbe, von einem gewissen ...«

»Grün!«, rief Ignaz in einem Ton höchsten Schreckens, von seinem Sitz aufspringend.

Ferdinand sah ihn erstaunt an, denn er hatte ausgesprochen, was ihm auf den Lippen gelegen hatte.

»Kennst du sie denn?«, fragte er ihn in freudiger Erregung.

»Oh nein«, erwiderte der Jäger, »Gott soll mich davor bewahren! Aber meine Eltern, wenn sie mir das Betreten jener Gegend verboten, haben

80 Helles, meist sandfarbenes, manchmal auch graues Pferd.

es mir wohl tausendmal gesagt, dass der Quellgeist, der Waldschrat, der Faun oder die Wasserfrau, die dort haust, Augen von dieser Farbe habe. Und bei dem, was Ihr auf der Welt am liebsten habt, beschwöre ich Euch: Geht niemals wieder zum Pappelquell! Eines schönen Tages werdet Ihr der Rache anheimfallen und das Vergehen, die Wasser getrübt zu haben, mit Eurem Leben bezahlen.«

» ... Bei dem, was ich am liebsten hab' ...!«, murmelte der Jüngling und lächelte wehmütig.

»Jawohl!«, beharrte der Alte, »Beim Leben Eurer Eltern und Eurer Geschwister, bei den Tränen der Frau, die Euch der Himmel zur Gemahlin bestimmt hat, oder bei denen eines Dieners, der Euch von der Wiege an betraute ...«

»Weißt du, was ich auf der Welt am liebsten habe? Weißt du, wofür ich die Liebe meines Vaters hingeben würde, die Küsse derjenigen, die mir das Leben schenkte, und alle zärtlichen Gefühle, die sämtliche Frauen dieser Erde für mich hegen können? – Für einen Blick, für einen einzigen Blick aus diesen Augen ... Wie sollte ich es da lassen können, sie zu suchen?«

Ferdinand brachte diese Worte mit einer solchen Leidenschaft hervor, dass sich dem armen Ignaz eine Träne aus dem Auge stahl und an seiner Wange hinabrann. Mit umflorter Stimme rief er: »So möge denn Gottes Wille geschehen!«

III

»Wer bist du? Wo ist deine Heimat? Wo wohnst du? Ich komme Tag für Tag, um dich hier zu treffen, – und sehe doch niemals ein Ross, das dich herbringt, noch Diener, die deine Sänfte tragen! Zerreiße endlich den geheimnisvollen Schleier, in den du dich hüllst wie in dunkle Nacht! Ich liebe dich, und ob du vornehm bist oder gering: Ich werde dein sein, dein sein auf immer ...«

Die Sonne war hinter den Gipfel des Berges gesunken; mit großen Schritten klommen die Schatten an der Leite herab. In den Pappeln am Quell seufzte ein leiser Wind, und der Nebel, der langsam vom See aufstieg, begann in Schwaden um die nahen Felsen zu weben.

Auf einem der Felsblöcke, der scheinbar jeden Augenblick in die Tiefe hinabzustürzen drohte, – und so nahe, dass sich sein Körper im Wasser spiegelte – kniete zu Füßen seiner geheimnisvollen Geliebten der Erbe von Almenar, in vergeblichem Mühen, das Rätsel ihres Daseins zu lösen.

Ja, sie war schön, – schön und bleich wie eine Statue aus Alabaster. Eine ihrer krausen Flechten fiel über die Schulter herab und verbarg sich zwischen den Falten des Schleiers wie ein Sonnenstrahl, der durch Wolken bricht. Und in dem Kranz ihrer blonden Wimpern leuchteten Augen – wie zwei Smaragde in einem goldenen Geschmeide!

Als der Jüngling schwieg, bewegte sie die Lippen, als wollte sie einige Worte sagen, aber nur einen Seufzer hauchte sie aus – einen leisen, schmerzerweckenden Seufzer, wie man ihn von der plätschernden Welle hört, die, vom Winde getrieben, im Schilf erstirbt.

»Du antwortest mir nicht!«, rief Ferdinand, als er sich in seiner Hoffnung getäuscht sah. »Soll ich denn glauben, was man mir von dir erzählt hat? Oh nein, sprich doch! Ich will ja nur wissen, ob ich dich überhaupt lieben kann, ob du ein menschliches Wesen bist ... oder ...«

»Oder eine Wasserfrau ... Nun, und wenn ich es wäre?«

Der Jüngling stutzte einen Augenblick. Ein eisiger Schauer lief ihm über den Leib. Seine Augen wurden größer und senkten sich tief in den Blick jener Frau. Das phosphoreszierende Leuchten ihrer Augen nahm ihm die Besinnung, und dem Wahnsinn nahe rief er aus, von Leidenschaft durchglüht:

»Und wenn du es wärst ... ich würde dich dennoch lieben ... würde dich lieben, wie ich dich jetzt liebe, da es nun einmal mein Geschick ist, dich zu lieben bis zum Tode und darüber hinaus, falls es darüber hinaus noch ein Leben gibt!«

»Ferdinand«, sagte die Schöne da, mit einer Stimme, melodisch wie Musik. »Ich liebe dich noch mehr, als du mich liebst: steige ich doch herab zu dir – als reiner Geist zu einem Sterblichen. Ich bin kein Weib, wie es sie auf Erden gibt; ich bin eine Frau, deiner würdig, denn auch du überragst die andern Männer. – Auf dem Grunde dieses Wassers lebe ich. Wie das Wasser bin auch ich körperlos, flüchtig, durchsichtig. Sein Plätschern ist meine Sprache, sein Wogen die Bewegungen meiner Glieder. – Es ist nicht wahr, dass ich den bestrafe, der es wagt, den Quell zu trüben, in dem ich hause: Ich belohne ihn vielmehr mit meiner Liebe, – belohne ihn, weil er als Sterblicher erhaben ist über den Aberglauben des Volkes, weil er ein Liebender ist, der meine seltsame, geheimnisvolle Liebe begreift.«

Als der Jüngling sie so sprechen hörte, verlor er sich völlig in dem Anblick ihrer wunderbaren Schönheit und näherte sich, von magischer Gewalt angezogen, mehr und mehr dem Rande des Felsens.

»Siehst du den klaren Grund dieses Sees«, fuhr das grünäugige Weib fort, »siehst du sie – all die Pflanzen mit den breiten grünen Blättern – siehst du, wie geschäftig sie sind, unten auf dem Grunde? ... Sie bereiten uns das Bett – bereiten uns ein Lager aus Smaragden und Korallen ... und ich ... ich schenke dir ein Glück, für das es keinen Namen gibt, – ein Glück, von dem du träumtest in Stunden höchster Verzückung – ein Glück, das niemand anderes dir zu bieten vermag! – Komm, komm – der Nebel des Sees deckt uns schon zu wie ein Laken aus Leinen ... die plätschernden Wasser rufen uns mit verworrenen Lauten, der Wind in den Pappeln stimmt seinen Lobgesang der Liebe an ... Komm! Komm! ...«

Die Nacht begann, ihre Schatten auszubreiten; der Mond goss flüssiges Silber auf den Spiegel des Sees; die Nebelschwaden, vom Winde bewegt, wallten auf und ab, und die grünen Augen funkelten in der Dunkelheit wie tanzende Irrlichter über fauligem Sumpf.

»Komm, komm« – diese Worte klangen mit Zaubermacht in Ferdinands Ohr. »Komm!« ... und das geheimnisvolle Weib lockte ihn an den Rand des Abgrundes, über dem sie schwebte, und bot ihm die Lippen zum Kuss, zum Kuss ...

Ferdinand tat einen Schritt auf sie zu – noch einen ... und fühlte, wie sich ein Paar schlanke, biegsame Arme um seinen Hals wanden, ... fühlte etwas Kaltes auf seinen brennenden Lippen, einen eisigen Kuss ... er schwankte ... er verlor den Halt und sank in die Tiefe mit einem dumpfen, traurigen Plumpsen.

Das aufspritzende Wasser sprühte in tausend Funken, schloss sich wieder über ihm und bildete silberne Kreise, die größer und größer wurden und schließlich am Ufer verebbten.

Der Geisterberg

In der Nacht zu Allerseelen weckte mich – ich weiß nicht, wie spät es schon war – das Geläut der Kirchenglocken. Bei ihrem langgezogenen Schall musste ich unwillkürlich an eine Geschichte denken, die ich kürzlich in Soria hörte.

Ich versuchte, wieder einzuschlafen – unmöglich! Wenn die Phantasie einmal angestachelt ist, benimmt sie sich wie ein störrisches Pferd, bei dem alles Zügeln nichts hilft. Und so beschloss ich denn, aufzustehen und die Zeit mit Schreiben zu verbringen.

Zugetragen hat sich die Geschichte dort, wo sie mir auch erzählt wurde. Als ich sie niederschrieb, wandte ich jedes Mal, wenn es an die Fensterscheiben polterte, erschreckt den Kopf – es war aber wohl nur der kalte Nachtwind, der gegen die Balkontüren stand ...

Und mag es auch gewesen sein, was es will, – jetzt ist Herz Königin Trumpf!

I

»Koppelt die Hunde! Stoßt ins Horn, gebt den Weidgenossen das Zeichen, dass sie sich sammeln sollen! Die Nacht ist schon nahe ... wir dürfen nicht vergessen, dass wir heute Allerheiligen haben und uns auf dem Geisterberg befinden ... Wir kehren jetzt in die Stadt zurück!«

»So zeitig schon?«

»Wär's an einem anderen Tag, dächte ich nicht eher daran, bis wir dem ganzen Wolfsrudel, das der Schnee des Moncayo aus den Höhlen getrieben hat, den Garaus gemacht hätten. Heute aber ist das unmöglich. Bald wird von dem Kloster der Tempelherren das Ave Maria herüberklingen, und dann werden die Geister der Verstorbenen kommen und in der Bergkapelle das Glöcklein läuten.«

»In der verfallenen Kapelle? Ach, Unsinn! Du willst mir wohl Angst einjagen?«

»Nein, schöne Base! Du weißt nur nicht, was sich hierzulande alles zuträgt, es ist ja noch nicht mal ein Jahr vergangen, seit du hier weilst. Wir können unsere Stuten zügeln und Schritt reiten; auf dem Heimweg erzähle ich dir dann die Geschichte vom Geisterberg.«

In frohen, lebhaften Gruppen kamen die Knappen herbei. Die Grafen von Borges und von Alcudiel schwangen sich auf ihre prächtigen Rosse; ihre Kinder Beatrix und Alfons ritten der Jagdgesellschaft voraus, alle anderen folgten in gewissem Abstand.

Unterwegs erzählte ihr Alfons die versprochene Geschichte:

»Der Geisterberg, wie er heute heißt, gehörte einst den Tempelherren, deren Kloster du dort am Ufer des Flusses siehst. Die Templer waren Ritter und Mönche zugleich. Nachdem Soria den Mauren[81] wieder entrissen worden war, ließ der König sie aus fernem Lande kommen, damit sie die Stadt auf der Brückenseite verteidigten. Damit aber fügte er den kastilischen Edlen eine schwere Kränkung zu. Sie hätten die Stadt allein verteidigen können, die sie ja schließlich auch erobert hatten.

Zwischen den Rittern des neuen, mächtigen Ordens und den Adligen der Stadt gärte es einige Jahre lang. Schließlich aber brach der wilde Hass wie ein Unwetter los.

Die Templer hatten den Berg eingezäunt und behielten sich dort die ergiebige Jagd vor, um ihre Bedürfnisse decken und ihrem Hang nach Wohlleben frönen zu können. Der Adel aber beschloss, dort eine große Treibjagd zu veranstalten – trotz des strengen Verbotes der ›gespornten Pfaffen‹, wie sie ihre Feinde nannten.

Die Herausforderung sprach sich herum. Man war weder imstande, die einen von ihrer Jagdlust abzuhalten, noch die anderen von ihrem Vorsatz, die Jäger zu stören. Das geplante Unternehmen wurde wirklich ausgeführt ... Die Raubtiere jedoch, auf die es abzielte, bekamen nicht viel davon zu spüren. Wohl aber all die vielen Mütter, die um ihrer Söhne willen Trauerkleider anlegten, – ja, denen wird noch alles gegenwärtig sein! Das war keine Jagd – ein furchtbares Gemetzel war es! Mit Leichen übersät war der Berg, und die Wölfe, die man hatte ausrotten wollen, hielten ein blutiges Festmahl.

Zuletzt sprach der König ein Machtwort: Der Berg, als unseliger Verursacher so großen Unheils, wurde für herrenlos erklärt, und die Kapelle der Templer, die auf jenem Berge lag und in deren Vorhof man Freund und Feind bunt durcheinander begraben hatte, begann zu verfallen.

Seit jener Zeit soll man in jeder Nacht auf Allerseelen hören können, wie das Glöcknerin der Kapelle ganz von selbst anfängt zu läuten, und die Geister der Toten, in ihre zerfetzten Schweißtücher gehüllt, sollen

81 Berberstamm, im Mittelalter von den Arabern islamisiert.

zwischen Busch und Dorn umherrennen – eine phantastische Jagd. Die Hirsche schreien vor Schrecken, die Wölfe heulen, die Schlangen zischen grauenhaft – und am andern Tage hat man schon oft im Schnee Abdrücke gesehen – Fußspuren der Knochenmänner! Daher heißt er in Soria der Geisterberg – und deswegen hab' ich zum Heimweg geraten, bevor die Nacht anbricht.«

Alfons schloss gerade seine Erzählung, als die beiden jungen Leute an der Brücke anlangten, die von jener Seite aus in die Stadt führt. Sie warteten dort auf die übrige Gesellschaft, und als sie alle wieder beisammen waren, ritten sie durchs Tor und verloren sich in den engen, düsteren Gassen Sorias.

II

Die Diener waren gerade mit dem Abräumen der Tafel fertig. Der hohe gotische Ramm im Palast der Grafen von Alcudiel strahlte einen belebenden Schein aus und beleuchtete die Gruppen der Damen und Herren, die vertraulich plaudernd rings um das Feuer saßen. Der Wind peitschte gegen die kleinen Fensterscheiben der Halle.

Nur zwei Personen schienen an der allgemeinen Unterhaltung keinen Anteil zu nehmen: Beatrix und Alfons. Beatrix starrte, in Gedanken versunken, auf die lustig flackernden Flammen, und Alfons beobachtete, wie sich die rote Glut in den blauen Augen seiner Base spiegelte.

Beide verharrten eine Weile in tiefem Schweigen.

Einige ältere Damen erzählten anlässlich der Allerseelennacht traurige Geschichten, in denen Geister und Gespenster die Hauptrolle spielten. Und dumpf und eintönig klangen von fern die Glockenschläge der Kirche Sorias herüber.

»Schöne Base«, unterbrach Alfons endlich das lange Schweigen, dem sie sich überlassen hatten. »Bald werden wir uns trennen – vielleicht für immer! Dass Kastiliens öde Steppen und die einfachen patriarchalischen Sitten hierzulande dir nicht zusagen, weiß ich ja. Auch hab' ich dich schon öfter seufzen hören – vielleicht nach irgendeinem hübschen Junker aus deiner fernen Heimat ...«

Beatrix antwortete mit einer Gebärde kalter Gleichgültigkeit, und in diesem verächtlichen Zusammenziehen ihrer schmalen Lippen enthüllte sich der ganze Charakter des Fräuleins.

»Vielleicht sehnst du dich auch nach dem Prunk des französischen Hofes – du hast ja all die Zeit über dort gelebt«, beeilte sich der Junker hinzuzufügen. »Jedenfalls, wie es auch sei – ich ahne, dass ich dich bald verlieren werde ... Ich möchte dir gern ein Andenken von mir mitgeben ... Erinnerst du dich noch – als wir zur Kirche gingen, um Gott für deine Genesung zu danken, weswegen du ja hierhergekommen bist? Damals zog diese Spange hier, mit der die Feder an meinem Barett[82] befestigt war, deine Aufmerksamkeit auf sich. Wie schön wäre es, wenn sie dazu diente, einen Schleier auf deinem schwarzen Haar festzuhalten! Sie hat schon einmal einen Brautschleier getragen: Mein Vater schenkte sie der Frau, der ich mein Leben verdanke, und sie trug sie, als sie zum Altar ging ... Magst du sie haben?«

»Ich weiß nicht, wie ihr hierzulande darüber denkt«, entgegnete die Schöne. »Aber in meiner Heimat verpflichtet ein Geschenk, das man annimmt. Höchstens an gewissen Feiertagen darf man sich von einem Verwandten etwas schenken lassen ... und selbst dann könnte es diesem einfallen, nach Rom zu gehen und nicht mit leeren Händen zurückzukommen!«

Der eisige Ton, mit dem Beatrix dies sagte, setzte den Junker einen Augenblick in Verwirrung. Als er sich wieder gefasst hatte, sagte er betrübt:

»Ja, ich weiß es, Base. Heute aber feiern wir Allerheiligen und darunter auch deine Patronin. Heute ist einer dieser Feiertage, an dem man Geschenke annehmen darf. – Also, willst du eins von mir haben?«

Beatrix biss sich leicht auf die Lippen und streckte, ohne ein Wort zu sagen, die Hand nach dem Kleinod aus.

Wieder versanken die beiden jungen Leute in Schweigen. Wieder vernahmen sie das behaglich dahinplätschernde Geschwätz der Matronen[83], die von Hexen und Kobolden erzählten, das Heulen des Windes, das Klirren der Fensterscheiben, das dumpfe, eintönige Läuten der Kirchenglocken ...

Nach einigen Minuten nahm Alfons das unterbrochene Gespräch wieder auf.

»Und bevor der Allerheiligentag zu Ende geht – willst du mir nicht auch ein Andenken geben?«, fragte er, wobei er seiner Base in die Au-

82 Schirmlose Mütze.

83 Ältere, ehrwürdige Frau.

gen blickte. »Heute kannst du es doch, ohne dich irgendwie zu verpflichten, – heute, wo man ebenso wie deinen auch meinen Heiligen feiert!«

In ihren Augen blitzte ein teuflischer Gedanke auf.

»Weshalb nicht?«, erwiderte sie, nach ihrer rechten Schulter tastend, als ob sie etwas in den Falten ihres weiten, goldgesäumten Samtärmels suche. Dann aber rief sie, mit einem kindlichen Ausdruck des Bedauerns:

»Erinnerst du dich noch an die blaue Schärpe[84], die ich heute bei der Jagd trug? Du sagtest mir ja noch, ihre Farbe sei aus irgendwelchem Grunde das Sinnbild deiner Seele ... «

»Ja.«

»Denk dir nur: Ich hab' sie verloren! Ausgerechnet diese Schärpe wollte ich dir zum Andenken schenken – und nun hab' ich sie verloren!«

»Verloren! Wo verloren?«, fragte Alfons und sprang auf, mit einem unbeschreiblichen Ausdruck angstvoller Erwartung.

»Ich weiß nicht ... vielleicht auf dem Berg.«

»Auf dem Geisterberg!«, stammelte er erbleichend und ließ sich wieder in den Sessel zurückfallen. »Auf dem Geisterberg!«

Dann fuhr er stockend und mit dumpfer Stimme fort:

»Du weißt es ... hast es ja tausendmal schon gehört: In der Stadt, in ganz Kastilien werde ich der König der Jäger genannt. Da ich, wie alle meine Vorfahren, noch nicht meine Kräfte im Kampf habe erproben können, so habe ich dieser Vergnügung, als dem Abbild des Krieges, das ganze Ungestüm meiner Jugend, das ganze erprobte Feuer meiner Rasse entgegengebracht. Die Felle, auf die dein Fuß tritt, sind Jagdtrophäen und stammen von wilden Tieren, die ich mit eigener Hand erlegte. Ich kenne ihre Schlupfwinkel, ihre Gewohnheiten. Bei Tag und bei Nacht, zu Fuß und zu Ross, allein auf dem Pirschgang und gemeinsam bei der Treibjagd, habe ich mit ihnen gekämpft, und niemand wird sagen, dass er mich bei irgendeiner Gelegenheit vor einer Gefahr fliehen sah! In jeder andern Nacht würde ich fliegen, um dir die Schärpe zurückzubringen, – ich würde mit Freuden fliegen wie zu einem Fest! – Aber heute Nacht ... wozu es leugnen? … heute Nacht habr ich Furcht ... Hörst du die Glocken? In Sankt Johannis am Duero haben sie das Ave Maria geläutet, und nun werden die Geister mit ihren gelben Schädeln

84 Breites Band, das man über der Kleidung trägt.

aus dem Gebüsch auftauchen, das ihre Gebeine bedeckt ... Die Geister! Bei ihrem bloßen Anblick gefriert dem Mutigsten vor Entsetzen das Blut im Leibe, und sein Haar erbleicht ... Oder sie reißen ihn in den Wirbel ihrer rasenden Jagd, wie ein Blatt, das der Wind entführt, wer weiß wohin.«

Während der Junker sprach, spielte fast unmerklich ein Lächeln um Beatrix‘ Lippen, und als er geendet hatte, sagte sie in gleichgültigem Ton – und stocherte dabei im Kaminfeuer, wo, in tausendfarbigen Funken sprühend, das Holz knackte und knisterte:

»O nein! Wegen so einer Kleinigkeit jetzt in die Berge gehen zu wollen! Auf keinen Fall! Was für ein Wahnsinn! In einer so düsteren Nacht ... in der Allerseelennacht ... und wo es auf allen Wegen vor Wölfen wimmelt!«

Den letzten Worten gab sie eine so eigentümliche Färbung, dass Alfons die ganze bittere Ironie begreifen musste. Wie aus einer Armbrust geschossen, schnellte er vom Sessel auf, fuhr sich mit der Hand über die Stirn, als wollte er die Furcht verscheuchen, die ihm im Hirn saß und nicht im Herzen, und sagte dann mit fester Stimme zu der Schönen, die noch immer vornübergebeugt saß, im Feuer herumstochernd:

»Lebe wohl, Beatrix, lebe wohl! ... Bis später!« »Alfons! Alfons!«, rief sie da, sich rasch umwendend. Aber als sie ihn zurückhalten wollte oder zumindest den Anschein erweckte, war der Junker schon fort.

Wenige Minuten darauf vernahm man den Hufschlag eines Pferdes, das sich im Galopp entfernte. Mit geröteten Wangen und einem strahlenden Ausdruck befriedigten Stolzes lauschte die Schöne aufmerksam dem Getrappel, das, schwächer und schwächer werdend, allmählich verhallte.

Die Matronen erzählten sich immer noch ihre Gespenstergeschichten. Und der Wind rüttelte an den Balkontüren, und fern in der Stadt läuteten die Glocken.

III

Eine Stunde nach der anderen verstrich. Mitternacht war nahe, und Beatrix zog sich in ihr Betzimmer zurück. Alfons kam und kam nicht mehr wieder, obwohl er in weniger als einer Stunde hätte zurück sein müssen!

»Er wird Angst gehabt haben!«, sagte das Fräulein, als sie das Gebetbuch schloss und in das Schlafgemach trat. Umsonst hatte sie Ruhe in den Gebeten gesucht, die die Kirche an diesem Tag für das Seelenheil der Verstorbenen vorschreibt.

Sie löschte die Lampe, zog die seidenen Bettvorhänge zu und legte sich schlafen. Sie fiel in einen unruhigen, leichten und quälenden Schlummer.

Vom Tor her schlug es Mitternacht. Im Schlaf hörte Beatrix den Klang der Glocke, schwer und dumpf und unsäglich traurig. Sie öffnete die Augen. Es war ihr, als hätte sie ihren Namen rufen hören – aber aus weiter Ferne und wie von einer erstickten, schmerzbewegten Stimme ausgestoßen. An den Fensterscheiben heulte der Sturm.

»Es wird der Wind gewesen sein!«, sagte sie und legte ihre Hand aufs Herz, um es zu beruhigen. Aber mit jedem Augenblick pochte es heftiger ... Mit einem schrillen, langgezogenen Kreischen drehte sich die Lärchenholztür, die zum Betzimmer führte, in den Angeln.

Und nun knarrte und knackte eine Tür nach der andern – alle Türen, die in ihre Gemächer führten, nach der Reihe – die einen dumpf und ernst, die anderen schrill und kläglich. Dann wieder tiefes Schweigen – aber ein Schweigen, erfüllt mit seltsamen Geräuschen, das Schweigen der Mitternacht: mit dem eintönigen Gemurmel des nahen Baches, fernem Hundegebell, verworrenen Stimmen, unverständlichen Worten, dem Widerhall von Schritten, die näher kommen und sich wieder entfernen, dem Rascheln von langen, über den Boden schleifenden Kleidern, unterdrückten Seufzern, keuchendem, fast spürbarem Atem ... so dass man unwillkürlich zusammenfährt, wie vor einem Etwas, das man in der Dunkelheit nicht sieht und doch spürt, wie es näher und näher kommt.

Zitternd schob Beatrix den Kopf durch die Vorhänge, einen Augenblick regungslos lauschend. Sie vernahm tausenderlei Laute – strich sie sich aber mit der Hand über die Stirn und lauschte noch einmal: nichts, Totenstille ...

Und sie sah, wie sich überall Gestalten bewegten, hierhin, dorthin – aber ihr Blick war von jenem Phosphorglanz geblendet, der sich in erregtem Zustand einstellt. Sobald sie die Augen aufriss und sie auf einen bestimmten Punkt richtete, war nichts mehr da, nur Finsternis, undurchdringliches Dunkel!

»Ach was!«, rief sie und legte ihren schönen Kopf wieder aufs blaue Atlaskissen. »Bin ich denn auch schon so bange wie all diese armen Kerle hier, denen das Herz im Wamse vor Entsetzen klopft, wenn sie nur eine Gespenstergeschichte hören?«

Sie schloss die Augen und versuchte, wieder einzuschlafen. Aber umsonst waren all ihre Bemühungen, Gewalt über sich zu bekommen. Es dauerte nicht lange, da fuhr sie schon wieder empor – bleicher, erregter, geängstigter als zuvor ... denn jetzt war es keine Täuschung mehr: Die Brokatvorhänge an der Tür hatten sich deutlich hörbar bewegt, als ob sie auseinandergeschlagen worden wären ... und nun vernahm sie auch ein langsames Tappen von Schritten auf dem Teppich ... Kaum vernehmbar, so dumpf war der Hall der Schritte – aber es dauerte an ... und bei jedem Schritt knackte etwas mit ... wie Holz ... oder ... oder wie Knochen ... Und sie kamen näher ... immer näher ... Da – das Betpult neben ihrem Bett hatte sich bewegt. Beatrix stieß einen schrillen Schrei aus, wickelte sich bis über die Ohren in die Bettdecke ein und wagte nicht mehr zu atmen.

Der Wind rüttelte so heftig an den Balkontüren, dass die Fensterscheiben klirrten. Das Wasser des nahen Brunnens fiel unaufhaltsam in den Trog, immer mit dem gleichen eintönigen Plätschern. Mit jedem Windstoß war das Gebell der Hunde deutlicher zu vernehmen. Und alle Glocken der Stadt Soria, die einen näher, die anderen ferner, läuteten klagend für das Seelenheil der Verstorbenen.

So verfloss eine Stunde nach der anderen, die Nacht – ach, ein ganzes Jahrhundert ging hin! Endlich graute der Morgen. Allmählich überwand sie ihre Furcht und blinzelte den ersten Sonnenstrahlen entgegen.

Wie schön ist doch, nach einer schlaflosen, angstgequälten Nacht das helle, weiße Tageslicht zu sehen! Sie schlug die seidenen Bettvorhänge auseinander und wollte schon über den ausgestandenen Schrecken lachen, als sie plötzlich die Augen weit aufriss. Kalter Schweiß brach ihr aus allen Poren, tödliche Blässe entfärbte ihr Antlitz.

Die blaue Schärpe, die sie auf dem Berge verloren hatte – dieselbe blaue Schärpe, die Alfons suchen gegangen war, sah sie zerfetzt und blutbefleckt auf dem Betpult vor sich liegen.

Als die Diener entsetzt hereinstürzten, um ihr den Tod des Erben von Alcudiel zu verkünden und ihr zu berichten, dass man seine Leiche, von Wölfen zerfleischt, am frühen Morgen auf dem Geisterberge zwischen dem Gestrüpp entdeckt hatte, fanden sie ihre Herrin regungslos und zusammengesunken auf dem Bettrand sitzen, beide Arme krampfhaft um einen der Ebenholzpfosten geschlungen. Die Augen quollen ihr aus den Höhlen, ihr Mund war halb geöffnet, die Lippen leichenblass, die Glieder starr und kalt.

Sie war tot, vom Entsetzen getötet.

IV

Nicht lange nach dieser Begebenheit soll ein Jäger, der sich in der Allerseelennacht auf dem Geisterberg verirrt hatte und dort die Nacht verbringen musste, am andern Tage schauerliche Dinge berichtet haben und bald darauf gestorben sein. Unter anderem will er gesehen haben, dass sich zur Stunde des Ave Maria im Vorhof der Kapelle all die Gerippe der einstigen Tempelherren und der Junker aus Soria mit einem grauenhaften Geklapper aus den Gräbern erhoben, um wie einem wilden Tier einem schönen Weibe nachzujagen, das bleich, mit fliegenden Haaren und nackten, blutigen Füßen unter gellendem Angstgeschrei immer rund um Alfons' Grabmal floh.

Der Mondstrahl

Ich weiß nicht, ob sich diese Geschichte nur wie ein Märchen liest – oder ob es ein Märchen ist, das wie eine Geschichte klingt. Das einzige, was ich darüber sagen kann, ist, dass ihr eine Wahrheit zugrundeliegt, und zwar eine sehr traurige Wahrheit, aus der sich sicher eine Lehre ziehen lässt. Und doch wäre ich der letzte, der so etwas täte, aufgrund der Eigenart meines Wesens.

Ein anderer hätte vielleicht den gleichen Stoff zu einem Band wehmütiger Philosophie verarbeitet. Ich habe diese Legende geschrieben; sie wird auch denen, die ihren tiefen Sinn nicht erkennen, zumindest ein wenig Unterhaltung bieten.

I

Er stammte aus edlem Geschlecht; war inmitten des Lärms von Waffen geboren. Und doch hätte selbst der Ruf der Kriegstrompete seinen Kopf nicht für einen Augenblick emporgerissen, oder seine Augen auch nur eine Sekunde von dem dunklen Pergament abgelenkt, auf dem er eines Sängers letzten Lobgesang las.

Wer ihn zu treffen wünschte, durfte ihn nicht in dem geräumigen Hof seiner Burg suchen, wo die Trossknechte[85] störrische Fohlen zähmten, wo Edelknaben Falken fliegen lehrten und Kriegsknechte die faulen Tage damit vertrieben, Lanzenspitzen an einem Stein zu wetzen.

»Wo ist denn Manrik, euer Herr?«, forschte bisweilen seine Mutter.

»Was wissen wir!« erwiderten seine Diener. »Vielleicht im Kreuzgang des Klosters La Peña. Oder am Rande irgendeines Grabes, um den Gesprächen der Toten zu lauschen und das eine oder andere Wort daraus zu erhaschen. Oder drunten am Fluss, den Wellen nachschauend, wenn sich eine nach der andern unter dem Brückenbogen verläuft. Oder, hingekauert in einer Felsspalte, vertreibt er sich vielleicht die Zeit damit, die Sterne am Himmel zu zählen oder einer Wolke mit den Blicken zu folgen, oder die Irrlichter zu betrachten, wenn sie blitzartig über die Ufer des

85 Knechte, die sich um den Tross (das Gefolge) kümmern; hier vermutlich um einen Reitertross.

Weihers gleiten. Irgendwo wird er schon sein – nur nicht dort, wo jedermann ist!«

In der Tat liebte Manrik die Einsamkeit. Er liebte sie so innig, dass er sich manchmal wünschte, keinen Schatten zu haben, der ihm überall nachfolgte.

Er liebte die Einsamkeit, weil in seiner Brust, sobald er nur seine Einbildungskraft zügellos dahinstürmen ließ, eine phantastische Welt entstand, in der seltsame Geschöpfe wohnten: Kinder seines Wahns und seiner Dichterträume. Denn Manrik war Dichter – war es so sehr, dass ihm noch niemals die Formen genügt hatten, in denen er seine Gedanken hätte ausdrücken können, und noch niemals, wenn er sie niederschrieb, war ihm dies gelungen.

Er glaubte, dass in der roten Kaminglut tausend farbige Feuergeister hausten, die wie goldene Käfer an den brennenden Holzscheiten entlangliefen oder einen sprühenden Funkenreigen um die Spitzen der Flammen tanzten. Stundenlang hockte er auf einem Schemel neben dem hohen gotischen Kamin, unbeweglich in die Glut starrend.

Er glaubte, dass tief unter den Wellen des Flusses, zwischen dem Moos und den Gräsern des Baches und über dem Nebel des Sees geheimnisvolle Frauen lebten, Zauberinnen, Sylphiden oder Undinen, die ihr Klagen und Seufzen, ihr Singen und Lachen mit dem eintönigen Plätschern der Gewässer vermischten. Und stillschweigend lauschte er diesem Geräusch und wünschte sich, es deuten zu lernen.

In den Wolken, in der Luft, im tiefsten Dickicht des Waldes, in den Spalten der Felsen glaubte er Gestalten zu sehen, übernatürliche Wesen, oder geheimnisvolle Laute zu hören, unverständliche, nicht fassbare Worte.

Lieben! Ach, ihm war es nicht gegeben, Liebe zu erleben – er durfte nur von ihr träumen. Er liebte alle Frauen zugleich; die eine, weil sie blond war, die andere, weil sie frischrote Lippen hatte, eine dritte, weil sie sich beim Gehen wiegte wie ein Rohr im Wind.

Manchmal trieb er es in seiner Narrheit so weit, dass er die ganze Nacht draußen blieb und sich an dem Anblick weidete, wie der Mond in Silberdunst am Himmel schwebte und die Sterne in weiter Ferne glitzerten wie das Feuer edler Steine. In solchen schwärmerisch durchwachten Nächten pflegte er auszurufen: »Wenn es wahr ist, was mir der Prior von La Peña gesagt hat, dass jeder dieser Lichtpunkte eine Welt ist; wenn es wahr ist, dass auf der Perlmutterkugel da, hoch über den Wolken kreisend, Menschen wohnen; wie unbeschreiblich schön müssen die Frauen jener Lichtregionen sein! Und niemals werde ich sie sehen können, niemals sie lieben! Von welcher Art mag ihre Schönheit sein? Und wie ihre Liebe? ...«

Manrik trieb es noch nicht so toll, dass ihm die Buben nachliefen. Aber es war doch schon so weit, dass er mit sich selbst sprach und gestikulierte, sobald er allein war. Und so pflegt es ja gewöhnlich anzufangen.

II

Dort, wo der Duero das dunkle, ausgehöhlte Mauergestein Sorias umspült, führt eine Brücke von der Stadt nach dem alten Kloster der Tempelritter, deren Besitzungen sich ehemals weit am anderen Ufer des Flusses entlangzogen.

Zu der Zeit, wo diese Geschichte spielt, hatten die Ordensritter schon ihre einstigen Besitzungen verlassen. Aber noch standen die Überreste der starken Mauertürme. Noch sah man (und auch heute noch zum Teil) die massiven Bogen des Kreuzgangs, von Efeu und weißen Glockenblumen überwuchert, die langen gotischen Säulengänge der Waffenhöfe, wo der Wind seufzte und heulte und das hohe Gras hin und her fegte.

In den Nutz- und Ziergärten, deren Wege schon seit vielen Jahren nicht mehr von den Sohlen frommer Männer betreten wurden, war die Natur sich selbst überlassen und entfaltete ihre ganze Pracht, ohne Furcht, von der Hand des Menschen verstümmelt zu werden, der da wähnt, er könne sie verschönern.

An den Stämmen der uralten Bäume rankten sich Kletterpflanzen empor. Die Pappeln steckten die Köpfe zusammen und bildeten dunkle Laubengänge, von den Jahren mit einem Rasenteppich überzogen. Walddistel und Brennnessel sprossen aus den verwachsenen Wegen hervor. Der Hederich stand auf dem schon bröckligen Gemäuer, wie ein Helmbusch im Winde schwankend. Und die blauen und weißen Glockenblumen schaukelten sich auf ihren langen, biegsamen Leibern, den Sieg der Zerstörung und des Verfalls in die Luft posaunend.

Nun war es Nacht. Eine warme, duftgeschwängerte Sommernacht, voll von leisen Geräuschen. Ein weißer und klarer Mond stand an dem blauen, durchsichtigen Sternenhimmel.

Manrik schwebte in einem Taumel dichterischer Begeisterung. Er schlenderte über die Brücke, betrachtete eine Weile den schwarzen Umriss der Stadt, die sich prachtvoll gegen die strahlend hellen, zart geballten Wolken am Horizont abhob, und verlor sich dann zwischen den verlassenen Ruinen der Tempelritter.

Es war nahezu Mitternacht. Der Mond war langsam emporgestiegen und hing schon am höchsten Punkt des Himmels. Manrik verließ das Klostergemäuer und wollte gerade in einen dunklen Baumgang einbiegen, der ans Ufer des Duero führte, als er plötzlich einen leisen, halb erstickten Schrei ausstieß – einen Schrei, der teils wie freudige Überraschung, teils wie furchtsames Erschrecken klang.

Am Ende des düsteren Laubenganges hatte er etwas Weißes sich bewegen sehen – aber nur für einen Augenblick: dann war es schon wieder in der Dunkelheit verschwunden. Etwas wie den Kleidersaum einer Frau – einer Frau, die im selben Augenblick über den Pfad gehuscht war und sich im Gebüsch verborgen haben musste, als er, den Kopf voller Hirngespinste und von Unmöglichem träumend, in den Garten kam.

»Eine unbekannte Frau!« stieß Manrik hervor. »An diesem Ort! Zu einer solchen Stunde! ... Ja, das und keine andere ist die Frau, die ich suche!« Und pfeilschnell stürzte er vorwärts, um sie zu finden.

III

Er kam an die Stelle, wo er die geheimnisvolle Frau im dichten Laubwerk hatte verschwinden sehen. Sie war fort. Aber wo war sie? Ganz weit hinten glaubte er zwischen dem Gewirr der Bäume etwas Helles zu erblicken ... etwas Weißes, das sich bewegte ...

»Sie ist es, ja, sie ist es!« sagte er. »Sie hat Flügel an den Füßen und flieht wie ein Schatten!« Und eiligst machte er sich auf die Suche, mit den Händen das Efeugerank zerteilend, das sich wie dichte Vorhänge von Pappel zu Pappel schlang. Er brach durch Gestrüpp und bahnte sich Wege durch Gewirr von Schmarotzerpflanzen und gelangte schließlich zu einer Art Lichtung, die vom hellen Himmel erleuchtet war ... Niemand!

»Aber dort, dort geht sie!«, rief er dann. »Ich höre ihre Schritte im trockenen Laub, höre das Rauschen ihres Kleides, wie es über den Boden schleift und sich in den Stauden verfängt.« Und er rannte, rannte wie ein Wilder, hierhin, dorthin ... aber er fand sie nicht.

»Aber ich höre doch immer noch ihre Schritte«, murmelte er wieder. »Ich glaube, sie hat gesprochen, zweifellos, sie hat gesprochen ... Der Wind, in den Zweigen seufzend, und die Blätter, die leise zu beten scheinen, sind schuld, dass ich nicht verstehen konnte, was sie sagte. Aber zweifellos, dort ist sie, – sie hat ja gesprochen, hat etwas gesagt! ... In welcher Sprache! Ich weiß nicht, aber eine fremde Sprache war es ...« Und wieder begann er, ihr nachzulaufen. Das eine Mal glaubte er, sie zu sehen, das andere Mal, sie zu hören. Bald meinte er, dass sich das Laubwerk, in dem sie verschwunden war, bewegte. Bald bildete er sich ein, im Sand die Spur ihrer kleinen Füße zu erblicken. Und dann war er fest überzeugt, dass ein eigenartiger Duft, den er bisweilen spürte, von jener Frau kam – der Frau, die ihn neckte und sich darin gefiel, mit ihm im dichten Gestrüpp Verstecken zu spielen.

Vergebliches Mühen! Außer sich, streifte er mehrere Stunden lang in allen Richtungen umher. Bald stand er still und lauschte; bald schlich er mit größter Vorsicht über das Gras; bald stürmte er dahin, rasend vor Verzweiflung.

Und in den riesigen Gärten, die sich am Flussufer entlangzogen, immer weiter vordringend, kam er schließlich an den Fuß jenes Felsenberges, auf dem sich heute die Einsiedelei St. Saturni befindet.

»Vielleicht kann ich von dort oben Ausschau halten und meine Nachforschungen in diesem wilden Irrgarten besser fortsetzen!«, rief er aus und kletterte von Klippe zu Klippe, wobei ihn sein Dolch unterstützte.

Er erreichte den Gipfel. In der Ferne sah er die Stadt und ein großes Stück des Duero, der sich um den Fuß des Felsens herumwindet, seine dunklen und brausenden Fluten zwischen den engen und krummen Ufern hindurchschleifend.

Und als Manrik den höchsten Felsen erstiegen hatte, spähte er ringsum. Plötzlich blieb sein Blick an einer Stelle haften, und ein Fluch trat ihm auf die Lippen.

In voller Fahrt strebte ein Nachen zum entgegengesetzten Ufer. In seinem Kielwasser glitzerte und funkelte der Mondschein.

In diesem Nachen glaubte er eine weiße und schlanke Gestalt zu erblicken ... zweifellos die einer Frau ... der Frau, die er im Garten der Tempelritter gesehen, der Frau seiner Träume, der Erfüllung seiner kühnsten Hoffnungen! Geschickt wie eine Gemse sprang er von dem Felsen herab, sein Barett von sich werfend, weil dessen geschweifte Feder ihm beim Laufen hinderlich war; er befreite sich auch von seinem weiten Samtmantel und rannte mit Blitzeseile zu der Brücke zurück.

Er hoffte, hinüberzukommen und die Stadt zu erreichen, noch bevor der Nachen angelegt hatte. Welch Wahnsinn! Als Manrik keuchend und schweißbedeckt am Stadttor ankam, traten die, welche bei St. Saturni über den Duero gesetzt hatten, schon durch eine der Mauerpforten in Soria ein, – denn damals reichte die Mauer noch bis ans Flussufer, und ihre dunklen Zinnen spiegelten sich in den Wassern.

IV

Obwohl sich der Held unserer Geschichte in seiner Hoffnung getäuscht sah, die zu erreichen, die durch das Pförtchen von St. Saturni eingetreten waren, verzweifelte er deshalb nicht und nahm sich vor, in der Stadt das Haus zu erkunden, das sie beherbergte. Mit dieser Absicht durchschritt er das Tor und wandte sich nach St. Johannis Kirchspiel[86], wo er aufs Geratewohl durch die Straßen zu streifen begann.

Wie heute waren schon damals die Straßen Sorias eng, dunkel und gewunden. Manrik fand sie schon in tiefem Schweigen; nur hin und wieder hörte er das ferne Bellen eines Hundes, das Vorschieben eines Türriegels, das Wiehern und Stampfen eines Rosses und das Klirren der Kette, an der es in den tiefgelegenen Stallungen festgelegt war.

Manrik lauschte gespannt auf alle diese Geräusche der Nacht. Einmal glaubte er, die Schritte eines Menschen zu hören, der gerade um die nächste Ecke in ein stilles Gässchen gebogen war; ein andermal vernahm er hinter sich ein Durcheinander von Stimmen und erwartete jeden Augenblick, die Leute neben sich auftauchen zu sehen. So lief er mehrere Stunden lang von einem Ort zum andern.

Schließlich blieb er vor einem großen, altertümlichen Haus stehen, das aus dunklen Steinen erbaut war. Seine Augen leuchteten vor Freude, als er davorstand. Hinter einem der hohen gotischen Fenster des Palastes (wie es wohl bezeichnet werden kann) und gedämpft durch leichte, rosafarbene Seidenvorhänge, schimmerte ein schwaches Licht, das einen hellen Schein auf die verräucherte, rissige Mauer des gegenüberliegenden Hauses warf.

»Kein Zweifel, hier wohnt meine Unbekannte!«, sagte der Jüngling leise zu sich, ohne auch nur eine Sekunde lang den Blick von dem go-

86 Ein Pfarrbezirk (Sprengel).

tischen Fenster zu wenden. »Ja, hier wohnt sie. Sie ging durch St. Saturni Pförtchen – und St. Saturni Pförtchen führt in dieses Stadtviertel ... In diesem Viertel finde ich ein Haus, in dem nach Mitternacht noch Leute wach sind. »Er überlegte kurz. »Noch wach sind?«, wiederholte er dann seine eigenen Worte. »Wer kann um solche Zeit noch wach sein, außer jemand, der wie sie von einer nächtlichen Wanderung heimkehrt? Eine andere Erklärung gibt es nicht: Dies ist ihr Haus!«

In der festen Überzeugung, dass dies so sei, und mit den tollsten und phantastischsten Vorstellungen in seinem Hirn wartete er bis zum Tagesgrauen unter dem Fenster. Nicht einen Augenblick ließ er die Augen von dem Licht, das die ganze Nacht über brannte.

Als es Tag geworden war, drehten sich die schweren Flügel des Eingangstores, über dessen Bogen das herrschaftliche Wappen eingemeißelt war, mit einem langen, schrillen Kreischen in den Angeln. Mit einem Schlüsselbund in der Hand erschien auf der Schwelle ein Pförtner, der sich gähnend die Augen rieb und dabei einen ganzen Mund voll prächtiger Zähne zeigte, die selbst ein Krokodil hätten neidisch machen können.

Ihn zu sehen und sich auf die Tür zu stürzen war für Manrik das Werk eines Augenblicks.

»Wer wohnt hier? Wie heißt sie? Woher stammt sie? Weshalb ist sie nach Soria gekommen? Ist sie verheiratet? – So antworte doch, du Vieh!« Mit diesen Worten begrüßte er den armen Pförtner, wobei er ihn noch dazu heftig am Arm schüttelte. Der Portier sah ihn eine Weile verblüfft an und erwiderte dann, verlegen stotternd:

»In diesem Haus ... wohnt ... mein hochverehrter Herr ... Don Alonso de Valdecuellos, Oberjägermeister unseres gnädigsten Königs ... Er wurde im Kampf gegen die Mauren verwundet ... lebt augenblicklich in der Stadt, um sich zu erholen ...«

»Und seine Tochter?«, unterbrach ihn der Jüngling vor Ungeduld, »Seine Tochter, seine Schwester, seine Gattin – oder wer sie sonst sein mag?«

»Er hat doch gar keine weibliche Person bei sich!«

»Gar keine weibliche ... aber wer schläft dann in dem Gemach – dort, wo ich die ganze Nacht habe Licht brennen sehen?«

»Dort oben ... dort schläft mein Herr Don Alonso selbst ... Er ist ja krank ... er brennt bis zum frühen Morgen eine Lampe ...«

Wenn plötzlich ein Blitz vor Manrik eingeschlagen hätte, wäre er nicht betroffener gewesen als über diese Worte.

V

»Ich muss sie finden ... muss sie finden! Und ich glaube beinahe: wenn ich sie finde, werde ich sie wiedererkennen ... Woran? ... Das kann ich natürlich nicht sagen ... aber ich werde sie erkennen ... Der Hall ihrer Schritte ... oder ein einziges Wort von ihr, wenn ich es wieder höre ... der bloße Saum ihres Kleides, sobald ich ihn wiedersehe ... werden reichen, um sie zu erkennen. Tag und Nacht sehe ich vor meinen Augen den fließenden Faltenwurf eines lichten, schneeweißen Gewandes. Tag und Nacht vernehme ich hier drin – in meinem Kopf – das Rauschen ihres Kleides, den verworrenen Laut ihrer unverständlichen Worte ... Was sagte sie nur? Was sagte sie? ... Ach, könnte ich erfahren, was sie gesagt hat! – Dann vielleicht ... Aber auch so werde ich sie finden ... Ich werde sie finden! Das Gefühl sagt es mir – und mein Gefühl täuscht mich nie ... Zwar bin ich vergeblich schon durch alle Straßen Sorias gelaufen ... Eine Nacht um die andere habe ich im Freien verbracht – wie der Pfosten an der Straßenecke ... Habe schon mehr als zwanzig Dublonen[87] ausgegeben, um Zofen[88] und Pförtner gesprächig zu machen! ... In St. Nicolai habe ich einer Alten, die sich so kunstgerecht in ihr Sergetuch[89] eingewickelt hatte, dass sie mir vorkam wie eine Göttin, das Weihwasser dargereicht! ... Und eines Nachts, als ich aus der Kollegiatskirche von der Frühmette kam, bin ich Dummkopf doch der Sänfte des Archidiakons[90] nachgelaufen – im Glauben, der Saum seines Ornates[91] sei ein Stück des Gewandes meiner Unbekannten! Aber das tut nichts. Ich werde sie noch finden. Das Glück, sie zu besitzen, wird ganz gewiss die Mühe des Suchens überstrahlen.

Was mag sie für Augen haben? Sie werden blau sein, von jenem weichen Blau des Abendhimmels ... Solche Augen sind so ausdrucksvoll, so

87 Spanische Goldmünze.

88 Bedienstete einer hochgestellten, meist adligen Frau.

89 Bestimmte Art von Textilgewebe.

90 Erzdiakon; Würdegrad in der evangelisch-lutherischen Kirche.

91 Zu speziellen Feierlichkeiten getragene Kleidung von kirchlichen oder weltlichen Würdenträgern.

melancholisch, so ... ja, es unterliegt keinem Zweifel: blau werden sie sein ... blau sind sie, ganz gewiss! – Und ihre Haare sind schwarz, tiefschwarz ... und so lang, dass sie wie eine Flut herabwallen ... Mir dünkt, ich sah sie neulich nachts über ihrem flatternden Gewand herabwallen, und sie waren schwarz ... nein, ich täusche mich gewiss nicht, sie waren schwarz.

Und wie gut passen große und träumerisch blaue Augen und das offene, fließende dunkle Haar zu einer Frau von großer Gestalt ... denn ... groß ist sie ... groß und schlank wie die Engelsgestalten an den Portalen unserer Basilika[92], deren liebliches Angesicht unter dem steinernen Baldachin von so geheimnisvollem Dämmerlicht umschattet wird.

Ihre Stimme! ... Ihre Stimme habe ich schon gehört ... ihre Stimme ist sanft wie das Säuseln des Windes im Laubwerk der Pappeln ... Und ihr Gang ist hoheitsvoll, gemessen, wie Kadenzen[93] in der Musik.

Und die Frau, die schön ist wie der schönste meiner Knabenträume, die so denkt, wie ich denke, die das liebt, was ich liebe, und das hasst, was ich hasse, die Geist ist von meinem Geiste, die meines Wesens Ergänzung ist: Muss nicht auch sie erschüttert sein, wenn sie mich trifft? ... Muss nicht auch sie mich lieben, wie ich sie lieben werde? Wie ich sie jetzt schon liebe, mit allen Pulsen meines Lebens, mit allen Fasern meiner Seele?

Auf! Auf! ... Dorthin, wo ich sie zum ersten und einzigen Male sah ... Wer weiß, ob sie nicht meine Neigung teilt und wie ich die Einsamkeit liebt und alles Geheimnisvolle. Und ob sie nicht, wie alle verträumten Menschen. Gefallen daran findet, im Schweigen der Nacht zwischen den Ruinen umherzustreifen ...

Zwei Monate waren seit dem Tag verstrichen, an dem der Türhüter Don Alonsos de Valdecuellos dem armen Manrik die große Enttäuschung bereitet hatte ... Zwei volle Monate, und während dieser Zeit hatte er jede Stunde ein neues Luftschloss erbaut, das von der Wirklichkeit mit einem einzigen Hauch zerstört wurde ... Und all sein Suchen nach jener unbekannten Frau war vergeblich geblieben, – aber seine seltsame Liebe zu ihr war in seinem Herzen noch größer geworden, genährt von immer seltsameren Phantasiegebilden.

---

92 Mehrschiffiges Kirchengebäude.

93 Kadenz = Akkordfolge, die ein Musikstück seinem Ende zuführt.

Aber dann kam ein Abend, wo er, in solchen Gedanken versunken, über die Brücke schritt, die in die Gärten der Tempelritter führte, und sich dort im Labyrinth der Wege verlor ...

VI

Es war eine schöne, klare Nacht. Der Mond strahlte in seiner ganzen Fülle hoch oben am Himmel, und der Wind säuselte leise im Laub der Bäume.

Manrik kam in den Kreuzgang, schaute sich ringsum und blickte durch den Wald der massiven Säulen ... Niemand!

Er trat hinaus und lenkte seine Schritte nach dem dunklen Laubengang, der zum Duero hinabführt. Aber noch hatte er ihn nicht erreicht, als seinem Munde ein Freudenschrei entfuhr.

Er hatte für einen Augenblick den Saum des weißen Gewandes aufflattern und verschwinden sehen – das weiße Gewand der Frau seiner Träume, der Frau, die er liebte bis zum Wahnsinn.

Und er läuft ... läuft, sie zu suchen. Kommt dorthin, wo er sie hat verschwinden sehen ... Da aber bleibt er stehen, heftet entsetzt den Blick auf den Boden und bleibt eine Weile wie versteinert. Ein leises, nervöses Zittern macht sich in seinen Gliedern bemerkbar: ein Zittern, das stärker und stärker wird, und sich steigert zu einem wirklichen Krampf. Schließlich bricht er in Gelächter aus, in ein schrilles, entsetzliches Gelächter.

Jenes Weiße, Leichtbeschwingte hatte wieder vor ihm aufgeleuchtet. Aber diesmal hatte es ihm zu Füßen aufgeleuchtet ... einen Augenblick. Nicht länger als einen Augenblick.

Es war ein Mondstrahl. Ein Mondstrahl, der ab und zu durch das grüne Laubdach der Bäume fiel, wenn der Wind ihre Zweige bewegte.

Jahre waren vergangen. Im Sessel, neben dem hohen gotischen Kamin seines Schlosses, saß Manrik und rührte sich nicht von der Stelle. Sein schweifender Blick flackerte wie der eines Irrsinnigen. Kaum dass er aufhorchte, wenn seine Mutter liebe Worte zu ihm sprach oder seine Diener ihn aufzumuntern versuchten.

»Du bist doch jung und stattlich«, sprach sie zu ihm, »warum verzehrst du dich hier in der Einsamkeit? Warum suchst du dir nicht eine Frau, die du liebst und die dich durch ihre Gegenliebe glücklich machen kann?«

»Liebe! ... Die Liebe ist ein Mondstrahl!« entgegnete der junge Mann.

»Warum rafft Ihr Euch nicht auf aus Eurem Dahindämmern?«, sprach einer seiner Knappen zu ihm. »Werft Euch in Eisen vom Kopf bis zu den Füßen! Lasst Euer fürstliches Banner im Winde sich entfalten und zieht in den Krieg! Im Krieg gewinnt man Ruhm.«

»Ruhm ... Der Ruhm ist ein Mondstrahl.«

»Soll ich Euch ein Lied vortragen, das letzte Werk unseres Herrn Arnaldo, des provenzalischen Troubadours[94]?«

»Nein, nein!«, rief der Junker und erhob sich zornig vom Sessel, »nichts möchte ich ... das heißt – doch möchte ich etwas ... ich möchte, dass ihr mich allein lasst ... Lieder ... Frauen ... Ruhm ... und Glück: alles Lüge, eitle Trugbilder unserer Phantasie, die wir uns nach unserer jeweiligen Laune aufputzen ... die wir lieben ... denen wir nachlaufen – und wozu? ... Ja, wozu? ... Um einen Mondstrahl zu finden!«

Manrik war wahnsinnig – jedenfalls hielten ihn alle dafür. Ich hingegen glaube, dass er erst jetzt zu Verstand gekommen war.

94 Fahrender Minnesänger im mittelalterlichen Frankreich.

Kobold

I

Die Krüge auf dem Kopf, kehrten die Mädchen von der Quelle ins Dorf zurück. Dazu sangen sie und lachten und machten einen solchen Spektakel, dass man unwillkürlich an das frohe Gezwitscher der Schwalben denken musste, wenn sie in hageldichtem Schwarm um die Wetterfahne eines Glockenturms flattern.

In der offenen Vorhalle der Kirche saß unter einem Wacholderstrauch der alte Gregor, der Älteste im ganzen Orte. Er zählte wohl schon an die neunzig Winter, hatte schneeweißes Haar, einen stets lachenden Mund, lustige Augen und etwas zittrige Hände. Als Kind hatte er Ziegen gehütet, als Bursche war er Soldat gewesen. Später hatte er das kleine väterliche Erbe übernommen und so lange den Acker bestellt wie seine Kräfte dazu ausreichten. Dann hatte er sich zur Ruhe gesetzt und erwartete nun den Tod, ohne sich vor ihm zu fürchten, aber auch ohne sich nach ihm zu sehnen. Denn er verstand noch immer Witze zu erzählen wie kein zweiter. Und niemand kannte so wunderbare Geschichten und wusste Sprichwörter, Betrachtungen und fromme Lehren so geschickt anzubringen wie der alte Gregor.

Als daher die Mädchen seiner ansichtig wurden, eilten sie auf ihn zu, um ihn zum Sprechen zu bewegen. In der Vorhalle der Kirche angekommen, fingen alle an, ihn zu bestürmen, er möge ihnen eine Geschichte erzählen ... eine kurze Geschichte nur, um die Zeit bis zum Dunkelwerden auszufüllen. – Die Sonne stand nämlich schon ziemlich tief, und die langen Schlagschatten der Berge krochen mit jedem Augenblick weiter in die Ebene hinab.

Der alte Gregor hörte die Mädchen lächelnd an. Sie nahmen sein Lächeln als Zustimmung, setzten die Krüge ab und hockten sich im Kreis um ihn nieder, so dass der Alte den Mittelpunkt bildete.

Er sagte aber:

»Ich werde euch keine Geschichte erzählen, obwohl ich mich gerade an einige erinnere. Sie sind nämlich für euch Irrwische viel zu ernst; ihr würdet doch nur mit halbem Ohr zuhören. Auch ist es schon viel zu spät; die Zeit würde nicht mehr ausreichen. Ich will euch aber dafür einen guten Rat geben.«

»Einen Rat?« riefen die Mädchen sichtlich missgestimmt. »Ach, um Ratschläge anzuhören, sind wir wirklich nicht hergekommen. Wenn wir danach ein Bedürfnis spüren, gehen wir zum Herrn Pfarrer.«

»Es könnte aber sein«, versetzte der Greis mit seinem gewöhnlichen Lächeln und mit seiner schwachen zitternden Stimme, »dass der Herr Pfarrer euch in diesem Falle keinen so passenden Rat zu geben imstande ist wie der alte Gregor. Er hat so viel mit seinen Gebeten und Litaneien zu tun und wird wohl kaum bemerkt haben, was ich bemerkt habe: dass ihr mit jedem Tag frühzeitiger mit euren Krügen zur Quelle geht und mit jedem Tag später heimkehrt ...«

Die Mädchen sahen einander verwundert an; ein leiser Spott zuckte um ihre Lippen. Und ein paar, die hinter dem Alten standen, führten mit einer bezeichnenden Gebärde den Zeigefinger an die Stirn.

»Und was findet Ihr Böses dabei, wenn wir dort ein Weilchen mit unseren Freundinnen und Nachbarinnen plaudern?«, fragte eins der Mädchen. »Oder hält man sich etwa im Ort darüber auf, weil sich die Burschen am Wege aufstellen, um uns Schmeicheleien zu sagen, oder sich anbieten, uns die Krüge bis zum Eingang ins Dorf zu tragen?«

»Gewiss hält man sich über all das auf!«, gab der Alte dem Mädchen zur Antwort, das ihm im Namen aller die Frage gestellt hatte. »Eure Mütter und Großmütter wundern sich, dass heute die Mädchen nach derselben Quelle zum Scherzen und Schwatzen gehen, woher sie mit Zittern und Zagen und in größter Hast Wasser holten – und das auch nur, weil man es anderswoher nicht holen konnte. Und ich halte es nicht für gut, dass ihr allmählich die Scheu verliert, die der Ort, an dem die Quelle ist, allen Leuten einflößt; denn es könnte einmal geschehen, dass ihr dort von der Dunkelheit überrascht werdet ...«

Der alte Gregor sprach die letzten Worte in einem so geheimnisvollen Ton, dass die Mädchen erschreckt ihre Augen aufrissen und ihn groß ansahen. Und halb belustigt, halb neugierig warfen sie ein:

»Von der Dunkelheit? Ja, was geht denn dort im Dunkeln vor, damit Ihr so wichtig tut und so ängstlich und geheimnisvoll von etwas redet, das uns dort zustoßen könnte? Meint Ihr, dass uns dort die Wölfe auffressen werden?«

»Wenn sich der Moncayo mit Schnee bedeckt, treibt Hunger die Wölfe aus ihren Schlupfwinkeln, und dann kommen sie in Rudeln ins Tal. Mehr als einmal haben wir ihr scheußliches Geheul nicht nur in der Nähe der Quelle, sondern sogar hier in der Dorfstraße gehört. Aber die

Wölfe sind nicht die schrecklichsten Gäste des Moncayo. In seinen tiefen Schluchten, oben auf seinen einsamen, rauen Gipfeln, in seinen Höhlen hausen teuflische Geister, die des Nachts in Scharen an den Hängen herabkommen und sich in leerstehenden Häusern einnisten, in den Tälern umherschwärmen und von Fels zu Fels springen, in den Bächen sich tummeln und auf den kahlen Zweigen der Bäume sich schaukeln. Sie sind es, die in den Felsspalten heulen, die jene ungeheuren Schneemassen zusammenballen und von den höchsten Klippen hinabrollen, so dass alles, was ihnen in den Weg kommt, zerschmettert wird. Sie sind es auch, die in regnerischen Nächten Hagelkörner gegen unsere Fensterscheiben werfen und als blaue Irrlichter über die Sümpfe huschen.

Beschwörungssprüche und das segensreiche Wirken der Kirche haben diese Geister aus der Ebene vertrieben, so dass sie auf die unzugänglichen Gebirgskämme flüchten mussten. Unter ihnen gibt es sehr verschieden geartete Wesen, und sie nehmen die mannigfaltigste Gestalt an, um sich unseren Augen zu entziehen. Die gefährlichsten sind die, welche sich mit süßen Worten ins Herz der jungen Mädchen einschmeicheln und sie mit herrlichen Versprechungen betören. Man nennt sie Kobolde.

Die Kobolde leben im Innern des Berges. Sie kennen alle unterirdischen Gänge; sie sind die ewigen Schatzhüter der Erde und bewachen Tag und Nacht die edlen Metalle und kostbaren Steine.«

Der Alte wies mit seinem Krückstock auf den Gipfel des Moncayo, der sich zu seiner Rechten düster und gigantisch vom violetten, dunstig verdämmernden Himmel abhob.

»Seht ihr?« fuhr er fort. »Seht ihr jene gewaltige Masse, die noch immer vom Schnee gekrönt ist? In ihrem Innern also haben diese teuflischen Geister ihre Behausung. Das Schloss, das sie bewohnen, ist prächtig und schauervoll zugleich.

In eine jener Höhlen, deren Eingänge von dichtem Gestrüpp verdeckt sind und deren Gänge noch niemand bis ans Ende verfolgt hat, wagte sich einmal vor vielen Jahren einmal ein Hirte, der ein verirrtes Stück Vieh suchte. Als er wieder ins Dorf zurückkam, war er bleich wie der Tod; er hatte die Kobolde bei ihrem geheimnisvollen Wirken überrascht, hatte die giftige Höhlenluft eingeatmet und musste seine Keckheit mit dem Leben bezahlen. Aber bevor er starb, erzählte er ganz erstaunliche Dinge.

Als er immer tiefer in die Höhle hineingegangen war, geriet er schließlich in eine unterirdische Halle von riesiger Ausdehnung. Tausende verschiedener und höchst wunderlich geformter Felsgebilde, die großen Kristallen glichen, strömten ein Phosphorleuchten aus, wodurch die Räume von einem eigenartig trüben, phantastischen Licht erhellt wurden. Estrich, Deckenwölbung und Wände dieser weiten, von der Natur geschaffenen Hallen wiesen eine Zeichnung auf, wie sie nur der schönste Marmor hat, aber die Adern, die sie durchzogen, waren aus Silber und Gold, und, gleichsam von diesen glänzenden Adern eingefasst, war dort eine Menge der kostbarsten Steine in allen Größen und Farben zu sehen. Dort gab es haufenweise Hyazinthe und Smaragde, Diamanten, Rubine und Saphire, dazu noch viele andere, unbekannte Steine, die auch er nicht zu benennen vermochte. Aber alle waren so groß und so schön, dass ihm vom Betrachten die Augen übergingen. Kein Laut von außen drang in die Tiefe der phantastischen Höhle; nur bisweilen hörte er das langgezogene traurige Klagen des Windes, der jenes Zauberlabyrinth durchwehte, ein verworrenes Geprassel der ins Erdinnere eingepressten Flammen und das ferne Gemurmel von fließendem Wasser, das von irgendwoher ertönte.

Allein und verloren in jener Unermesslichkeit, lief der Hirte ich weiß nicht wie viele Stunden lang umher, ohne den Ausgang zu finden – bis er schließlich auf den Ursprung der Quelle stieß, deren Gemurmel er gehört hatte. Sie sprudelte aus dem Boden wie ein wunderbarer Springbrunnen, mit einem schaumgekrönten Wasserstrahl, der in prächtigen Kaskaden herabfiel und mit lieblichem Geplätscher durch die Felsspalten dahinrieselte. Um den Quell herum wuchsen nie gesehene Pflanzen, die einen mit breiten und dicken, die anderen mit dünnen und langen Blättern, die wie flatternde Bänder aussahen. Halb verborgen unter dem feuchten Laub, liefen seltsame Wesen umher, teils Menschen, teils Molche oder beides zu gleicher Zeit, denn sie verwandelten sich fortwährend. Bald sahen sie aus wie kleine, missgestaltete menschliche Geschöpfe, bald wie feurige Salamander oder flüchtige Flammen, die über dem Wasserstrahl einen Reigen tanzten. Nach allen Richtungen sich hin und her bewegend, liefen sie als abstoßend hässliche Zwerge über den Boden, kletterten die Wände hinauf, wobei sie sich geifernd krümmten wie Echsen, oder tanzten wie Irrlichter über die Wasser dahin. Das waren die Kobolde, die Herren jener Hallen, die ihre fabelhaften Reichtümer zählten und versteckten.

Sie nämlich wissen von allen Schätzen, die von Habgierigen vergraben wurden und nach deren Tod von den Erben vergeblich gesucht werden. Sie kennen den Ort, wo die Mauren vor ihrer Flucht ihre Kleinodien verbargen. Sie sind es, die nach jedem Schmuckstück fahnden, das verloren geht, nach dem Geld, das abhandenkommt – sie finden und rauben es, um es in ihre Höhlen zu schaffen, denn sie wandern in unterirdischen Gängen, auf geheimen, unbekannten Wegen durch die ganze Welt. Und so haben sie alle Arten seltsamer und kostbarer Gegenstände bei sich aufgehäuft. Da gibt es Juwelen von unschätzbarem Wert, Perlenketten und Halsbänder aus den kostbarsten Steinen; goldene, mit Rubinen besetzte Krüge von antiker Form, ziselierte[95] Kelche, kostbare Waffen, Münzen mit unbekannten Brustbildern und unleserlichen Inschriften – Reichtümer in so fabelhafter Menge, dass man sich davon kaum eine Vorstellung machen kann. Und all das funkelt und sprüht in tausend Farben und wirft einen so lebendigen Widerschein, dass man schier glauben muss, alles brennt, zittert und bewegt sich. Wenigstens hat uns der Hirte das so geschildert.«

Hier machte der Alte eine Pause. Die Mädchen hatten die Erzählung des alten Gregors zunächst mit spöttischem Lächeln aufgenommen, dann aber still und andächtig gelauscht. Nun warteten sie mit großen erstaunten Augen, halbgeöffneten Lippen und einem Gesicht, in dem Neugier und Teilnahme zu lesen stand, auf die Fortsetzung der Geschichte. Als es ihnen zu lange dauerte, unterbrach eine von ihnen die Stille und – unfähig. sich noch zu beherrschen, so sehr war sie von der Beschreibung der fabelhaften Schätze begeistert, die der Hirte gesehen haben sollte – fragte sie:

»Na, und ... hat er sich denn nichts davon mitgenommen?«

»Gar nichts!«, antwortete der alte Gregor.

»So ein Dummkopf!« riefen alle Mädchen einstimmig.

»Der Himmel war mit ihm im Augenblick der höchsten Gefahr«, fuhr der Alte fort. »Denn im selben Augenblick, als die Habsucht, die jeden in ihren Bann schlägt, seine Furcht zu zerstreuen begann, und der Hirte, verblendet durch den Anblick jener Juwelen, von denen ein einziger genügt hätte, ihn reich zu machen, schon die Hand nach einigen ausstreckte, da habe er, sagt er – und nun staunt über das Wunder! – in jener Tiefe und trotz des Lachens und Singens der Kobolde, trotz des Prasselns des

95 Ziselierungen = Gemeißelte Schriften und Ornamente, in Metall eingearbeitet.

unterirdischen Feuers, des Murmelns der Wasser und des Heulens der Winde – da habe er klar und deutlich das Läuten der Glocke vernommen, die in der Einsiedelei zu Unserer Lieben Frau vom Moncayo hängt – so deutlich, wie wenn er am Fuß des Hügels gestanden hätte, auf dem sie sich befindet!

Als der Hirte hörte, dass die Glocke das Ave Maria läutete, fiel er zu Boden und rief die Mutter unseres Herrn Jesus Christus an. Und ohne zu wissen, wie, fand er sich plötzlich außerhalb der Höhle, hingestreckt auf einem Weg, der ins Dorf führt, und so betäubt, als sei er aus einem schweren Traum erwacht.

Seit jener Zeit ist jedem klar, warum die Quelle vor dem Dorfe in ihrem Wasser bisweilen etwas wie ganz feinen Goldstaub mit sich führt, und warum man spät abends in ihrem Gemurmel verworrene Laute hört – verführerische Worte, womit die Kobolde, die die Quelle schon an ihrem Ursprung bezaubern, arglose Zuhörer zu verführen trachten, indem sie ihnen Reichtümer und Schätze versprechen, um sie der ewigen Verdammnis auszuliefern.«

Als der alte Gregor soweit erzählt hatte, war es dunkel geworden, und die Kirchenglocke läutete das Angelus[96]. Die Mädchen bekreuzten sich ehrfürchtig, wobei sie leise ein Ave Maria murmelten, und verabschiedeten sich dann vom alten Gregor, der ihnen nochmals den Rat gab, sie möchten ihre Zeit nicht mehr bei der Quelle verlieren. Eine jede nahm daraufhin ihren Krug, und still und nachdenklich verließen alle die Vorhalle der Kirche. Als sie schon fern von der Stelle waren, wo sie den Alten getroffen hatten, und auf dem Dorfplatz standen, um sich zu trennen, sagte die Dreisteste und Entschlossenste von ihnen:

»Und ihr glaubt etwas von den Dummheiten, die uns der alte Gregor erzählt hat?«

»Ich nicht!«, sagte eine.

»Ich ebenso wenig!«, rief eine andere.

»Ich auch nicht! Ich auch nicht!«, fielen die anderen ein und lachten sich gegenseitig wegen ihrer Leichtgläubigkeit aus.

Dann nahmen die Mädchen voneinander Abschied, gingen nach allen Richtungen des Platzes davon und verschwanden in den verschiedenen Straßen, die in den Platz einmünden.

---

96 Gebet der katholischen Kirche.

Zwei von ihnen gingen langsam, wie zerstreute Personen zu gehen pflegen, miteinander durch eine dunkle, enge Gasse. Sie waren die einzigen, die den Mund nicht aufgetan hatten, um die Glaubhaftigkeit des alten Gregor anzuzweifeln und zu verlachen. Denn die wunderbare Erzählung hatte einen solchen Eindruck auf sie gemacht, dass sie noch immer ganz verträumt dahinschritten.

Die Ältere der beiden, die ungefähr zwanzig Jahre alt sein mochte, hieß Martha und die Kleinere, die noch nicht das sechzehnte Jahr vollendet hatte, Magdalena.

Den ganzen Weg über sagte keine von ihnen ein Wort. Als sie aber vor ihrem Elternhaus angekommen waren und die Krüge auf die steinerne Bank vor der Tür gesetzt hatten, sagte Martha zu Magdalena:

»Und du glaubst an die Wunder des Moncayo und an die Geister der Quelle?«

»Ja«, gab Magdalena einfach zur Antwort. »Ich glaube alles. Zweifelst du etwa daran?«

»Oh, nein«, beeilte sich Martha zu entgegnen, »auch ich glaube alles, glaube alles, was ich nur zu wünschen glaube.«

II

Martha und Magdalena waren Schwestern. Seit frühester Kindheit Waisen, führten sie ein erbärmliches Leben bei einer Verwandten mütterlicherseits, die sie aus Gnade und Barmherzigkeit aufgenommen hatte und sie auf Schritt und Tritt mit ihrem Schimpfen und ihren demütigenden Worten das Joch empfangener Wohltaten fühlen ließ. Alles schien dazu beizutragen, das Band der Liebe zwischen den beiden Schwestern enger zu knüpfen, nicht nur durch die Fesseln des Blutes, sondern auch durch die des gemeinsamen Elends und Leidens. Und trotzdem bestand zwischen Martha und Magdalena eine dumpfe Eifersucht, eine heimliche Abneigung – verständlich nur dem, der ihre Charaktere vergleicht, die nämlich einander genauso entgegengesetzt waren wie ihre äußeren Erscheinungen.

Martha war groß von Gestalt, heftig in ihren Neigungen und von einer etwas tölpelhaften Wildheit im Ausdruck ihrer Empfindungen. Sie hatte noch niemals geweint und noch niemals gelacht – sie konnte überhaupt nicht lachen und weinen. Magdalena dagegen war stets bescheiden, liebevoll und gutmütig, und oft genug sah man sie wie ein Kind gleichzeitig lachen und weinen.

Martha hatte Augen – noch schwärzer als die Nacht, und zwischen den dunklen Wimpern sprühten bisweilen feurige Funken wie von glühenden Kohlen. Magdalenas blaue Augen, im goldenen Kranz ihrer blonden Wimpern, schwammen dagegen in einer Flut von Licht. Alles an den beiden stand im Einklang mit dem verschiedenen Ausdruck ihrer Augen. Marthas magerer, schlanker Körper, ihre eckigen Bewegungen, ihre blasse Gesichtsfarbe und ihr krauses, schwarzes Haar, das die Stirn beschattete und wie ein Samtmantel auf die Schultern herabfiel, bildeten einen eigenartigen Gegensatz zu dem kindlichen Gesichtsausdruck der kleinen weißen und rosigen Magdalena, deren blonde Zöpfe die Schläfen umrahmten wie der goldene Nimbus den Kopf eines Engels.

Trotz der unerklärlichen gegenseitigen Abneigung hatten die beiden Schwestern bisher in einer Art Gleichgültigkeit nebeneinander gelebt, die fast mit Eintracht und Liebe verwechselt werden konnte. Keine von ihnen hatte irgendwelche Zärtlichkeiten noch Bevorzugungen erfahren, um die sie die andere hätte beneiden können. Gleich groß war ihr Leid, gleich bedauernswert ihre Lage. Martha hatte sich in sich selbst verschlossen und ertrug alles mit selbstsüchtigem, hochmütigem Schweigen. Und Magdalena, da ihr das Herz der Schwester nicht warm entgegenschlug, weinte still für sich hin, sooft ihr die Tränen ungewollt in die Augen traten.

Es gab kein Gefühl, das ihnen gemeinsam gewesen wäre. Niemals vertrauten sie sich ihre Leiden und Freuden an – und trotzdem hatten sie das einzige Geheimnis, das sie im tiefsten Herzen zu verbergen suchten, gegenseitig erraten, mit dem feinen Instinkt der liebenden und eifersüchtigen Frau: Martha und Magdalena hatten nämlich ihre Augen auf ein- und denselben Mann geworfen.

Die Leidenschaft der Älteren war ein hartnäckiges Begehren, wie es einem unbändigen, eigenwilligen Charakter zu eigen ist. Die Liebe der anderen glich einem natürlichen, unbestimmten Bedürfnis nach Zärtlichkeit, nach irgendeinem Gegenstand zum Liebhaben, wie man es bei Mädchen in solchem Alter häufig findet, weshalb sie ihre Liebe oft dem Erstbesten zuwenden, der ihnen über den Weg läuft.

Beide hielten ihre Liebe geheim, weil der Mann, dem sie galt, sich vielleicht über ihre Neigung lustig gemacht hätte, die man bei solch einfachen armen Mädchen nur als lächerliche Anmaßung deuten konnte.

In der Nähe des Städtchens stand auf einer Anhöhe, die die ganze Gegend beherrschte, eine alte, von all ihren Bewohnern verlassene Burg. An den langen Winterabenden erzählten die alten Mütterchen die wundersame Geschichte von ihrer Gründung. Sie erzählten, dass eines Tages vor dem König von Aragonien, als er mit seinem Nachbarn im Kriege lag, sich schon aller seiner Hilfsmittel beraubt sah und – von seinen Anhängern im Stich gelassen – nahe daran war, den Thron zu verlieren, ein Hirtenmädchen aus der Gegend erschienen sei und ihm von unterirdischen Gängen erzählt habe, durch die man den Moncayo durchschreiten könne, ohne von seinen Feinden bemerkt zu werden. Auch soll sie ihm zu einem Schatz schönster Perlen, kostbarer Edelsteine und Gold- und Silberbarren verholfen haben, mit denen der König seine Reiterscharen bezahlte und ein mächtiges Heer anwarb. Während einer ganzen Nacht marschierte er dann unter der Erde dahin, überfiel am nächsten Tage seine Gegner und vernichtete ihr Heer vollständig, wodurch er sich die Krone sicherte.

Nachdem er so einen bedeutenden Sieg errungen hatte, soll der König zu dem Hirtenmädchen gesagt haben:

»Bitte mich, um was du willst! Ich schwöre, dass ich es dir unverzüglich geben werde – und sollte es auch die Hälfte meines Königreichs sein!«

»Ich habe keinen anderen Wunsch, als wieder meine Schafe zu hüten«, antwortete das Mädchen.

»Nein«, entgegnete der König. »Du sollst fortan meine Grenzen hüten.«

Und er gab ihr die ganze Grenzmark[97] zu Lehen und ließ ihr im letzten Dorf vor der kastilischen Grenze eine Burg erbauen, die sie als ihren Wohnsitz bezog. Bereits zuvor hatte sie einen Günstling des Königs geheiratet – einen edlen, höfischen und tapferen Ritter, der selbst viele Burgen und Lehnsgüter sein eigen nannte.

Des alten Gregors erstaunliche Geschichte von den Kobolden des Moncayo, von deren Geheimnissen die Quelle des Ortes murmelte, rief aufs neue die phantastischen Träumereien der beiden verliebten Schwestern wach und vervollständigte gewissermaßen die alte Geschichte von dem Schatz, den das Hirtenmädchen der Sage zufolge gefunden haben sollte. Dieser Schatz, der ihnen schon manch schwere, schlaflose Nacht

97 das Grenzgebiet

eingebracht hatte, tauchte nun wieder vor ihnen auf als ein Strahl einer neuen Hoffnung.

Am Abend nach der Begegnung mit dem alten Gregor plauderten alle Mädchen des Dorfes daheim von der wunderbaren Geschichte, die sie gehört hatten. Nur Martha und Magdalena bewahrten darüber tiefes Schweigen. Und auch unter sich tauschten sie weder an diesem Abend, noch am ganzen folgenden Tag ein einziges Wort über die Sache aus, die ihren Nachbarinnen so viel Gesprächsstoff bot und auf alle mögliche Weise gedeutet wurde.

Als dann die übliche Stunde kam, in der die Mädchen Wasser zu holen pflegten, nahm Magdalena ihren Krug und sagte zu ihrer Schwester:

»Gehen wir zur Quelle?«

Martha gab keine Antwort, und Magdalena fragte noch einmal:

»Wollen wir denn nicht zur Quelle gehen? Schau, wenn wir uns nicht beeilen, geht die Sonne unter, bevor wir zurück sind.«

Schließlich rief Martha in kurzem, rauem Ton:

»Ich mag heute nicht.«

»Dann gehe ich auch nicht!«, antwortete Magdalena nach kurzem Schweigen und nachdem sie ihrer Schwester prüfend in die Augen geschaut hatte, als könne sie darin die Ursache ihrer Unlust lesen.

III

Seit einer Stunde etwa mochte die Schar der Mädchen bereits wieder zu Hause sein. Das letzte Leuchten der Dämmerung war am Horizont erloschen, und als es anfing, dunkel und immer dunkler zu werden, verließen Martha und Magdalena das Dorf auf verschiedenen Wegen und ohne voneinander zu wissen, und schlugen beide die Richtung zur geheimnisvollen Quelle ein.

Nach und nach erstarben die Geräusche des Tages. Die fernen Stimmen der Bauern, die, lustig singend zum Takt des nachschleifenden Pflugbaums, auf ihren Gäulen nach Hause ritten wie vornehme Herren, verstummten. Auch das eintönige Schellengeläute der Schafherden und das Rufen der Hirten und das Bellen der Hunde, die das Vieh zusammentrieben, waren bald nicht mehr zu hören, und vom Turm der Kirche verhallte der letzte Klang des Ave Maria.

Nun herrschte das zweifach erhabene Schweigen der Nacht und der Einsamkeit – jenes Schweigen, das mit allerlei leisen, seltsamen Geräuschen erfüllt ist, durch die es erst richtig spürbar wird.

Die Quelle sprudelte am Ende eines langen Pappelweges aus moosbedeckten Felsen hervor. Martha und Magdalena schlichen sich durch das Gewirr der Bäume und näherten sich der Quelle im Schutz der Dunkelheit, ohne einander gewahr zu werden. Martha kannte keine Furcht; ihr Schritt war fest und sicher. Magdalena aber zitterte schon beim Rascheln der welken Blätter, die den Boden bedeckten und die sie beim Gehen aufwühlte.

Als die beiden Schwestern vor der Quelle standen, begann der Nachtwind in den Kronen der Pappeln zu rauschen, und auf sein kurzatmiges Säuseln und Raunen schien das Wasser der Quelle mit gleichmäßigem, eintönigem Plätschern zu antworten.

Martha lauschte, ebenso wie Magdalena, aufmerksam dem beständigen Murmeln zu ihren Füßen und dem Wehklagen über sich, das leise anschwoll und erstarb, dann wieder stärker wurde und im Laubwerk verhallte. Je später es wurde, desto mehr begann dieses Klingen und Singen in der Luft und im Wasser eine seltsame Erregung in den beiden Mädchen zu erzeugen, eine Art Schwindel, die ihren Blick verwirrte, ihr Ohr mit Sausen und Summen erfüllte und ihnen die Sinne völlig zu betäuben drohte.

So wie man im Schlaf bisweilen aus weiter Ferne verworrene Laute vernimmt, so war auch ihnen, als hörten sie zwischen all den nicht zu bezeichnenden Geräuschen etwas wie das Lallen eines Kindes, das nach der Mutter verlangt und ihren Namen noch nicht aussprechen kann. Anfangs klang es wie Worte, die sich mehrmals wiederholten und immer die gleichen blieben. Dann folgten zusammenhanglose, wirre Sätze ohne Sinn und Verstand. Schließlich jedoch begannen der Wind in den Bäumen und das von Stein zu Stein hüpfende Wasser klar und deutlich zu reden.

Und das sprachen sie:

Das Wasser

Weib! ... Weib! ... höre mich an ... höre mich an, komm näher, um mir zu lauschen! Ich will dir die Füße küssen, während ich zitternd dein Bild auf dem dunklen Grund meiner Gewässer spiegele. Weib! ... hör mich an, denn mein Plätschern und Murmeln sind Worte.

Der Wind

Mädchen! ... reizendes Mädchen, hebe den Kopf und lass mich deine Stirn küssen, während ich spielend dein Haar zerzause. Reizendes Mädchen, lausche mir, denn auch ich kann sprechen und will dir zärtliche Worte zuraunen.

Martha

O sprich, sprich! Ich werde dich verstehen, denn wie deine dunklen Worte schwebt auch mein Geist in süßem Taumel ... Sprich, geheimnisvoller Bach!

Magdalena

Ich fürchte mich ... Nachtwind, du Duftgeschwellter, kühle mir die brennende Stirn! Sag mir etwas, das mir Mut einflößt, denn mein Geist ist schwankend.

Das Wasser

Ich bin durch den finsteren Schoß der Erde geflossen, hab das Geheimnis ihrer wundersamen Fruchtbarkeit ergründet und kenne nun all die Erscheinungen in ihrem Innern, wo die künftigen Schöpfungen keimen. – Mein Plätschern wirkt auf den einen einschläfernd, auf den anderen aber erweckend. Dich wird es erwecken, da du es verstehst.

Der Wind

Ich bin die Luft, die die Engel mit ihren gewaltigen Flügeln aufwirbeln, wenn sie die Himmelsräume durchfliegen. Ich balle im Westen die Wolken zusammen, die der Sonne ein purpurnes Bett bereiten, und treibe bei Tagesanbruch die dichten Nebel zusammen, die in Tropfen zergehen, die Blumen mit Perlenregen besprengend. Meine Seufzer sind Balsam; öffne dein Herz, auf dass ich es fülle mit seliger Wonne!

Martha

Als ich zum ersten Male einen unterirdischen Bach murmeln hörte, war es nicht vergeblich, dass ich mein Ohr auf die Erde legte und lauschte. In ihr rauschte ein Geheimnis, das ich endlich sollte begreifen lernen.

Magdalena

Ihr Seufzer des Windes, ihr seid mir bekannt! wenn ich in den Tagen der Kindheit mich in den Schlaf geweint hatte, wart ihr es, die mich liebkosten, und euer Rauschen klang für mich wie die Stimme einer Mutter, die ihr Kind in den Schlummer wiegt.

*

Das Wasser verstummte für einige Augenblicke, und nichts war vernehmbar als zwischen Felsen dahinfließendes Wasser. Auch der Wind schwieg, und sein Rauschen war nichts als das Rauschen bewegter Blätter. So verging eine Weile. Danach begannen sie wieder zu sprechen:

Das Wasser

Wenn ich mich Tropfen um Tropfen durch die Goldader einer unerschöpflichen Erzgrube geseiht und ein Bett aus Silber durchlaufen habe; wenn ich, wie über Kieselsteine hinweg, über eine unzählige Menge Saphire und Amethyste gehüpft bin, Diamanten und Rubine mitschleppend statt Erde und Sand: so bin ich mit einem Geist eine geheimnisvolle Ehe eingegangen. Bereichert durch seine Macht und durch die verborgenen Eigenschaften der Edelsteine und Metalle, von dessen Atomen ich gesättigt bin, vermag ich dir zu verschaffen, was auch immer du begehrst. Ich besitze die Kraft eines Zauberspruchs, die Macht eines Talismans und die Eigenschaften der sieben Steine und der sieben Farben.

Der Wind

Über die Felder komm ich gestrichen, wie die Biene, die mit ihrer Beute von duftendem Honig in den Stock zurückkehrt, so führe ich Mädchenseufzer mit mir und Kindergebete, Worte der keuschen Liebe und Wohlgerüche der Narden[98] und der weißen Waldlilien. Ich habe auf meinem Flug nur Düfte aufgelesen und die Klänge von Harmonien. Meine Schätze sind nicht mit der Hand zu erfassen, doch verleihen sie Seelenfrieden und das wunschlose Glück der heiteren Träume.

---

98 Narde = Wohlriechende indische Pflanze aus der Familie der Geißblattgewächse.

*

Unwillkürlich entfernte sich Magdalena immer weiter von dem Felsgestein, aus dem das Wasser hervorsprudelte, während ihre Schwester sich wie verzaubert über den Rand der Quelle neigte, um besser lauschen zu können.

Beide hatten ihre Augen weit aufgerissen; die eine sah hinab ins Wasser, die andere empor zum Himmel.

Als Magdalena die hellen Sterne über sich blinken sah, rief sie:

»Das sind die Strahlenkränze der unsichtbaren Engel, die über uns wachen!«

Währenddessen sah Martha den zitternden Widerschein der Sterne im Wasser und sagte:

»Das sind die Goldteilchen, die das Wasser in seinem geheimnisvollen Lauf mit sich reißt!«

Die Quelle und der Wind, die wiederum für eine Weile verstummt waren, fingen erneut an zu sprechen:

Das Wasser

Folge meinem Lauf aufwärts bis zum Ursprung; wirf die Furcht von dir ab wie ein grobes Gewand und wage die Schwelle des Unbekannten zu überschreiten! Ich habe erraten, dass dein Geist von dem Wesen der höheren Geister ist. Vielleicht haben Neider dich einst aus dem Himmel gestoßen und dich dem Rot des Elends überliefert. Ich aber sehe auf deiner düsteren Stirn das Siegel eines edlen Stolzes, der dich unserer würdig macht – den Kreis der starken und freien Geister.

Komm, ich will dich Zauberworte lehren von solcher Kraft, dass sich die Felsen vor dir öffnen, wenn du die Worte sprichst, und dich mit den Diamanten beschenken, die in ihrem Schoß liegen wie die Perlen in den Muscheln, die Fischer aus dem Grunde des Meeres holen.

Ich werde dir Schätze bescheren, auf dass du ein glückliches Leben führen kannst. Und später dann, wenn der Kerker zerbricht, der dich gefangen hält, wird dein Geist dem unseren gleichwerden; denn auch sie sind nur Geister von Menschen. Und alle vereint werden wir die treibende Kraft sein, der Schöpfung lebendiger Strahl, der sie durchpulst wie ein Strom unterirdischer Adern!

Der Wind

Das Wasser leckt Erde und lebt im Schlamm; ich aber streife durch luftige Himmelsräume und fliege im unendlichen Weltraum umher. Folge den Regungen deines Herzens; lass deine Seele wie eine Flamme emporsteigen, wie blaue Rauchspiralen! Weh dem, der Flügel hat zu fliegen und in die Tiefen hinabsteigt, um Gold zu suchen, – er, der sich aufschwingen könnte zur Höhe, um Liebe zu ernten und edle Empfindungen.

Lebe du verborgen wie das Veilchen! In einem befruchtenden Kuss werde ich dir den Lebenskeim einer Schwesterseele bringen, werde den Nebelschleier zerreißen, damit dir niemals ein Sonnenstrahl fehlt, der deiner Freude leuchtet. Lebe verborgen und bleibe unbekannt! Wenn dein Geist sich vom Körper löst, werde ich ihn als rote Wolke den Gefilden des Lichtes zuführen.

*

Dann schwiegen der Wind und das Wasser, und der Kobold erschien.

Der Kobold war ein winziges, durchsichtiges Kerlchen, eine Art Lichtzwerg, einem Irrlicht[99] vergleichbar. Er lachte aus vollem Halse – aber so leise, dass es kaum zu hören war. Von Fels zu Fels hüpfte er, und das mit einer Geschwindigkeit, dass einem schwindlig wurde vom Zusehen. Bald tauchte er ins Wasser, in der Tiefe funkelnd wie ein tausendfarbiger Edelstein. Bald kam er wieder an die Oberfläche, strampelte mit den Beinen und reckte die Arme und wackelte den Kopf mit einer geradezu fabelhaften Schnelligkeit.

Martha sah den Kobold und folgte mit wirrem Blick all seinen sonderbaren Bewegungen. Und als sich schließlich der teuflische Geist wie eine tanzende Flamme, mit flatterndem, funkensprühendem Haar, in die schluchtenreiche Wildnis des Moncayo stürzte, fühlte sie sich mit unwiderstehlicher Macht angezogen und rannte hinter ihm her in rasender Jagd.

Indessen rief der Wind, sich langsam entfernend: *Magdalena! Magdalena!* ... Und Schritt für Schritt, wie eine Nachtwandlerin, die im Schlaf von einer Freundesstimme geleitet wird, folgte Magdalena dem Wind, der seufzend über die Felder strich.

99 Leuchten über Sümpfen und Mooren, das oft als Spukerscheinung gedeutet wurde.

Danach wurde alles wieder still in dem dunklen Pappelweg, und Wind und Wasser rauschten und plätscherten wie alle Tage.

IV

Bleich vor Erregung kehrte Magdalena ins Dorf zurück. Auf Martha wartete man die ganze Nacht vergeblich.

Am Nachmittag des nächsten Tages fanden die Mädchen am Rande der Quelle einen zerbrochenen Krug. Es war Marthas Krug. Von ihr aber hat man nie wieder etwas erfahren.

Seitdem gehen die Mädchen des Dorfes so zeitig Wasser holen, dass sie mit der Sonne aufstehen. Einige haben mir erzählt, dass man Marthas Geist, der gefangen in der Quelle lebt, des Nachts schon öfters habe weinen hören. Ich weiß nicht, wie weit man diesem letzten Teil der Geschichte Glauben schenken darf ... denn es muss gesagt werden, dass seit jenem Tag niemand mehr gewagt hat, nach dem Angelusläuten den Pappelweg entlangzugehen.

Das Kruzifix mit dem Totenschädel

Der König von Kastilien rüstete zum Krieg gegen die Mauren, und für diesen Kampf gegen die Feinde des Glaubens hatte er an die Blüte des Adels seiner beiden Reiche den Heerbann[100] ergehen lassen. Die sonst so stillen Straßen Toledos erklangen nun Tag und Nacht vom kriegerischen Lärm der Pauken und Zinken[101]. Keine Stunde verging, in der man nicht den heiseren Ruf der Wachen vernahm, die bald an dem maurischen Zweiangeltor, bald am Heckentor oder auch am Kopf der alten Sankt-Martins-Brücke die Ankunft irgendeines Ritters ankündigte. Zuvorderst das herrschaftliche Banner und dahinter die Reiter und Trossknechte – so sah man die Hauptmacht des kastilischen Heers zusammenkommen.

Bis man damit fertig war, die königlichen Streitkräfte zu ordnen, damit man zur Grenze aufbrechen konnte, vertrieb man sich die Zeit mit rauschenden Volksfesten, prunkvollen Gastgelagen und glänzenden Waffenspielen. Als schließlich der Vorabend des Tages gekommen war, den der König schon im Voraus für den Aufbruch des Heeres bestimmt hatte, traf man die Vorbereitungen zu der letzten Festlichkeit, mit der die Reihe der Lustbarkeiten beendet werden sollte.

Am Abend des Fests bot die königliche Burg ein einzigartiges Schauspiel. In den weiten Höfen lagerte wirr durcheinander um die riesigen Feuer ein bunt zusammengewürfelter Haufe von Knappen, Trossknechten, Bogenschützen und niederem Volk. Die einen putzten ihre Rosse und Waffen und machten sie kampfbereit. Andere saßen beim Würfelspiel, schreiend und fluchend die Wechselfälle des Glücks begrüßend. Hier sangen einige im Chor den Kehrreim einer Heldenromanze, die ein Spielmann vortrug und auf der Gusla[102] begleitete; dort kauften andere von einem Pilger Muscheln, Kreuze und Bänder, die am Grabe Santiagos geweiht worden waren. Nicht weit davon wurde ein Possenreißer mit tollem Gelächter für seine Witze belohnt. Daneben übte je-

100 Aufruf des Königs oder Herzogs zum Kriegsdienst.

101 Ein Blasinstrument.

102 Für den Balkanraum typisches Streichinstrument.

mand auf der Zinke das Sturmsignal, mit dem jedes Fähnlein ins Treffen zu rücken pflegte. Und weiterhin wurden alte Rittergeschichten und Liebesabenteuer erzählt oder von Wundern berichtet, die sich erst kürzlich zugetragen haben sollten. Und dies alles bildete ein höllisches, betäubendes Durcheinander, mit Worten unmöglich zu schildern.

Über diesem brausenden Meer von Kriegsgesängen und dröhnenden Hämmern, die auf Ambosse niederfielen, von kreischenden Feilen, die sich in den Stahl einfraßen, von stampfenden Rossen, anhaltendem Gelächter, Fluchen und zornigem Geschrei aus heiseren Kehlen, von schrillen Lauten und anderen, seltsamen Misstönen – über all dem schwebten manchmal, wie ein Hauch süßen Wohlklangs, die fernen Akkorde der Festmusik.

Die Säle, in denen das Fest stattfand, in einem anderen Teil der Burg, boten zwar nicht so phantastische und abwechslungsreiche Bilder, wohl aber einen umso glänzenderen und prunkvolleren Anblick.

Weithin zogen sich lange Galerien, auf einem verwirrenden Labyrinth von schlanken Pilastern[103] ruhend, mit geschnitzten Schwibbögen, fein wie Spitzengewebe. Die weiten Hallen waren mit seidenen und goldgewirkten Tapeten ausgeschlagen, auf denen in tausend verschiedenen Farben Liebesszenen oder Jagd- und Kriegsbilder dargestellt waren. Eine Unzahl bronzener, silberner und goldener Lampen und Kandelaber[104], teils herabhängend von der hochgewölbten Decke, teils befestigt an den starken Mauerpfeilern, warf eine Flut von Licht auf die blinkenden Waffen und Schilde, die als Trophäen die Wände zierten. Und überall, wohin man auch blickte, sah man einen Schwarm schöner Frauen in reichen, goldverbrämten Gewändern auf und ab schweben. Perlschnüre umfingen ihre Locken, Rubingeschmeide funkelte auf ihrer Brust, Kranzfächer aus duftigen Federn und mit Elfenbeingriff schaukelten an ihrer Hand, und weiße Spitzenkrausen umspielten ihre Wangen. Um sie herum fröhliche Scharen geputzter Edelleute in Seidenstrümpfen und Saffianschuhen, in Brokatwämsern[105] und kurzen Mänteln mit offenen, weiten Ärmeln und spitzer Kappe, die leichten, zierlichen Galadegen[106]

103 Pfeilerartiges Formelement der Architektur.

104 Säulenartige Ständer für Kerzen.

105 Wams = Untergewand der Ritter.

106 Kleines Schwert.

an samtenem Gehänge und mit Dolchen, deren Griff aus feinster Filigranarbeit bestand.

Rings um die königliche Estrade[107], in hohen Sesseln aus dunklem Lärchenholz, saß das reifere Alter und sah heiter lächelnd die strahlende, blendende Jugend vorbeifluten. Vor allem galt die Aufmerksamkeit einem Fräulein, das wegen seiner unvergleichlichen Schönheit auf allen Turnieren und Minnehöfen jener Zeit zur Königin ausgerufen wurde. Die tapfersten Ritter führten die Farben dieser Schönen im Wappen. Die namhaftesten Sänger der Fröhlichen Kunst und Wissenschaft wählten ihre Reize zum Gegenstand ihrer Lieder. Auf ihr ruhten alle Augen mit Entzücken; alle Herzen pochten ihr insgeheim entgegen. Und die edelsten Sprösslinge des toledanischen[108] Adels, die an jenem Abend auf dem Feste erschienen waren, umdrängten sie huldigend, wie demütige Diener im Gefolge ihrer Herrin.

Agnes von Tordesillas war der Name dieser gefeierten Schönheit. Hochmütig war sie und abweisend, aber keiner von denen, die dem ständigen Tross ihrer hoffnungsvollen Verehrer angehörten, verzagte jemals in seinen Bewerbungen. Glaubte einer ein ermutigendes Lächeln auf ihren Lippen zu erraten, so meinte ein anderer, ein wohlwollendes Leuchten aus ihren Augen erhascht zu haben. Ein jeder hoffte im geheimen der Bevorzugte zu sein – der eine wegen eines anerkennenden Wortes, der andere wegen irgendeiner geringfügigen Gunstbezeigung oder eines oft weit zurückliegenden Versprechens.

Indessen gab es unter ihnen zwei, die sich ganz besonders durch ihre Ritterlichkeit und Hingebung hervortaten und die allem Anschein nach wenn auch nicht als die Bevorzugten der Schönen, so doch als diejenigen gelten konnten, die auf dem Wege zu ihrem Herzen am weitesten fortgeschritten waren. Diee beiden Ritter, gleichwertig in Herkunft, Mut und edlen Eigenschaften, desselben Königs Diener und Verehrer derselben Frau, hießen Alonso von Carillo und Lope von Sandoval.

Beide waren in Toledo geboren. Gemeinsam hatten sie ihre ersten Waffengänge getan, und an ein und demselben Tage waren ihre Augen einem Blick der schönen Agnes begegnet und wurden von heimlicher, glühender Liebe zu ihr entflammt. Anfangs keimte diese Liebe nur still

107 Erhöhter Teil des Fußbodens.

108 Toledanisches Reich = Zweite Phase des Westgotenreichs, mit der Hauptstadt Toledo.

im Verborgenen, aber als sie schließlich hervorzubrechen begann, verriet sie sich unwillkürlich in all ihren Worten und Taten.

Bei den Turnieren auf dem Zokodover[109], bei den Blumenspielen am Hofe – überall, wo sich nur eine Gelegenheit bot, an edlem Anstand und anmutiger Beredsamkeit miteinander zu wetteifern, griffen beide Ritter sie stets mit Begeisterung auf, begierig, sich vor den Augen ihrer Dame auszuzeichnen. An jenem Abend hatten sie zwar den Eisenhut gegen das Federbarett eingetauscht und das Panzerhemd gegen Brokat und Seide, aber sie standen, wohl von demselben Bestreben erfüllt, neben dem Sessel des edlen Fräuleins, das sich nach einem Rundgang durch die Säle eine Weile ausruhte, und begannen einen anmutigen Wettstreit in artigen und geistreichen Redensarten und versteckten Spitzfindigkeiten.

Die Gestirne zweiter Ordnung dieses strahlenden Sternbildes umgaben wie ein goldener Halbkreis die beiden Ritter, lachend und sie zu immer feineren Scherzen ermutigend. Und die Schöne, um derentwillen das Wortgefecht angestellt war, billigte lächelnd die witzigen Einfälle und Anspielungen, die einmal wie eine Welle zarten Blütenduftes, ihrer Eitelkeit schmeichelnd, dem Mund ihrer Verehrer entstieg, ein andermal wie ein spitzer Pfeil herausschoss, um den Gegner an seiner verwundbarsten Stelle, seiner Eigenliebe, zu treffen.

Bald aber begann der höfische Streit in geistreicher und gewandter Rede sich mehr und mehr zuzuspitzen, mit jedem Mal an Heftigkeit zunehmend. Die Worte blieben zwar noch in der Form höflich, wurden aber kurz und trocken hervorgestoßen und von einem gewissen Lächeln, einem leisen Zucken um die Mundwinkel begleitet. Auch wies das rasche Aufblitzen der Augen, die nicht fähig sind, etwas zu verheimlichen, darauf hin, dass der Zorn, mühsam verhalten, schon in der Brust der beiden Nebenbuhler kochte.

Die Lage war unhaltbar. Das Fräulein begriff und erhob sich vom Sessel, um in die Säle zurückzukehren. Da aber durchbrach ein neuer Zwischenfall die Schranken der gegenseitigen Achtung und Höflichkeit, an die die beiden verliebten Junker sich bisher noch gehalten hatten. Agnes hatte nämlich, um sich Kurzweil zu verschaffen, im Laufe des Gesprächs von ihren nach köstlichen Essenzen duftenden Handschuhen einen goldenen Knopf nach dem anderen abgerissen und – vielleicht absichtlich, vielleicht auch nur aus Vergesslichkeit – einen Handschuh auf ihrem Schoß liegengelassen. Als sie nun aufstand, glitt dieser zwischen

109 Großer Platz in Toledo.

den weiten Falten des seidenen Kleides herab und fiel auf den Teppich. Im gleichen Augenblick bückten sich all die edlen Herren ihres glänzenden Gefolges, um ihn wieder aufzuheben, wetteifernd um die Ehre, mit einem leichten Kopfnicken für ihre Zuvorkommenheit belohnt zu werden.

Ein leises Lächeln befriedigter Eitelkeit umspielte die Lippen der stolzen Agnes, als sie sah, wie bereitwillig alle einen krummen Buckel vor ihr machten. Mit einer einzigen flüchtigen Kopfbewegung grüßte sie die Herren, die so viel Eifer bewiesen hatten, ihr zu dienen. Und mit hochmütigem, verächtlichem Gesicht, fast ohne hinzusehen, streckte sie die Hand nach der Richtung aus, wo Lope und Alonso standen, um von ihnen den Handschuh zurückzufordern, denn augenscheinlich waren sie allen anderen zuvorgekommen. Nahe bei ihren Füßen hatten beide Junker gleichzeitig den Handschuh niederfallen sehen; beide hatten sich gleich schnell gebückt, um ihn aufzuheben, und als sie sich wieder aufrichteten, hielt ein jeder ihn an einem Ende gefasst. Starr und stumm standen sie da, sahen sich an mit herausfordernden Blicken, ein jeder entschlossen, den Handschuh auf keinen Fall dem anderen zu lassen.

Als das Fräulein dies bemerkte, entfuhr ihm unwillkürlich ein leiser Schrei, auch die übrigen Augenzeugen gaben ihrer Bestürzung lauten Ausdruck. Alle fürchteten, es würde zu einer stürmischen Szene kommen, und eine solche, im Schloss des Königs und in seiner Gegenwart, musste geradezu als Missachtung aufgefasst werden.

Dennoch verharrten Lope und Alonso teilnahmslos. Schweigend maßen sie sich vom Kopf bis zu den Füßen, und nur ein leichtes nervöses Zittern, das ihre Glieder wie ein Fieberschauer durchbebte, verriet den Sturm in ihrem Innern.

Immer dringlicher wurde das beschwichtigende Zureden der Umstehenden. Immer mehr Leute kamen herbei und umringten die beiden Helden des Dramas. Und sei es aus Verwirrung, oder weil sie sich darin gefiel, das Spiel in die Länge zu ziehen – jedenfalls, Agnes lief von einer Seite zur andern, als suche sie eine Zuflucht, um sich den Blicken der Neugierigen zu entziehen, die sich in immer größerer Zahl versammelten.

Eine Katastrophe war unabwendbar. Schon hatten die beiden Junker ein paar kurze Worte miteinander gewechselt. Krampfhaft hatten sie mit der einen Hand den Handschuh gepackt, und schon tasteten sie mit der anderen unwillkürlich nach dem goldenen Griff ihrer Dolche, als sich plötzlich der Kreis der Zuschauer ehrfurchtsvoll auftat und der König erschien.

Seine Stirn war heiter; kein Unwille lag in seinem Gesicht, kein Zorn in seiner Gebärde.

Ein Blick von ihm reichte, um zu begreifen, was sich da zutrug. Mit der ganzen Liebenswürdigkeit eines vollkommenen Edelmannes nahm er den Handschuh den beiden Rittern ab, deren Hände sich, wie von einer Feder bewegt, mühelos öffneten, als sie die Berührung des Fürsten spürten. Darauf wandte sich dieser an Agnes von Tordesillas, die – auf den Arm einer Zofe gestützt – einer Ohnmacht nahe war, und sagte mit festem, wenn auch mildem Ton:

»Hier nehmt, edles Fräulein, doch hütet Euch, ihn noch einmal fallen zu lassen. Es könnte sonst geschehen, dass man ihn Euch blutbefleckt zurückbringt ...«

Als Agnes den König so sprechen hörte, fiel sie in Ohnmacht – ob infolge der Aufregung oder um sich würdiger aus der Verlegenheit zu ziehen, ist schwer zu entscheiden – und wurde von den Umstehenden aufgefangen.

Alonso zerdrückte sein Samtbarett in den Händen, und Lope nagte an den Lippen, bis das Blut hervorquoll. Nur einen Blick tauschten sie – einen entschlossenen, durchbohrenden Blick ...

Und bei derartigen Vorfällen galt ein Blick so viel wie ein Backenstreich, wie ein Handschuh, dem andern ins Gesicht geworfen, wie eine Herausforderung auf Leben und Tod.

II

Als Mitternacht herannahte, zogen sich der König und die Königin in ihre Gemächer zurück. Das Fest war zu Ende, und all die Neugierigen, die in zahlreichen Gruppen in der Burgstraße, auf dem Zokodover und auf dem Miraderoplatz ungeduldig auf diesen Augenblick gewartet hatten, stellten sich eiligst auf, um die Heimkehrenden zu sehen.

Ein oder zwei Stunden lang herrschte in der Auffahrt zur Burg und in den benachbarten Straßen ein unbeschreibliches Leben und Treiben. Überall sah man Knappen vorüberreiten, reichgeschirrte Rosse am Zaume führend, Herolde in prunkvoller Zeremonialtracht, geziert mit Wappenschildern und Figuren, Paukenschläger in buntfarbigem Kleid, Reisige[110] in glänzendem Harnisch[111], Pagen in Samtmänteln mit federgeschmückten Baretts und Diener zu Fuß, die den mit kostbaren Stoffen bedeckten Tragsesseln und prächtigen Sänften voranschritten. In der Hand trugen sie große brennende Fackeln, deren rötlicher Schein die erstaunten Gesichter der Menschenmenge beleuchtete. Mit offenem Mund und verwunderten Augen sah das Volk staunend die Besten des kastilischen Adels vorüberziehen, der bei solcher Gelegenheit einen geradezu fabelhaften Prunk entfaltete.

Dann wurde es nach und nach stiller auf den Straßen, und der Lärm legte sich. Auf der Burg, hinter den bunten Scheiben der hohen gotischen Fenster, erloschen die Lichter. Die letzte Reiterschar zog an der dichtgedrängten Menge vorbei, und allmählich verlief sich das Volk in alle Richtungen und verlor sich im Gewirr der dunklen, gewundenen Gässchen.

Nun lag die Stadt im tiefen Schweigen der Nacht. Aus der Ferne nur schallte der Ruf eines Wachtpostens, der Schritt eines Neugierigen, der als letzter heimging, das Kreischen der Türriegel, die bald hier, bald dort vorgeschoben wurden.

Da erschien oben auf der Freitreppe, die vom Burgwall herabführte, ein Ritter. Er schaute sich nach allen Seiten um, als suche er jemand, der auf ihn gewartet haben musste, stieg darauf langsam herab und wandte sich durch die Burggasse zum Zokodoverplatz.

Hier blieb er stehen. Wieder sah er sich nach allen Seiten um. Es war eine stockfinstere Nacht, nicht ein Stern funkelte am Himmel, und auf dem ganzen Platz brannte nicht ein Licht. Dennoch war es ihm, als könne er weiter hinten die Gestalt eines Mannes erkennen. Auch vernahm er jetzt aus derselben Richtung leise Schritte, die näherkamen. Das war zweifellos der, auf den er mit solcher Ungeduld zu warten schien.

Der Ritter, der soeben die Burg verlassen und den Zokodoverplatz erreicht hatte, war Alonso Carillo. Das Ehrenamt, das er in der königlichen Kammer bekleidete, hatte ihn genötigt, sich solange beim König aufzuhalten. Und der andere, der aus dem Dunkel der Bogengänge, die rings um den Platz laufen, hervortrat, war Lope von Sandoval. Als die beiden Ritter einander gegenüberstanden, wechselten sie leise einige Worte:

---

110 Bewaffnete Reiter.

111 Ritterrüstung, die den ganzen Körper umschließt.

»Ich nahm an, dass du mich erwartetest!«, sagte der eine.

»Und ich erwartete, dass du dies annehmen würdest!« entgegnete der andere.

»Wohin gehen wir?«

»Irgendwohin, wo ein Lichtstrahl uns leuchtet – und wenn wir auch nur vier Spannen breit Platz haben, um uns zu rühren!«

Nach diesem kurzen Gespräch bogen die beiden Junker in eine der engen Gassen ein, die vom Zokodoverplatz abzweigen, und tauchten ins Dunkel der Nacht wie Gespenster, die den, der sie erblickt, einen Augenblick lang erschrecken und dann, sich in Dunst auflösend, in den Schoß der Finsternis zurücksinken.

Lange gingen sie kreuz und quer durch die Straßen Toledos, auf der Suche nach einem passenden Ort, ihren Ehrenhandel auszufechten. Die Dunkelheit der Nacht war jedoch so undurchdringlich, dass ein Zweikampf ganz unmöglich schien. Dennoch wünschten sich beide sehnlichst, sich zu schlagen – und zwar noch, bevor der Morgen dämmerte, da schon bei Tagesanbruch des Königs Heer, und mit ihm Alonso, aufbrechen würde.

So liefen sie denn aufs Geratewohl weiter – über verlassene Plätze, durch düstere Gänge und enge, finstere Gässchen. Endlich sahen sie von weitem ein Licht blinken – ein winziges, schwach flackerndes Licht, phantastisch umhüllt von einem verschwommenen, kreisrunden Nebelschein.

Sie waren in die Christusgasse gekommen, und das Licht, das sie am anderen Ende der Straße erblickten, ging augenscheinlich von dem Lämpchen aus, das schon in damaliger Zeit vor dem Kruzifix brannte.

Als sie des Lichts ansichtig wurden, stießen beide einen Freudenruf aus und richteten eiligst ihre Schritte dorthin. Nach wenigen Minuten standen sie vor dem kleinen Altar im Lichtkreis der Lampe.

Unter einem in die Mauer eingelassenen Bogen sahen sie das Bild des Erlösers am Kreuz, ihm zu Füßen einen Totenkopf. Ein grobgearbeitetes, hölzernes Vordach schützte es gegen die Unwetter, und an einem Strick hing eine kleine, schwach leuchtende Lampe, vom Winde geschaukelt. Das war der ganze Altar. Einige Efeuranken, die aus den verwitterten und gespaltenen Quadersteinen hervorwuchsen, umgaben ihn mit einer Art grünem Thronhimmel.

Die Ritter entblößten ihr Haupt, verneigten sich ehrerbietig vor dem Christusbild und sprachen ein leises Gebet. Darauf musterten sie mit raschem Blick die Umgebung, warfen die Mäntel ab, trafen die nötigen Vorbereitungen zum Kampf, gaben sich durch eine leichte Kopfbewegung das Zeichen und kreuzten die Klingen. Aber kaum hatten sich die Degen berührt – noch bevor einer der Gegner einen einzigen Schritt tun, noch einen Ausfall machen konnte – erlosch das Licht, und die Straße war in tiefste Dunkelheit gehüllt. Wie vom gleichen Gedanken geleitet, traten die Kämpfer, plötzlich von Finsternis umgeben, einen Schritt zurück, richteten den Blick auf das Lämpchen und senkten die Spitzen der Degen. Und im selben Augenblick, als sie Miene machten, den Streit beizulegen, leuchtete das Licht, das noch soeben erloschen war, wieder auf.

»Es wird ein Windstoß gewesen sein, der die Flamme niedergedrückt hat«, rief Carillo und stellte sich von neuem zum Kampf auf, zugleich auch Lope dazu auffordernd, der seinen Gedanken nachhing.

Lope trat vor und nahm seinen früheren Platz wieder ein. Er legte sich aus, und die Klingen kreuzten sich. Aber wieder erlosch das Licht bei dem ersten Anprall und blieb erloschen, solange die Degen noch gegeneinanderlagen.

Danach flammte es von selbst wieder auf und flackerte im Winde langsam hin und her, mit eigenartig zitterndem Schein den gelben Totenschädel zu Füßen des Kruzifixes beleuchtend.

»In der Tat, das ist seltsam!«, flüsterte Lope mit einem Blick auf die Lampe.

»Ach was«, meinte Alonso, »es wird daher kommen, dass die Schwester, die für die Altarlampe zu sorgen hat, mit dem Öl knausert und so die Andächtigen betrügt. Das Licht ist dem Erlöschen nahe, wird abwechselnd hell und dunkel im letzten Todeskampf.«

Nach diesen Worten legte der ungestüme Junker sich wieder aus, und sein Gegner folgte dem Beispiel. Diesmal aber wurden sie nicht allein wieder in dichtes, undurchdringliches Dunkel gehüllt, sondern zu gleicher Zeit traf ihr Ohr der tiefe Klang einer geheimnisvollen Stimme, ähnlich dem langgezogenen Heulen des Sturmwindes, wenn er in den engen Gassen sich fängt und klagend, jammernd hin und her rennt.

Was jene furchtbare, übermenschliche Stimme sagte, vermochten die Junker nicht zu erfassen. Aber beide wurden dermaßen von Schrecken ergriffen, dass die Degen augenblicklich ihren Händen entfielen. Ihr Haar sträubte sich, ein Schauder rann ihnen durch die Glieder, und aus allen Poren brach kalter Todesschweiß.

Und das Licht, zum dritten Mal erloschen, flammte wieder auf und verscheuchte auch zum dritten Mal die Finsternis.

Da sah Lope, wie sein Gegner ebenso fassungslos war wie er selbst, ebenso bleich und starr, und er dachte daran, dass Alonso einst sein bester Freund gewesen war.

»Gott will diesen Kampf nicht zulassen«, rief er, »weil es ein Streit zwischen Brüdern ist. Hundertmal haben wir den Himmel zum Zeugen unserer ewigen Freundschaft angerufen, darum ist ein Zweikampf zwischen uns eine Kränkung Gottes.« Mit diesen Worten warf er sich Alonso an die Brust, der ihn ebenfalls mit herzlichem Druck in seine Arme schloss.

III

Es dauerte einige Minuten, bis die beiden Junker sich auf jede erdenkliche Weise aufs Neue ihre Liebe und Freundschaft versichert hatten. Alonso ergriff als erster das Wort und sagte, noch tief bewegt über die eben erfolgte Versöhnung, mit warmer Stimme zu seinem Freund:

»Lope, ich weiß, dass du Agnes liebst – ob ebenso heiß wie ich, kann ich zwar nicht wissen – aber jedenfalls liebst du sie. Da nun ein Kampf zwischen uns beiden unmöglich ist, wollen wir uns entschließen, unser Schicksal in ihre Hände zu legen. Komm, wir wollen zu ihr gehen! Möge sie zwischen uns wählen und entscheiden, wer der Glückliche sein soll – und wer der Unglückliche. Ihre Entscheidung soll von uns beiden anerkannt werden, und wer ihrer Gunst nicht wert ist, hat morgen Toledo mit dem König zu verlassen, um im Trubel des Krieges Trost und Vergessen zu suchen.«

»Gut, es soll sein, wie du willst!«, entgegnete Lope.

Und Arm in Arm schlugen die beiden Freunde den Weg nach dem Domplatz ein, wo Agnes von Tordesillas wohnte – in einem Palast, von dem heute nicht einmal mehr Reste übrig sind.

Tagesanbruch war nicht mehr fern, und da auch Agnes‘ Brüder und noch einige andere aus ihrer Sippe am nächsten Tage mit dem Heer des Königs aufbrechen mussten, so schien es nicht unmöglich, dass die beiden schon zu so früher Stunde Einlass in den Palast erhielten.

Von dieser Hoffnung erfüllt, schritten sie aus und standen bald am Fuß des gotischen Turms. Aber kaum waren sie dort angekommen, als ein eigentümliches Geräusch ihre Aufmerksamkeit auf sich lenkte. Schnell verbargen sie sich in einer der dunklen Nischen, die von den hohen, vorspringenden Pfeilern gebildet werden. Dann sahen sie zu ihrem größten Erstaunen, wie sich im Palast ihrer Angebeteten eine Balkontür öffnete und in ihrem Rahmen ein Mann erschien, der mit Hilfe eines Strickes auf die Straße kletterte. Darauf wurde oben eine weiße Gestalt sichtbar, zweifellos Agnes selbst, die, sich über die Brüstung beugend, ihrem heimlichen Liebhaber einige zärtliche Abschiedsworte zurief.

In der ersten Erregung hatten die beiden Junker zum Degen gegriffen. Dann aber, wie von demselben Gedanken plötzlich erleuchtet, sahen sie einander an. Und ein jeder fand sich einem Gesicht gegenüber, das so komisch erstaunt dreinschaute, dass alle beide in lautes Lachen ausbrachen. Ihr Gelächter schallte hell über den ganzen Platz, hinüber zum Palast, und fand in der Stille der Nacht vielfachen Widerhall.

Im selben Augenblick verschwand die weiße Gestalt vom Balkon, und man hörte, wie die Türen heftig zugeschlagen wurden. Danach lag alles wieder in tiefem Schweigen.

Am folgenden Morgen sah die Königin von einem prächtig geschmückten Schaugerüst aus die Scharen vorbeiziehen, die gegen die Mauren ausrückten, und ihr zur Seite saß die vornehmste Frauenwelt Toledos. Unter ihr war auch Agnes von Tordesillas, und wie gewöhnlich waren auch heute alle Augen auf sie gerichtet. Aber es schien ihr, als ob der Ausdruck anders wäre als sonst ... als ob in den neugierigen Blicken, die auf sie fielen, ein spöttisches Lächeln läge.

Diese Wahrnehmung musste sie umso mehr in Unruhe versetzen, als sie an das laute Gelächter der vergangenen Nacht dachte, das sie drüben, von einer anderen Ecke des Platzes her, vernommen zu haben meinte – gerade als sie sich von ihrem Liebsten trennte und die Balkontüren wieder schließen wollte.

Da sah sie in den Reihen der Krieger, die in Staubwolken gehüllt und in blitzenden, funkelnden Rüstungen am Schaugerüst vorüberzogen, die vereinigten Banner der Häuser Carillo und Sandoval auftauchen. Und als sie erkannte, wie friedlich die beiden einstigen Nebenbuhler jetzt nebeneinander ritten, und das bedeutungsvolle Lächeln bemerkte, mit dem sie sie während der Verbeugung vor der Königin ansahen – da erriet sie alles. Vor Scham wurde sie purpurrot, und nur mit großer Mühe konnte sie die Tränen zurückhalten.

Das Gelöbnis

I

Margret hatte das Gesicht in den Händen verborgen und weinte still vor sich hin. Die Tränen rannen leise an ihren Wangen herab, und da sie den Kopf vornüber gesenkt hatte, sickerten sie ihr durch die Finger und tropften auf die Erde.

Neben Margret stand Peter. Von Zeit zu Zeit sah er auf und schaute sie an, aber da sie immer noch weinte, blickte er wieder zu Boden und versank in tiefes Schweigen.

Auch ringsumher war alles still geworden, gleichsam aus Achtung vor ihrem Leid. Die Stimmen auf dem Feld waren erstorben. Der Abendwind schlief, und im Gehölz hatten die dichtbelaubten Bäume sich langsam in dunkle Schatten gehüllt.

So verstrichen einige Minuten. Am Horizont wurde die letzte helle Spur, die die sinkende Sonne hinterlassen hatte, fortgewischt; undeutlich umrissen zeichnete sich der Mond auf dem violetten Grund des dämmernden Himmels ab, und nach und nach wurden die größeren Sternbilder sichtbar.

Peter brach schließlich das beängstigende Schweigen. Stockend, mit leiser Stimme, und als ob er mit sich selbst spräche, rief er:

»Es ist doch unmöglich, ganz unmöglich!«

Darauf wandte er sich wieder dem fassungslosen Mädchen zu, und, ihre Hand ergreifend, fuhr er milder und zärtlicher fort:

»Margret, für dich bedeutet die Liebe alles, und du siehst nichts außer ihr. Aber es gibt etwas, das ebenso heilig ist wie unsere Liebe: Das ist meine Pflicht. Unser Herr, der Graf von Gomara, verlässt morgen seine Burg, um seine Scharen mit dem Heer des Königs Ferdinand zu vereinigen. Es gilt, die Stadt Sevilla aus der Macht der Ungläubigen zu reißen – und ich muss dem Grafen Gefolgschaft leisten. Als Waise unbekannter Herkunft, ohne Namen und ohne Sippe, schulde ich ihm alles, was ich bin. Ihm habe ich gedient in der müßigen Friedenszeit, unter seinem Dach habe ich geschlafen, an seinem Herd mich gewärmt und vom Brot seines Tisches gegessen. Wenn ich ihn heute im Stich lasse, wird man morgen höchst verwundert sein, mich nicht unter der Schar zu sehen, die aus den Burgtoren zieht. Seine Mannen werden fragen: ›Ja, wo steckt denn der Lieblingsknappe des Grafen von Gomara?‹ Meinem Herrn wird Scham den Mund schließen, aber seine Pagen und Spaßmacher werden höhnisch erwidern: ›Des Grafen Knappe ist nur im Turnier ein Held, er bricht nur Lanzen um lieber Frauen willen!‹«

Als Margret ihn so reden hörte, hob sie den tränenfeuchten Blick und sah ihrem Liebsten in die Augen. Ihre Lippen bewegten sich, als ob sie etwas sagen wollte, aber ihre Stimme erstickte in Schluchzen.

»Um Gottes willen, hör doch auf zu weinen«, fuhr Peter fort, und seine Stimme wurde noch wärmer und überzeugender. »Deine Tränen tun mir weh. Wenn ich auch jetzt in die Ferne ziehen muss – ich komme wieder, und dann hat sich mein unbekannter Name ein wenig mit Ruhm bekleckert.

Der Himmel wird uns bei dieser heiligen Heerfahrt beistehen. Wir werden Sevilla erobern; und der König wird uns siegreichen Kriegern ein Lehen an den Ufern des Guadalquivir geben. Dann komme ich zurück und hole dich, und zusammen machen wir uns auf, um in jenem Paradies der Mauren ein Heim zu gründen, wo sogar der Himmel noch klarer und blauer sein soll als hier in Kastilien.

Also ich schwöre dir: ich komme wieder! Ich komme wieder und halte das Wort, das ich dir feierlich gab – damals, als ich dir auch den Ring aufsteckte, zur Bekräftigung meines Gelöbnisses.«

»Peter!«, rief nun Margret, mit fester, entschlossener Stimme ihre Erregung meisternd, »geh, ja geh um deiner Ehre willen!« Mit diesen Worten warf sie sich ihrem Liebsten ein letztes Mal in die Arme. Dann aber fügte sie in dumpfem Tonfall und seltsam bewegt hinzu: »Ja, geh, um *deiner* Ehre willen, aber komm wieder ... komm wieder um *meiner* Ehre willen!«

Peter küsste Margret auf die Stirn, ergriff sein Ross, das an einem Baum festgebunden war, beim Zügel und ritt im Trab durch den Baumweg davon.

Margret schaute Peter nach, bis sich sein Bild im Schatten der Nacht verlor, und als sie ihn nicht mehr sehen konnte, kehrte sie langsam ins Dorf zurück, wo ihre Brüder schon auf sie warteten.

»Leg deine Sonntagskleider zurecht«, sagte einer von ihnen zu ihr, als sie eintrat. »Morgen gehen wir mit dem ganzen Dorfvolk nach Gomara, um den Grafen nach Andalusien ausrücken zu sehen.«

»Ich hab' keine Freude daran«, antwortete Margret seufzend. »Mich stimmt es traurig, wenn ich all die vielen Menschen fortziehen sehe, die vielleicht nie wiederkommen!«

»Trotzdem hast du mit uns zu kommen«, beharrte der andere Bruder, »und musst dich putzen und fröhlich aussehen! Die Klatschweiber sollen nicht sagen, du hättest ein Verhältnis mit einem der Burginsassen, und dein Liebster zöge in den Krieg!«

II

Kaum zeigte sich am Himmel das erste Morgenrot, als in der ganzen Gemarkung[112] von Gomara das laute Blasen der gräflichen Reisigen ertönte. Und schon aus der Ferne sah das Landvolk, das in zahlreichen Gruppen aus den nahen Weilern herbeiströmte, auf dem Bergfried das herrschaftliche Banner im Winde flattern.

Überall sammelten sich Neugierige an, des Schauspiels gewärtig. Am Grabenrand hockten sie, und in die Bäume waren sie geklettert, weit im Felde streiften sie umher, auf allen Hügeln der Umgegend saßen sie, und längs der Landstraße hatten sie sich in langen Reihen aufgestellt.

Eine Stunde war ungefähr verstrichen, und einige fingen schon an, ungeduldig zu werden. Da erklangen von neuem Trompetenstöße. Alsbald rasselten die Ketten in der Windberge[113], und langsam wurde die Zugbrücke über den Graben gelassen. Dann wurde das Fallgatter hochgezogen, in den Angeln kreischend öffneten sich nacheinander die schweren Flügel des Außentors, und man blickte hinein in den Zwinghof[114].

Die Menge drängte sich an den höchsten Wegstellen, um die glänzenden Rüstungen und prunkvoll aufgezäumten Pferde besser sehen zu können. Denn die Gefolgschaft des Grafen von Gomara war in der ganzen Gegend wegen ihrer Pracht und ihres Reichtums bekannt.

Den Zug eröffneten die Ausrufer, die von Zeit zu Zeit stehenblieben und nach einem Trommelwirbel mit weithin schallender Stimme das Sendschreiben vorlasen, demzufolge der König seine getreuen Vasallen zur Heerfahrt gegen die Mauren aufrief und den freien Städten und Dör-

112 Flächeneinheit, die mehrere zusammenhängende Grundstücke umfasst.

113 Wortherkunft unbekannt.

114 Raum zwischen Burgmauer und Burggraben.

fern gebot, seine Scharen ungehindert durchziehen zu lassen und ihnen Schutz und Beistand zu gewähren.

Den Ausrufern folgten die Wappenkönige, stolz und prächtig anzuschauen mit ihren weißen Federbaretts und den seidenen Heroldsröcken, auf denen in Gold und bunten Farben die Wappenschilder eingestickt waren.

Eine Schar von etwa zwanzig jener berühmten Zinkenisten, denen in den alten Chroniken der spanischen Könige unglaubliche Lungenkraft nachgesagt wird, zogen einem Ritter voran, der, bis an die Zähne bewaffnet, auf einem Rappen saß und das gräfliche Banner mit dem Wahlspruch und allen Insignien trug. Es war der Bannerherr des Hauses. Ihm zur Linken ritt, in Schwarz und Rot gekleidet, der herrschaftliche Generalprofoss[115].

Kaum war das fürchterliche Zinkengeschmetter verklungen, als man ein dumpfes, schrittmäßiges Stampfen vernahm. Dienstleute, mit langen Spießen und ledernen Schilden bewaffnet, zogen vorüber. Ihnen schlossen sich die Sturmtruppen an, mit Antwerken[116] und Schleudermaschinen, mit Mauerbohrern, Sturmböcken und Leitern, und hinter ihnen kamen die Trossbuben und Lasttiertreiber.

Eingehüllt in eine Staubwolke, die von den Hufen der Rosse aufgewirbelt wurde, folgte in großen Haufen das Burggesinde. Die eisernen Brustharnische funkelten in der Sonne, und von Weitem glich es einem Wald von Lanzen.

Schließlich erschien auch der Graf selbst, im Kreise seiner Pagen, die mit kostbaren, goldgestickten Seidenwämsern bekleidet waren. Ihm voran zogen auf kräftigen, mit Schabracken[117] und Zedernbüschen gezierten Maultieren die Paukenschläger, und den Nachtrupp bildeten die Knappen seiner Burg.

Als die Menge seiner ansichtig wurde, begrüßte sie ihn mit ungeheurem Jubel. Im selben Augenblick, erstickt vom Stimmengebraus, erklang ein Schrei, und eine Frau sank ohnmächtig, wie vom Blitz getroffen, in die Arme der Umstehenden, die ihr schnell beisprangen.

---

115 Für die Strafverfolgung oder Strafvollstreckung zuständiger Militärbeamter.

116 Wortherkunft nicht zu ermitteln; könnte auch ein Übersetzungsfehler sein.

117 Schabracke = Zierdecke bei Reittieren.

Es war Margret. In dem gnädigen und gefürchteten Grafen von Gomara, der zu den vornehmsten und mächtigsten Vasallen der Krone Kastiliens zählte, hatte sie ihren heimlichen Geliebten erkannt.

III

Das Heer des Königs Ferdinand war aus Cordoba ausgerückt und nach langen Tagesmärschen vor Sevilla angekommen. In Ecija und Carmona hatten heftige Kämpfe stattgefunden, in Alcala am Guadaira wurde die berühmte Burg erobert und hier, schon im Angesicht der Stadt der Ungläubigen, das königliche Banner gehisst. –

Unbeweglich, bleich und finster saß der Graf von Gomara auf einem Schemel in seinem Zelt. Die Hände ruhten auf dem Knauf seines Schwertes, die Augen starrten ins Leere – mit jenem Blick, der einen Gegenstand zu betrachten scheint und doch nichts von dem wahrnimmt, was ringsum vor sich geht.

Neben ihm stand der älteste Knappe seines Hauses, der einzige, der in solchen Stunden schwärzester Laune es wagen durfte, ihn anzusprechen, ohne zum Opfer eines Zornausbruchs zu werden.

»Was habt Ihr, gnädiger Herr?« fragte er ihn. »Welches Leid bewegt Euch und verzehrt Euch? Traurig zieht Ihr in den Kampf, und traurig kehrt Ihr zurück, selbst dann, wenn Ihr siegreich wart. Wenn all die andern Ritter, von des Tages Last ermüdet, ruhig schlummern, höre ich Euch stöhnen, wie von einem Alp gequält. Und eile ich dann an Euer Lager, so find ich Euch im Kampf mit etwas Unsichtbarem, das Euch zu martern scheint. Ihr schlagt die Augen auf, und doch will nicht der Schrecken von Euch weichen. Was fehlt Euch, gnädiger Herr? Sagt es mir doch! Wenn's ein Geheimnis ist, so weiß ich es zu wahren auf dem Grunde meines Herzens und zu schweigen wie ein Grab.«

Der Graf schien anfangs nicht auf den Knappen zu hören. Doch dann, nach langem Schweigen und als ob die Worte seines Dieners dieser Zeitspanne bedurft hätten, um bis ans innere Ohr des Begreifens zu gelangen, löste er sich allmählich aus seiner Starre. Er zog ihn liebevoll zu sich heran und sagte zu ihm in ernstem, ruhigem Ton:

»Ich habe im Stillen viel gelitten. Und aus Scham hab' ich bisher geschwiegen, weil ich mich für den Spielball eines eitlen Wahns hielt. Aber nein, es ist nicht Überspanntheit, was ich erlebe.

Ich muss mich unter der Einwirkung eines schrecklichen Fluches befinden. Himmel oder Hölle müssen etwas von mir wollen und künden mir dies durch übernatürliche Zeichen.

Erinnerst du dich an den Tag, an dem wir zum ersten Mal in der Ebene von Triana mit den Mauren aus Lebrija zusammenstießen? Wir waren wenige; hart wurde gekämpft, und ich war nahe daran, mein Leben zu verlieren. Du hast gesehen, wie mitten im wildesten Schlachtgetümmel mein armes verwundetes Ross, blind vor Raserei, durchging und sich gegen die Hauptmacht der maurischen Scharen wandte. Vergebens suchte ich es zurückzuhalten: die Zügel waren mir aus der Hand gefallen, und das widerspenstige Tier trug mich dem sicheren Tode entgegen.

Schon schlossen die Mauren ihre Reihen: schon stellten sie ihre langen Spieße mit dem Beschlag fest auf den Boden, um mich zu empfangen. Ein Hagel von Pfeilen sauste mir um die Ohren. Nur ein paar Fußlängen war mein Pferd noch von dem Eisenwall entfernt, an dem wir zerschellen sollten, als ich – glaub mir, es war keine Einbildung! –, als ich sah, wie eine Hand dem Ross in die Zügel griff, es mit übernatürlicher Kraft zum Stehen brachte und augenblicklich zu den Reihen meiner Krieger zurücksandte. Auf diese wunderbare Weise wurde ich gerettet.

Umsonst fragte ich diesen und jenen nach meinem Retter. Niemand wusste etwas von ihm, niemand hatte ihn gesehen.«

Als Ihr dem Wald von Spießen entgegenjagtet, sagte man mir, *wart Ihr allein, völlig allein! Daher wunderten wir uns auch, als wir Euch plötzlich wenden sahen, obwohl wir wussten, dass das Ross nicht mehr dem Reiter gehorchte.*

Von Ahnungen erfüllt, trat ich an jenem Abend in mein Zelt. Vergebens versuchte ich, die Erinnerung an das seltsame Abenteuer abzuschütteln. Dann, als ich mein Lager aufsuchen wollte, sah ich dieselbe Hand wieder – eine schöne, blendendweiße Hand ... Sie zog die Bettvorhänge auf, und, als sie hiermit fertig war, verschwand sie. Seit dem Tage sehe ich immer und überall diese geheimnisvolle Hand, die meine Wünsche errät und meinem Handeln zuvorkommt. Bei dem Sturm auf die Burg Triana sah ich, wie sie einen Pfeil, der auf mich zugeflogen kam, in der Luft ergriff und zerbrach. Bei einem Zechgelage, wo ich meinen Kummer in Saus und Braus ersticken wollte, sah ich sie meinen Becher mit Wein füllen ... immer, immer habe ich sie vor Augen, und wohin ich gehe, folgt sie mir: ins Zelt und in den Kampf, am Tag und in der Nacht

– da, jetzt wieder! Schau doch nur, schau doch nur, wie sie sich sanft auf meine Schulter legt!«

Bei diesen Worten sprang der Graf auf und trat einige Schritte zurück, als wäre er vor Entsetzen außer sich.

Der Knappe wischte sich eine Träne ab, die ihm über die Backe lief. Er glaubte, sein Herr habe den Verstand verloren. Indessen hielt er es nicht für geboten, ihm seine Idee auszureden, sondern sagte nur tiefbewegt:

»Kommt, gnädiger Herr, wir wollen auf eine Weile ins Freie treten. Vielleicht, dass der Abendwind Eure Stirn kühlt und das unfassbare Leid lindert, für das auch ich keine tröstenden Worte finde.«

IV

Das Heerlager der Christen erstreckte sich über die ganze Ebene des Guadaira bis an das linke Ufer des Guadalquivir. Ihm gegenüber, scharf umrissen vom lichtblauen Himmel, erhoben sich die Mauern Sevillas mit Zinnen und starken Türmen. Über diese Zinnenkrone lugte das üppige Grün der tausend Gärten der maurischen Stadt, und zwischen dem dunklen Laubwerk leuchteten die schneeweißen Türmchen der Häuser, die Minarette der Moscheen und hochragend über allem der Wartturm[118] mit seiner luftigen Brüstung und den vier großen goldenen Kugeln, die, in der Sonne funkelnd, sprühende Lichter aussandten und vom Christenlager aus vier riesigen Flammen glichen.

Die Heerfahrt König Ferdinands war eine der kühnsten und heldenhaftesten jener Zeit. Die berühmtesten Ritter aus allen Königreichen der Halbinsel hatten sich ihr angeschlossen, und auch aus fernen, fremden Ländern waren einige von dem edlen Unternehmen herbeigelockt worden und hatten ihre Streitkräfte mit denen des frommen Königs vereint.

So erblickte man in dem Heerlager, das sich über die ganze Ebene ausdehnte, Gezelte[119] in allen Formen und Farben. Auf ihren Spitzen flatterten die verschiedensten Feldzeichen im Winde – mit gleichgeteilten Wappen, mit Sternen, Greifen und Löwen, mit Ketten, Pfählen und Braupfannen und mit hundert und aberhundert Heroldsfiguren und Wappenbildern, die Namen und Rang ihrer Herren verkündeten. In den Gas-

118 Einzeln stehender Beobachtungsturm an Wällen und Gräben.

119 Große Zelte, oft Kriegszelte.

sen dieser von heute auf morgen entstandenen Stadt wogte eine Menge von Kriegsknechten auf und ab, ein jeder in seiner Sprache redend, ein jeder nach dem Brauch seines Landes gekleidet, ein jeder gerüstet nach seinem Gutdünken – ein fremdartiger, malerischer Anblick!

Hier saßen einige Herren auf Schemeln vor dem Eingang ihres Gezelts und erholten sich beim Brettspiel von den Anstrengungen des Gefechts, während ihre Pagen die Zinnbecher mit Wein füllten. Dort benutzten einige Trossbuben einen müßigen Augenblick, um ihre Waffen, die beim letzten Scharmützel[120] gelitten hatten, wieder herzurichten und blank zu reiben. An einer anderen Stelle bejubelte die Menge die überraschende Geschicklichkeit einiger besonders tüchtiger Armbrustschützen, die einen Pfeilhagel in eine Mauerbresche schickten. Und dazu der Lärm der Pauken und Zinken; das Schreien der fliegenden Händler; das Dröhnen des Eisens auf dem Amboss; das Singen der Spielleute, die ihre Zuhörer mit der Erzählung von wunderbaren Heldentaten unterhielten; die Stimmen der Ausrufer, die der Feldherren Befehle kundtaten – kurz und gut, tausend und abertausend schrille Laute schwirrten durch die Luft und verliehen jenem kriegerischen Bild eine so lebendige und übermütige Färbung, dass es sich mit Worten nicht wiedergeben lässt.

Von seinem treuen Knappen begleitet, schritt der Graf von Gomara durch die bunt bewegte Menge – still und traurig, ohne den Blick zu erheben, als ob es nichts gäbe, das sein Auge fesseln noch sein Ohr treffen könnte. Mechanisch wie ein Schlafwandler, dessen Geist in einer Welt von Träumen weilt, wandelte und handelte er, ohne sich seiner Handlungen bewusst zu werden, gleichsam einem fremden Willen unterworfen.

Unweit des Königszeltes hielt ein Mann von seltsamem Aussehen allerlei Krimskrams feil, den er mit viel Geschrei und übertriebenen Anpreisungen ausbot. Und all die Kriegsknechte, Pagen und Trossbuben, die ihn in großer Menge umringten und mit offenen Mündern lauschten, rissen sich um die Ware.

Teils sah er aus wie ein Pilger, teils wie ein Spielmann[121]. Bald sagte er in schlechtem Latein eine Art Litanei[122] her, bald erzählte er eine

120 Auseinandersetzung, Streiterei

121 Fahrender Musiker oder Sänger.

122 Bittgebet, das von Priester und Gemeinde im Wechsel vorgetragen wird.

Schnurre[123] oder Narrensposse[124], durchpfefferte sein unendliches Geschwätz mit Witzen, die selbst einen Armbrustschützen rot machen konnten, und vermischte schelmische Liebesgeschichten mit frommen Gebeten und Heiligenlegenden. In dem geräumigen Mantelsack, der ihm von der Schulter hing, lagen wirr durcheinander tausenderlei Dinge: Bänder, am Grab Santiagos geweiht ... Kleine Zettel mit Worten darauf, die er als Hebräisch bezeichnete und die von König Salomon bei der Gründung des Tempels gesprochen sein sollten, – die einzigen Amulette, die gegen jede Art von ansteckenden Krankheiten zu schützen vermöchten ... Dann wunderwirkende Salben, die einen Kerl wieder zusammenflicken könnten, selbst dann, wenn ,am ihn mittendurch gehauen hatte ... Evangelienbücher, in Brokatbeutelchen eingenäht ... Geheimmittel, um sich bei allen Weibern beliebt zu machen ... Reliquien[125] der Schutzheiligen aus allen Wallfahrtsstätten Spaniens ... Schmuckstückchen, kleine Ketten und Gürtel, Denkmünzen und vielerlei alchimistischen Plunder aus Glas und Blei.

Als der Graf in die Nähe der lauschenden Menge kam, fing der Pilger gerade an, eine Art Bandola[126] oder arabische Gusla zu stimmen, auf der er sich beim Vortrag seiner Romanzen zu begleiten pflegte. In aller Ruhe stimmte er eine Saite nach der andern ab, während sein Begleiter herumging und aus der mageren Geldkatze der Zuhörer die letzten Cornados hervorlockte. Mit näselnder Stimme und zu einer eintönigen, herzergreifenden Weise begann schließlich der Pilgersmann eine Romanze zu singen, die immer mit dem gleichen Kehrreim schloss.

Der Graf trat näher und wurde aufmerksam. Infolge eines, wie es schien, seltsamen Zusammentreffens entsprach der Titel jener Geschichte völlig den düsteren Ahnungen, die sein Gemüt beschwerten. Wie der Sänger zu Beginn der Romanze verkündet hatte, hieß sie nämlich *Die Romanze von der toten Hand.*

*

Der Knappe versuchte, als er diesen eigenartigen Titel hörte, seinen Herrn zum Weitergehen zu bewegen. Der Graf aber rührte sich nicht von

123 Lustige Geschichte, Schwank

124 Bühnenkomödie

125 Körperliche Überreste von Heiligen als Gegenstände der Verehrung.

126 Musikinstrument.

der Stelle. Das Auge starr auf den Spielmann gerichtet, lauschte er dem Gesang:

Das Mädchen einen Liebsten hat,
er gibt als Knappe sich aus.
Und eines Tags erzählt er ihr,
er ziehe in den Krieg hinaus.
»Du gehst und kehrst nicht wieder!«
»So wahr ich lebe, Kind!«
Dieweil ihr Liebster schwören tut,
ein Flüstern geht im Wind:
»Verflucht, wer eines Mannes
Gelöbnis glaubhaft find't!«

Der Graf zieht mit der Kriegerschar
aus seiner Burg hinaus.
Die Maid erkennt den Grafen, ruft
in großer Betrübnis aus:
»Weh mir! Er zieht von hinnen,
mein' Ehre ist dahin!«
Dieweil die Ärmste klagt und weint,
ein Flüstern geht im Wind:
»Verflucht, wer eines Mannes
Gelöbnis glaubhaft find't!«

Ihr Bruder steht daneben
und hört die Worte ihr.
»Du hast uns Schande angetan!«
»Er schwur die Treue mir.«
»Er soll dich nicht mehr finden,
wo man dich sonstens find't!«
Dieweil die Unglückselige stirbt,
ein Flüstern geht im Wind:
»Verflucht, wer eines Mannes
Gelöbnis glaubhaft find't!«

Sie legen sie ins Grab hinein,
im Schatten wohlversteckt.
Doch so viel Erd' sie werfen drauf,
die Hand bleibt unbedeckt:
die Hand, sie trägt das Ringlein,
des Grafen Angebind ...
Und nächtens über ihrem Grab
ein Flüstern geht im Wind:
»Verflucht, wer eines Mannes
Gelöbnis glaubhaft find't!«

Kaum hatte der Sänger die letzte Strophe beendet, als sich der Graf einen Weg durch die Neugierigen bahnte, die ihm ehrerbietig Platz machten, als sie ihn erkannten, und an den Pilger herantrat. Er packte ihn heftig am Arm und fragte ihn leise mit bebender Stimme:

»Aus welcher Gegend bist du?«

»Aus der Gegend von Soria«, antwortete dieser gleichmütig.

»Und wo hast du diese Romanze gelernt? Auf wen bezieht sich das, was du berichtest?«, rief der Graf mit steigender Erregung.

»Gnädiger Herr«, sagte der Pilger und sah dem Grafen fest und unerschütterlich ins Auge, »dieses Lied singen die Bauern in der Gemarkung von Gomara, und es bezieht sich auf ein unglückliches Mädchen, das ein mächtiger Herr in schmählicher Weise betrogen hat. Als man sie verscharrte, hat Gottes unerforschlicher Rat bestimmt, dass die Hand, auf die ihr Liebster ihr einen Ring steckte, als er ihr ein gewisses Gelöbnis gab, immer außerhalb des Grabhügels bleiben sollte. Ihr wisst vielleicht, wen es trifft, dies Gelöbnis zu halten ...«

V

In einem elenden Dörfchen, das an der Landstraße liegt, die nach Gomara führt, sah ich vor nicht langer Zeit den Ort, wo des Grafen seltsame Hochzeit stattgefunden haben soll.

Wie man erzählt, hat dieser Graf sich an Margrets armseligem Grabhügel niedergekniet, hat ihre Hand in die seine gelegt, und ein vom Papst eigens dazu ermächtigter Priester erteilte der schauerlichen Verbindung den Segen. Darauf soll die »tote Hand« ins Grab zurückgesunken sein und das Wunder sich nicht wieder gezeigt haben.

Im Schatten einiger alten, mächtigen Bäume ist ein Stückchen Rasen, das sich in jedem Frühling von selbst mit kleinen Blumen bedeckt.

Die Leute aus der Gegend sagen, dort liege Margret begraben.

Die Passionsblume[127]

Eines Sommerabends, in einem der Gärten Toledos, erzählte mir ein liebes, hübsches Mädchen diese seltsame Geschichte.

Sie küsste die Blätter und Griffel der Blüte, die dieser Legende ihren Namen gegeben hat, und während sie mir das Geheimnis ihrer Form erklärte, rupfte sie ihr eins nach dem andern aus.

Könnte ich die Geschichte von der unglücklichen Sarah mit demselben sanften Zauber und der gleichen zarten Schlichtheit wiedergeben, die sie im Munde der Erzählerin hatte, so würde sie euch ebenso ergreifen wie sie mich ergriffen hat.

Auch wenn das nicht möglich ist, so soll hier doch folgen, was mir von der Sage im Gedächtnis geblieben ist.

I

In einer der dunkelsten und gewundensten Gassen der früheren Kaiserstadt wohnte vor vielen Jahren ein Jude namens Daniel Levi. Sein Häuschen stand eingekeilt und fast versteckt zwischen dem hohen maurischen Turm einer alten mozarabischen Pfarrkirche und den düsteren, wappengezierten Mauern eines adligen Palasts und war ebenso schief, finster und erbärmlich anzusehen wie sein Herr.

Wie alle von seiner Rasse war auch dieser Jude nachtragend und rachsüchtig; aber noch mehr als irgendeiner war er betrügerisch und heuchlerisch.

Dem Gerede der Leute nach besaß er ein ungeheures Vermögen. Trotzdem hockte er den ganzen Tag vorn auf der dunklen Diele seiner Behausung, beschäftigt mit Ausbessern und Herrichten von Messingketten, alten Gürteln und zerbrochenen Spangen, womit er unter dem Gau-

127 Diese Geschichte bemüht einige der hartnäckigsten und klischeehaftesten Vorurteile gegen Angehörige des jüdischen Volkes und verherrlicht auf unangemessene Weise das Christentum. Doch sie wurde so geschrieben, ist ein Stück Historie und spiegelt eine gewisse Zeit samt ihrer Befindlichkeiten wider, deshalb sollte auf keinen Fall in solche alten Texte korrigierend oder beschönigend eingegriffen werden. (Anm. d. Bearbeiters)

nergesindel des Zokodover, den Trödlerinnen des Postigo und den armen Knappen einen schwunghaften Handel trieb.

So unerbittlich auch sein Hass auf die Christen war, wie auf alles, was mit ihnen irgendwie in Verbindung stand, so ging er doch niemals an einem vornehmen Ritter oder einem Kanonikus der Primatskirche vorüber, ohne einmal, ja bisweilen zehnmal das schmierige Käppchen abzunehmen, das seinen gelben Kahlkopf bedeckte. Und trat einmal ein alter Kunde in seinen Laden, so wurde dieser, mochte er nun wollen oder nicht, in der untertänigsten Weise empfangen und mit einem Lächeln voll kriechender Höflichkeit begrüßt.

Daniels Lächeln war in ganz Toledo sprichwörtlich geworden, und seine Sanftmut gegenüber dem ärgsten Schabernack, den ihm seine Nachbarn spielten, gegenüber ihren Späßen und ihrem Spott, kannte keine Grenzen.

Umsonst warfen die Jungen, um ihn zu reizen, mit Steinen nach seinem elenden Häuschen, vergebens suchten die jungen Pagen und selbst die bewaffneten Knechte aus dem nahen Palast ihn zu ärgern, indem sie ihm die gröbsten Schimpfnamen nachriefen, vergebens bekreuzigten sich die frommen alten Weiber des Kirchspiels, so oft sie an seiner Türschwelle vorbeikamen, als ob sie Luzifer leibhaftig vor sich sähen. Daniel lächelte unentwegt sein sonderbares, nicht zu beschreibendes Lächeln. Seine schmalen, verkniffenen Lippen, beschattet von seiner großen Nase, die so krumm war wie der Schnabel eines Adlers, zogen sich in die Länge. Und wenn auch in seinen kleinen, grünen, runden und unter den dichten Brauen fast versteckten Augen ein Funke schlecht verhaltenen Zorns aufflammte, klopfte er doch gleichmütig mit seinem eisernen Hämmerchen weiter auf den Amboss, auf dem er den vielen verrosteten Plunderkram, der scheinbar zu nichts mehr zu gebrauchen war und doch seine Ware bildete, wieder reparierte.

Über der Haustür des Juden war ein arabisches Bogenfenster, umrahmt von bunten glasierten Kacheln – ein Überbleibsel der alten maurischen Bauart Toledos. Rings um das durchbrochene Schnitzwerk des Fensters und an der kleinen Marmorsäule empor, die es in zwei gleiche Teile teilte, rankte sich, aus dem Innern des Hauses kommend, eine jener grünen, von Saft und Üppigkeit strotzenden Kletterpflanzen hoch, wie sie gern an den verwitterten Mauern verfallener Bauten wachsen.

In der bemoosten und rissigen Straßenwand war dies Fenster die einzige Öffnung; und in diesem Teil des Hauses, der durch die engen Spalten nur ein ungewisses Licht empfing, wohnte Sarah, Daniels innig geliebte Tochter.

Wenn die Nachbarsleute an dem Laden des Juden vorbeigingen und hinter dem Gitterwerk des maurischen Fensters zufällig Sarah erblickten – und dann Daniel sahen, wie er neben seinem Amboss kauerte, priesen sie mit lauter Stimme die Schönheit der Jüdin und riefen: »Es ist kaum zu glauben, dass aus einem so verkrüppelten Stamm ein so prächtiger Zweig hat sprießen können!«

Denn Sarah war wirklich ein Wunder von Schönheit. Sie hatte große, von einem Bogen schwarzer Wimpern umrahmte Augen, auf deren Grund der Lichtpunkt ihrer leuchtenden Pupillen funkelte wie ein Stern am dunkelsten Nachthimmel. Ihre heißen, roten Lippen schienen von den unsichtbaren Händen einer Fee aus einem purpurnen Stoffe kunstvoll herausgeschnitten. Ihre Gesichtsfarbe war von einem blassen, durchsichtigen Weiß, wie der Alabaster einer Grabfigur. Obwohl kaum sechzehn Jahre alt, zeigte sich auf ihrem Antlitz schon die süße Schwermut geistiger Frühreife; und Seufzer, das unbewusste Erwachen des Verlangens ankündigend, ließen bereits ihren Busen schwellen und entschlüpften ihrem Mund.

Die reichsten Juden der Stadt, hingerissen von ihrer wunderbaren Schönheit, begehrten sie zur Gattin. Die Hebräerin aber blieb gleichgültig gegenüber den Huldigungen ihrer Anbeter, und auch auf das Drängen ihres Vaters, sie möge sich doch einen Lebensgefährten wählen, solange sie in dieser Welt noch nicht allein auf sich gestellt sei, hüllte sie sich in tiefes Schweigen; auch gab sie keinen anderen Grund für ihr seltsames Verhalten an als die Laune, frei bleiben zu wollen.

Schließlich kam eines Tages einer ihrer Verehrer, der es überdrüssig war, von Sarah weiterhin verschmäht zu werden und den Verdacht hegte, ihre ständige Traurigkeit sei ein sicheres Anzeichen dafür, dass ihr Herz ein wichtiges Geheimnis berge, zu Daniel und sagte zu ihm:

»Weißt du auch, Daniel, dass man unter unsern Brüdern über deine Tochter spricht?«

Der Jude sah einen Augenblick von seinem Amboss auf, sein rastloses Hämmern unterbrechend, und fragte den Störer, ohne die geringste Erregung zu zeigen:

»Und was sagt man von ihr?«

»Man sagt«, fuhr der Besucher fort, »man sagt ... ja, was weiß ich ... allerhand sagt man! Unter anderem, deine Tochter sei in einen Christen verliebt ...« Hier stockte der verschmähte Liebhaber Sarahs, um zu sehen, welche Wirkung seine Worte auf Daniel hatten.

Daniel blickte erneut auf, sah ihm eine Weile, ohne ein Wort zu sagen, fest in die Augen und rief dann, den Blick wieder senkend und seine unterbrochene Arbeit wieder aufnehmend:

»Und wer sagt, dass dies keine Verleumdung ist?«

»Der sie mehr als einmal, während du an dem geheimen Sanhedrin[128] unserer Rabbiner teilnahmst, hier in dieser Straße hat miteinander plaudern sehen ...«, beharrte der junge Hebräer, sehr verwundert, dass seine Verdächtigung vorhin und nun auch seine Behauptung gar keinen Eindruck auf Daniel machten.

Der Jude schaute unverwandt auf den Amboss, ohne sich in seiner Arbeit stören zu lassen. Er hatte den Hammer beiseitegelegt und war damit beschäftigt, den Messinghaken einer Spange mittels einer kleinen Feile zu glätten. Leise und stockend, als ob sein Mund nur mechanisch die Gedanken wiederholte, die ihm durch den Kopf gingen, begann er zu sprechen.

»Hehehe!«, sagte er mit einem seltsamen und teuflischen Lachen, »also meine Sarah, den Stolz des Stammes, die Stütze meines Alters, denkt mir so ein Christenhund zu entführen! Und ihr glaubt, es wird geschehen? Hehe!« fuhr er fort, immer mit sich selbst redend und ständig lachend, während die Feile immer schriller klang und sich jedes Mal mit ihren stählernen Zähnen tiefer ins Metall biss. »Hehe! Armer Daniel! werden die Meinen sagen, er ist schon schwachsinnig! Was will dieser sterbende, klapprige Greis mit einer so schönen und jungen Tochter, wenn er sie nicht vor den gierigen Augen unserer Feinde zu behüten weiß? Hehehe! Glaubst du etwa, Daniel schläft? Glaubst du etwa ... angenommen, meine Tochter hat einen Liebhaber – was ja sein kann, und der ist ein Christ und beabsichtigt, sie zu verführen ... und verführt sie auch, was ja alles möglich ist ... und plant mit ihr zu entfliehen, was ja auch nicht schwer ist ... und sie entfliehen – zum Beispiel morgen, was ja im Bereich der menschlichen Möglichkeiten liegt: Ja, glaubst du, Daniel ließe sich sein Kleinod so ohne Weiteres entreißen? Glaubst du, er verstünde sich nicht zu rächen?«

»Aber wisst Ihr etwa ...?«. rief der Jüngling, ihn unterbrechend.

---

128 Der »Hohe Rat«: Höchste politische und richterliche Instanz im Judentum.

»Ich weiß«, sagte Daniel, wobei er sich zu ihm hinüberbeugte und ihm auf die Schulter klopfte, »ich weiß mehr als du! Du aber weißt nichts, wüsstest auch nichts, wenn nicht die Stunde gekommen wäre, wo alles zu sagen ist. Leb wohl! Sag unseren Brüdern, sie möchten so schnell wie möglich zusammenkommen! Heute Abend, in einer oder zwei Stunden, werde ich bei ihnen sein. – Leb wohl!«

Mit diesen Worten schob Daniel seinen Besucher sanft auf die Straße. Ohne sich zu beeilen, räumte er sein Werkzeug zusammen und fing an, die doppelten Schlösser und Riegel an der Tür seines kleinen Ladens vorzulegen.

Das Kreischen der schweren Angel, das beim Türenschließen entstand, übertönte ein anderes Geräusch, das der Fortgehende sonst hätte hören müssen. Im gleichen Augenblick nämlich wurden auch die Gitterladen des Fensters zugeschlagen, so dass es schien, als wäre die Jüdin eben erst von der Fensternische zurückgetreten.

II

Es war am Abend des Karfreitags. Die Einwohner Toledos hatten in ihrer prächtigen Kathedrale der Trauermette beigewohnt und waren nun zu Bett gegangen oder erzählten sich am Feuer noch allerlei Schauermärchen: wie einige Juden den Christus mit der Ewigen Lampe geraubt hätten, der aber eine blutige Spur hinterließ, die zur Entdeckung des Verbrechens führte, oder die Geschichte von dem Heiligen Hirtenknaben, an dem die unversöhnlichen Feinde unseres Glaubens das grausame Leiden Christi wiederholt hatten, und ähnliche Begebenheiten.

In der Stadt herrschte schon tiefes Schweigen. Nur bisweilen vernahm man die fernen Rufe der Nachtwachen, die in jenen Zeiten um die Königsburg die Runde machten, oder das Stöhnen des Windes, der die Wetterfahnen auf den Türmen herumdrehte oder in den gewundenen Gassen heulte. Am Fuße der vom Tajo bespülten Felsen, auf denen die Stadt sich erhebt, nicht weit von den Mühlen, die dort wie angewachsen liegen, war ein Kahn vertäut und schaukelte auf dem Wasser. Der Besitzer schien ungeduldig auf jemand zu warten. Endlich sah er eine Person auf einem der steilen Pfade, die von den hochgelegenen Mauern zum Fluss führen, mühsam herabklettern und sich dem Ufer nähern.

»Sie ist es!«, raunte der Bootsmann zwischen den Zähnen. »Es sieht ja fast so aus, als wäre heute Abend diese ganze verteufelte Judenblase unterwegs! Wo zum Teufel mögen sie sich mit Satan ein Stelldichein gegeben haben? Kommen alle zu meinem Boot gelaufen und haben doch die Brücke so nahe! Na, die werden sicher nichts Gutes vorhaben, wenn sie einem so unerwarteten Zusammentreffen mit den Waffenknechten von St. Servandus ausweichen ... aber Hauptsache, sie geben mir gehörig was zu verdienen! Im Übrigen kehre jeder vor seiner eigenen Tür, ich dränge mich nicht dazwischen!«

Mit diesen Worten stieg der gute Mann ins Boot und legte die Ruder in die Dollen[129]. Und als Sarah – denn es war niemand anders, und auf sie hatte er anscheinend bis jetzt gewartet – in das Boot gesprungen war, löste er das Tau und stieß ab, in Richtung auf das andere Ufer.

Kaum hatten sie sich ein Stück von den Mühlen entfernt, als Sarah den Fährmann fragte, als hätte sie über dieses Thema bereits vorher mit ihm gesprochen: »Wie viele haben heute Abend schon übergesetzt?«

»Ich hab' sie gar nicht zählen können«, antwortete der Gefragte. »Ein ganzer Schwarm! ... Es sieht aus, als kämen sie heute Nacht zum letzten Mal zusammen.«

»Und weißt du, um was es sich handelt und weshalb sie die Stadt zu so später Stunde noch verlassen haben?«

»Davon habe ich keinen Dunst ... aber eins ist sicher: dass sie auf jemanden warten, der heute Nacht kommen soll. Ich weiß nicht, wozu sie ihn erwarten, aber ich vermute, sie führen nichts Gutes im Schilde.«

Nach diesem kurzen Gespräch versank Sarah einige Sekunden lang in tiefes Schweigen, als wolle sie ihre Gedanken sammeln. Kein Zweifel, dachte sie bei sich, mein Vater weiß von unserer Liebe und bereitet eine schreckliche Rache vor. Ich muss unbedingt erfahren, wohin sie gegangen sind, was sie tun, was sie vorhaben. Ein Augenblick des Schwankens könnte ihn verderben.

Als Sarah für einen Augenblick aufstand und sich – als wolle sie die schrecklichen Zweifel wegwischen, die sie beschäftigten – mit der Hand über die Stirn strich, die sich vor Angst mit kaltem Schweiß bedeckt hatte, legte das Boot am anderen Ufer an.

»Guter Mann«, rief die schöne Jüdin, indem sie dem Fährmann etwas Geld zuwarf und auf einen engen gewundenen Pfad zeigte, der sich zwischen den Felsen emporschlängelte, »ist das der Weg, den sie gegangen sind?«

---

129 Ruderlager, in dem die Ruder befestigt sind.

»Ja, das ist er. Und oben beim Mohrenkopf sind sie links abgebogen. Wo sie danach abgeblieben sind, weiß nur der Teufel und sie selbst«, gab der Bootsmann zur Antwort.

Sarah entfernte sich in die Richtung, die er ihr gezeigt hatte. Einige Minuten lang sah man sie in dem dunklen Labyrinth schwarzer und spitzer Felsen abwechselnd auftauchen und wieder verschwinden. Als sie dann oben auf dem sogenannten »Mohrenkopf« angelangt war, zeichnete sich ihr dunkler Schattenriss für einen Augenblick am blauen Himmelsgrund ab und verschwand schließlich im Schatten der Nacht.

III

An dem Weg, wo sich heute die malerische Einsiedelei der Heiligen Jungfrau vom Tal befindet, und etwa zwei Bogenschüsse weit von dem Felsen, der in Toledo allgemein unter dem Namen »Mohrenkopf« bekannt ist, standen in jenen Zeiten noch die verfallenen Reste einer schon vor dem Einfall der Araber erbauten byzantinischen Kirche.

Einige umherliegende Steinblöcke deuteten das Atrium[130] an. Halbverborgen zwischen Dorngestrüpp und Unkraut lag hier das Kapitell[131] einer Säule, dort ein Quaderstein mit teils schrecklichen, teils spaßig anzusehenden Drachen und unförmigen menschlichen Gestalten. Von der Kirche standen nur noch die Seitenwände, sowie einige efeuumrankte Bogen.

Sarah schien von einer übernatürlichen Ahnung geführt zu werden. Als sie so weit gekommen war, wie ihr der Fährmann beschrieben hatte, schwankte sie einige Sekunden, ungewiss, welchen Weg sie nehmen sollte. Endlich ging sie entschlossenen Schrittes auf die verlassene Kirche zu.

Ihr Instinkt hatte sie nicht getäuscht: Daniel war dort. Aber nicht mehr lächelnd, nicht mehr als der schwache demütige Greis, sondern mit einem zornigen Blitzen in den kleinen, runden Augen, vom Geist der Rache wie verjüngt. Umgeben von einer Schar, die wie er begierig war, ihren Rachedurst an einem der Feinde ihres Glaubens zu stillen, hatte er sich gleichsam vervielfacht, indem er dem einen Befehle austeilte, die andern zur Arbeit anfeuerte, kurz, mit einem grauenerregenden Eifer die

130 In der römischen Architektur Raum in der Mitte des Hauses, vergleichbar einem Lichthof.

131 Abschluss einer Säule.

nötigen Vorbereitungen zur Ausführung des schrecklichen Werkes traf, über das er Tag für Tag nachgedacht hatte, während er in seinem kleinen Laden zu Toledo gleichmütig am Amboss saß und hämmerte.

Aufgrund der Dunkelheit war es Sarah gelungen, bis in das Atrium der Kirche zu gelangen. Als sie aber einen Blick in das Innere warf, musste sie mit Gewalt an sich halten, um nicht vor Entsetzen aufzuschreien. Beim rötlichen Schein eines Feuers, das die Schatten jenes höllischen Kreises auf die Mauern der Kirche warf, glaubte sie einige Männer zu sehen, die damit beschäftigt waren, ein schweres Kreuz aufzurichten, andere flochten aus Dornenzweigen eine Krone oder klopften auf einem Stein gewaltige eiserne Nägel spitz.

Ein entsetzlicher Gedanke kam ihr in den Sinn. Sie erinnerte sich, dass man die Angehörigen ihrer Rasse mehr als einmal geheimnisvoller Verbrechen bezichtigt hatte; sie erinnerte sich dunkel der schauerlichen Geschichte von dem gekreuzigten Knaben, die sie bis dahin für eine plumpe Verleumdung gehalten hatte, für eine Erfindung des Pöbels, darauf angelegt, den Juden hart mitzuspielen und sie in Verruf zu bringen.

Jetzt aber durfte sie nicht mehr zweifeln: Dort vor ihren Augen standen ja die schrecklichen Marterwerkzeuge, und die wilden Henker warteten nur auf das Opfer.

Angesichts dieses Schauspiels, erfüllt von edler Entrüstung und heiligem Zorn, beseelt vom unerschütterlichen Glauben an den wahren Gott, den ihr Geliebter ihr offenbart hatte, konnte sie sich nicht länger beherrschen. Sie trat hinter dem Gebüsch hervor, wo sie sich bislang verborgen hatte, und zeigte sich auf der Schwelle der Kirche.

Als die Juden sie erblickten, stießen sie einen Schrei der Überraschung aus. Daniel wandte sich in drohender Haltung gegen seine Tochter und fragte sie mit heiserer Stimme: »Was suchst du hier, Unglückselige?«

»Ich komme, um euch den ganzen Schimpf eures schändlichen Tuns ins Gesicht zu schleudern«, sagte Sarah mit fester Stimme. »Ich komme, um euch zu sagen, dass ihr vergebens auf ein Schlachtopfer wartet, es sei denn, ihr wollt an mir euren Blutdurst stillen. Denn der Christ, dem ihr nachstellt, wird nicht kommen. Ich habe ihn vor euren Schlingen gewarnt.«

»Sarah!«, brüllte der Jude vor Wut. »Sarah, das ist nicht wahr! Du kannst uns nicht so verraten, kannst unsere geheimen Riten nicht enthüllt haben! Wenn du es aber getan hast, so bist du nicht mehr meine Tochter.«

»Ich bin es schon jetzt nicht mehr. Ich habe einen anderen Vater gefunden, einen Vater, der ganz Liebe ist für die Seinen, einen Vater, den ihr schändlicherweise ans Kreuz genagelt habt; der den Kreuzestod starb, um uns zu erlösen, und uns für alle Ewigkeit die Himmelspforten erschlossen hat. Nein, ich bin nicht mehr Eure Tochter, denn ich bin eine Christin und schäme mich meiner Herkunft.«

Als Daniel diese Worte hörte, die mit einer Kraft, mit einer Entschlossenheit gesprochen wurden, wie sie der Himmel nur dem Mund der Märtyrer verleiht, stürzte er sich, blind vor Wut, auf die schöne Jüdin. Er schleuderte sie zu Boden und schleppte sie, wie von einem höllischen Geist besessen, bis an den Fuß des Kreuzes, das seine fleischlosen Arme zu öffnen schien, um sie zu empfangen.

»Hier, nehmt sie!«, schrie er denen zu, die ihn umdrängten. »Richtet sie, diese Elende, die ihre Ehre, ihren Glauben, ihre Brüder verkauft hat.«

IV

Als am folgenden Tage die Glocken der Kathedrale das Gloria läuteten, mit ihren Klängen die Luft erfüllend, und die ehrsamen Bürger Toledos sich damit vergnügten, mit der Armbrust nach Stroh-Judassen zu schießen (wie es auch heute noch in einigen unserer Städte Brauch ist), öffnete Daniel wie gewöhnlich die Tür seines Ladens und begann, mit seinem ewigen Lächeln auf den Lippen, die Vorübergehenden zu grüßen, wobei er unaufhörlich mit seinem kleinen eisernen Hammer auf den Amboss schlug. Aber die Läden an Sarahs maurischem Bogenfenster taten sich nicht mehr auf, und niemals wieder sah jemand die schöne Jüdin auf den bunten Kacheln der Fensterbank sich ausruhen.

*

Man erzählt, einige Jahre später habe ein Hirte dem Erzbischof eine bis dahin unbekannte Blume gebracht, in der alle Marterwerkzeuge des Heilands nachgebildet waren. Und diese sonderbare und geheimnisvolle Blume war in der verfallenen Kirche gewachsen, an den bröckligen Mauern sich emporrankend.

Als man an jenem Ort grub, um den Anlass dieses Wunders zu erkunden, fand man, wie weiter erzählt wird, das Gerippe einer Frau und daneben all die heiligen Gegenstände, die in der Blume nachgebildet waren.

Obwohl man niemals in Erfahrung bringen konnte, wessen Leichnam es war, bewahrte man ihn lange Jahre hindurch mit besonderer Verehrung in der Einsiedelei St. Petri des Grünen. Die Blume kommt heute ziemlich häufig vor; man nennt sie Passionsblume.

Das goldene Armband

I

Sie war schön – so schön, dass einem schwindlig wurde, wenn man sie ansah. Ihre Schönheit war nicht von jener Art, wie wir uns die Engel vorstellen, dennoch hatte sie etwas Übernatürliches ... etwas Faszinierendes – jenen Zauber, mit dem der Teufel vielleicht dieses oder jenes Geschöpf ausstattet, um es auf Erden zu seinem Werkzeug zu machen.

Er liebte sie. Liebte sie mit jener Liebe, die weder Zügel noch Grenzen kennt ... mit einer Liebe, die höchste Wonne verheißt und mit Folterqualen belohnt wird, – die als Glückseligkeit anmutet, vom Himmel jedoch zur Tilgung einer Schuld dem Liebenden eingeflößt wurde.

Sie war launisch – launisch und überspannt wie alle Frauen auf Erden.

Er abergläubisch – abergläubisch und tapfer wie alle Männer seiner Zeit.

Sie hieß Maria Antunez.

Er Peter Alfons von Orellana.

Beide waren Toledaner, und beide lebten in ihrer Geburtsstadt.

Weitere Einzelheiten über diese beiden Personen sind uns nicht überliefert, denn die wunderbare Geschichte, die von ihnen handelt, hat sich schon vor vielen Jahren zugetragen.

Ich als wahrheitsliebender Chronist werde auch nicht ein einziges Wort zwecks besserer Charakteristik hinzudichten.

II

Er fand sie eines Tages in Tränen und fragte sie: »Warum weinst du?« Sie trocknete ihre Augen, sah ihn starr an und seufzte – dann brach sie aufs Neue in Tränen aus.

Da trat Peter an sie heran und ergriff ihre Hand. Er stützte sich mit dem Ellbogen auf das maurische Geländer, von wo aus Maria auf den Fluss hinuntersah, und fragte noch einmal: »Warum weinst du?«

Tief unter ihnen wand sich brausend der Tajo durch die Schlucht, die Felsen umspülend, auf denen die königliche Stadt sich erhebt. Hinter den nahen Bergen versank die Sonne, der Abendnebel wogte auf und ab wie ein Schleier aus blauem Flor, und nur das eintönige Rauschen des Windes unterbrach die tiefe Stille.

»Frag mich nicht, warum ich weine!«, rief Maria. »Frag mich nicht! Ich wüsste dir weder zu antworten, noch würdest du mich verstehen. Es gibt Wünsche im Herzen einer Frau – so geheim und verborgen, dass nur ein leiser Seufzer sie verrät. So wahnwitzige Gedanken schießen uns durch den Kopf, dass die Lippe nicht wagt, sie auszusprechen. Ganz unbegreifliche Erscheinungen, Erzeugnisse unserer rätselhaften Natur, von der ein Mann sich nicht die leiseste Vorstellung machen kann. Also, ich bitte dich: Frag mich nicht nach dem Grund meines Weinens! Wenn ich ihn dir mitteilte – du würdest mich doch nur auslachen.«

Nach diesen Worten senkte sie wieder den Kopf. Er aber wiederholte sein Bitten und Fragen.

Endlich brach die Schöne ihr beharrliches Schweigen und sagte mit dumpfer, stockender Stimme zu ihrem Liebsten:

»Gut, wenn du unbedingt willst – es ist etwas so Wahnwitziges, dass du über mich lachen wirst. Aber es soll mir gleich sein ... ich werde es dir sagen, weil du es wissen willst.

Gestern war ich in der Kathedrale, zum Fest der Heiligen Jungfrau. Ihr Standbild, auf einem goldenen Sockel über dem Hochaltar, strahlte in einem Flammenmeer von tausend Kerzen. Die Klänge der Orgel brausten und hallten im ganzen Raum der Kirche wider, und auf dem Chor stimmten die Priester das *Salve Regina*[132] an.

Ich betete und betete, ganz versunken in fromme Gedanken. Mechanisch hob ich dabei den Kopf und blickte zum Altar. Ich weiß nicht, wie es kam, dass meine Augen sofort an dem Bild hängen blieben – nein, das ist nicht richtig, an dem Bild nicht ... an einem Gegenstand, den ich vorher gar nicht bemerkt hatte – einem Gegenstand, der von nun an, ohne dass ich es mir erklären konnte, meine ganze Aufmerksamkeit auf sich lenkte ... Lach nicht! Dieser Gegenstand war das goldene Armband, das die Muttergottes an dem Arm trägt, in welchem ihr göttlicher Sohn ruht.

Ich zwang mich, fortzusehen und wieder zu beten – unmöglich! Unwillkürlich kehrten meine Augen immer wieder zu dem Armband zurück. In den tausend Facetten seiner Diamanten spiegelten sich die Altarkerzen, was ein märchenhaftes Glitzern erzeugte. Millionen roter

132 Teil des katholischen Stundengebets.

und blauer, grüner und gelber Lichtfunken tanzten um die Steine wie ein Wirbel von Feueratomen, wie ein sinnverwirrender Reigen von Flammengeistern – faszinierend mit ihrem Geflimmer und ihrer unglaublichen Beweglichkeit.

Ich verließ die Kirche und ging nach Hause; aber der Gedanke an das Armband ging mir nicht aus dem Sinn. Ich legte mich schlafen – aber mich floh der Schlummer. Die ganze Nacht verfolgte mich jener Gedanke. Endlich bei Morgengrauen fielen mir die Augen zu – aber ist es zu glauben? Selbst im Traum tauchte eine Frauengestalt vor mir auf, verschwand, kam wieder ... eine brünette, schöne Frau, die das goldene, diamantenbesetzte Kleinod trug ... eine Frau, ja! Denn es war nicht die Heilige Jungfrau, die Frau, die ich anbete und vor der ich knie. Es war eine andere Frau, ein Mädchen wie ich, das mich ansah und höhnisch lächelte. ›Siehst du ihn?‹, schien es zu sagen, mir den Schmuck zeigend. ›Wie er glitzert! Sieht er nicht aus wie ein Reif von Sternen, die einem Sommernachtshimmel entrissen sind? Siehst du ihn? Aber er gehört dir nicht und wird dir auch nie, nie gehören! Wohl kannst du dir andere verschaffen – schönere, kostbarere noch, wenn dies überhaupt möglich ist. Aber diesen hier – einen von so phantastischem, berauschendem Feuer – einen solchen niemals, niemals!‹

Ich wachte auf, immer noch von dem einen Gedanken gequält. Und auch jetzt noch sitzt, wie ein glühender Nagel, mir dieser teuflische, nicht zu verscheuchende Gedanke im Kopf, zweifellos eingegeben von Satan selbst. – Und du, was sagst du dazu? ... Du schweigst und schweigst und senkst die Stirn ... Lachst du denn nicht über meinen Wahnwitz?«

Peters Hand krampfte sich um den Knauf seines Degens. Dann hob er den Kopf und fragte dumpf:

»Welche Madonna trägt diesen Schmuck?«

»Die Heilige Jungfrau vom Sakrament!«, sagte Maria leise.

»Die vom Sakrament?« wiederholte der Jüngling entsetzt. »Die vom Sakrament unserer Kathedrale?« Und seine Züge wurden für einen Augenblick der Spiegel seines Innern, das ein furchtbarer Gedanke durchblitzen musste.

»Ach, warum hat ihn nicht eine andere Madonna!« fuhr er in leidenschaftlicher Erregung fort. »Warum hat ihn nicht der Erzbischof an seiner Mitra[133], der König in seiner Krone oder der Teufel in seinen Krallen! Für dich würde ich den Schmuck rauben – und sollte es mich sogleich das Leben oder die ewige Seligkeit kosten! Aber der Heiligen Jungfrau vom Sakrament, unserer heiligen Schutzpatronin – ich ... ich als geborener Toledaner – unmöglich, unmöglich!«

»Niemals wird er mein werden!«, flüsterte Maria fast unhörbar. »Niemals ...«

Und wieder begann sie zu weinen.

Peter stierte stumpfsinnig hinab in das vorbeifließende Wasser. Stierte hinab in den Strom, der unaufhaltsam an seinem irren Blick vorüberschoss und sich krachend brach am Fuß des steinernen Erkers und der übrigen Felsen, die die alte Königsstadt tragen.

III

Die Kathedrale von Toledo!

Stellt euch einen Wald von riesenhaften, granitenen Palmen vor, deren ineinander verflochtene Zweige ein gewaltiges, prächtiges Gewölbe bilden, unter dem eine ganze Welt erfundener und dem Leben nachgebildeter Geschöpfe haust und das ihnen vom Genius verliehene Leben lebt.

Stellt euch ein unbegreifliches Durcheinander von Licht und Schatten vor, worin mit dem Dunkel der Schiffe die farbigen Strahlen der Fenster sich mischen und mengen; wo mit der Finsternis der Kapellen der Schein der Lampen ringt und in ihr sich verliert.

Stellt euch eine Welt aus Stein vor, unbegrenzt wie der Geist unserer Religion selbst, dunkel wie ihre Überlieferungen, rätselhaft wie ihre Gleichnisse ... Selbst dann habt ihr noch nicht die fernste Vorstellung von diesem dauernden Denkmal der gläubigen Begeisterung unserer Vorfahren, über das wetteifernd die Jahrhunderte den Schatz ihres Glaubens, ihrer Eingebung, ihrer Künste ausgestreut haben.

Im Schoße dieser Kirche leben das Schweigen, die Hoheit, die Poesie der Mystik und ein heiliger Schauder, der von ihrer Schwelle die weltlichen Gedanken und niedrigen Leidenschaften der Erde fernhält.

Der geschwächte Leib kräftigt sich in der reinen Luft der Berge; der schwachgläubige Geist findet Heilung in der Atmosphäre des Glaubens. Aber so groß und überwältigend sich die Kathedrale unseren Augen dar-

133 Bischofsmütze.

bietet, wann auch immer man ihre geheimnisvollen, heiligen Räume betritt – niemals ist der Eindruck so stark wie an den Tagen, an denen die ganze Pracht ihres religiösen Prunks entfaltet wird und sich die Tabernakel[134] mit Gold und Geschmeide, die Altarstufen mit Teppichen, die Pfeiler mit kostbaren Stoffen bedecken.

Wenn dann die tausend silbernen Lampen brennen, eine Flut von Licht ausstrahlend; wenn Weihrauchwolken die Luft durchziehen; wenn die Stimmen des Chores und die Harmonien der Orgel und das Läuten der Turmglocken das Gebäude von seinen tiefsten Grundmauern bis in die höchsten, gleich Zacken einer Krone ragenden Spitzen erschüttern – dann erst fühlt und begreift man die unermessliche Majestät Gottes, die darin lebt, es mit seinem Hauch beseelend und erfüllend mit dem Abglanz seiner Allmacht. –

An dem Tage, wo sich die geschilderte Szene zwischen Maria und Peter abspielte, feierte man den letzten Tag der glanzvollen Oktava[135] der Heiligen Jungfrau.

Das Kirchenfest hatte eine ungeheure Menge von Gläubigen angezogen; nun aber hatten sich diese schon nach allen Richtungen zerstreut. Schon waren die Lichter in den Kapellen und am Hochaltar ausgelöscht worden, schon hatten sich die gewaltigen Türen der Kathedrale knarrend hinter dem letzten Toledaner geschlossen, als im dunklen Kirchenraum ein Mann auftauchte. Er war bleich – bleich wie die Grabfigur, auf die er sich einen Augenblick stützte, seine Erregung meisternd. Mit größter Vorsicht schlich er sich weiter und näherte sich dem Altargitter im Kreuzschiff. Hier ließ der Schein einer Lampe seine Züge erkennen – es war Peter!

Was war zwischen den beiden Liebenden vorgegangen, dass er sich schließlich doch noch entschlossen hatte, einen Gedanken ins Werk zu setzen, bei dessen bloßer Vorstellung seine Haare sich vor Entsetzen gesträubt hatten? Das konnte niemand wissen.

Jedenfalls war er da ... war da, um seinen verbrecherischen Vorsatz auszuführen. In seinem flackernden Blick, im Zittern seiner Knie, in dem Schweiß, der ihm in dicken Tropfen von der Stirn rann, stand zu lesen, was er vorhatte ...

---

134 Kunstvoller Behälter für die geweihten Hostien.

135 In der katholischen Kirche die acht Tage von einem Hochfest bis zu seinem Oktavtag (achter Tag danach).

Die Kathedrale war einsam, völlig einsam und in ein tiefes Schweigen getaucht.

Nur dann und wann vernahm man verworrene Laute: wohl Knacken im Holz oder Raunen des Windes oder – wer weiß? – vielleicht nichts weiter als Einbildungen der Phantasie, die, wenn sie einmal erregt ist, allerlei hört und sieht und fühlt, was gar nicht da ist ... Aber nein, jetzt war es Tatsache: bald nahe, bald fern, bald hinter und bald neben sich hörte er etwas wie verhaltenes Schluchzen, wie Rauschen von schleppenden Gewändern, wie den Hall von Schritten, die unaufhörlich kamen und gingen.

Peter nahm sich zusammen und setzte seinen Weg fort. Er erreichte das Gitter und stieg die erste Stufe zur Hauptkapelle empor.

In dieser Kapelle befinden sich die Gräber der Könige, und ihre steinernen Abbilder rings an den Wänden, die Hand am Knauf ihrer Schwerter, scheinen Tag und Nacht das Heiligtum zu bewachen, in dessen Dunkel sie alle schon eine Ewigkeit ruhen.

»Vorwärts!«, murmelte er leise und versuchte weiterzugehen, und konnte nicht. Es war, als wären seine Füße mit dem Estrich verwachsen. Er sah zu Boden – und seine Haare sträubten sich vor Entsetzen: Die Fliesen der Kapelle waren breite, dunkle Grabplatten.

Für einen Augenblick war ihm, als wenn eine kalte, fleischlose Hand ihn mit unbezwinglicher Gewalt an jener Stelle festhielt. Die sterbenden Lampen, die im Hintergrunde der Schiffe wie im Dunkel verlorene Sterne blinkten, tanzten vor seinen Augen. Und es tanzten die Grabstatuen und Altarbilder, und es drehte sich um ihn die ganze Kirche mit all ihren granitenen Arkaden und ihren Pfeilern, aus Quadersteinen gefügt.

»Vorwärts!«, rief Peter wieder wie außer sich. Trat an den Altar heran, schwang sich auf ihn hinauf und kletterte bis zum Sockel des Muttergottesbildes empor.

Alles rings um ihn war belebt mit grausigen Chimären[136]. Überall Halbschatten und ungewisses Licht, schauriger noch als völlige Finsternis. Nur die Himmelskönigin, von goldener Ampel[137] schwach erhellt, schien gütig, still und heiter zu lächeln inmitten all der Schrecknisse.

136 Seltsame Mischwesen, auch Synonym für Trugbilder oder Einbildungen.

137 Altes Wort für kleine Hängelampe, hat nichts mit der heutigen Verkehrsampel zu tun.

Bald aber flößte ihm dieses stumme, unbewegliche Lächeln, das ihn im ersten Augenblick beruhigt hatte, neue Furcht ein – eine Furcht, tiefer und seltsamer noch als die er bisher gefühlt hatte.

Aber wieder fasste er Mut, schloss die Augen, um nichts mehr zu sehen, streckte mit rascher, krampfartiger Bewegung die Hand aus und riss das goldene Armband, eines heiligen Erzbischofs fromme Gabe, an sich – das goldene Armband, dessen Wert ein Vermögen betrug.

Nun war das Kleinod in seinem Besitz. Seine gekrampften Finger umklammerten es mit übernatürlicher Kraft. Nun brauchte er nur noch zu fliehen, mit dem Kleinod zu fliehen ... aber dazu musste er die Augen öffnen ... und Peter bangte sich davor, zu schauen, das Muttergottesbild zu schauen, die Grabfiguren der Könige, die Teufelsgestalten an den Karniesen[138], die Drachen an den Kapitälen, die langen Schatten zu schauen und die Lichtstrahlen, die sich wie weiße Gespenster von riesenhaftem Wuchs umherbewegten, hinten in den Schiffen, die von schrecklichen Lauten widerhallten ...

Endlich öffnete er die Augen, blickte sich um – und ein gellender Schrei entrang sich seinen Lippen.

Die Kathedrale war voll Statuen, voll Statuen, die in lange, nie geschaute Gewänder gekleidet, aus ihren Nischen herabgestiegen waren und den ganzen weiten Raum der Kirche einnahmen, ihn mit ihren pupillenlosen Augen anstarrend. Heilige und Nonnen, Engel und Teufel, Klosterbrüder und Bürger, Krieger, Edelfrauen und Pagen drängten sich in buntem Reigen in den Schiffen und vor dem Altar. Ihm zu Füßen zelebrierten die marmornen Erzbischöfe, die er sonst unbeweglich auf ihren Ruhestätten hatte liegen sehen, in Gegenwart der auf ihren Grabsteinen knienden Könige. Und gleichzeitig wimmelte wirr durcheinander, wie die Würmer in einem gewaltigen Leichnam, eine ganze granitene Welt von grässlichen, ungestalten, chimärischen Echsen, Kröten, Molchen und Schlangen, über die Grabplatten hinkriechend, an den Pfeilern emporklimmend, an den Baldachinen sich festklammernd, an den Gewölben sich anhängend ...

Länger vermochte Peter es nicht zu ertragen! Die Schläfen pochten ihm ganz entsetzlich. Eine Wolke von Blut verdunkelte seinen Blick. Noch einmal entrang sich ihm ein Schrei, ein herzzerreißender, übermenschlicher Schrei, und ohnmächtig stürzte er auf den Altar hinab.

---

138 laut *Duden*: Kranzleiste oder Gesims mit s-förmigem Querschnitt.

Am andern Morgen fanden ihn die Kirchendiener zu Füßen des Altars. Er hielt noch das goldene Armband in der Hand, und rief, als er sie herankommen sah, unter schneidendem Gelächter:

»Jetzt ist es ihr eigen, ihr eigen!«

Der Unglückliche war wahnsinnig geworden.

Der Kuss

I

Als sich zu Anfang des neunzehnten Jahrhunderts ein Teil des französischen Heeres des altberühmten Toledos bemächtigte, besetzten die Führer zuerst nur die größten und besten Gebäude der Stadt mit Truppen, denn sie wussten wohl, welcher Gefahr sie sich in den spanischen Städten aussetzten, wenn sie sich auf Bürgerquartiere ausbreiteten.

Nach Besetzung der prächtigen Königsburg Karls des Fünften bezog man das Rathaus, und als auch das keine Soldaten mehr fassen konnte, drang man in die Zufluchtsstätten der geistlichen Orden ein. Ja, schließlich wurden sogar die Kirchen, dem Gottesdienst geweihte Stätten, in Pferdeställe umgewandelt. In dieser Zwangslage befand sich die Stadt, als sich die Begebenheit zutrug, die hier erzählt werden soll.

Eines Abends, zu ziemlich später Stunde, zogen etwa hundert Dragoner in die Stadt ein, – alles Kerle von jenem großen, kräftigen, übermütigen Schlag, von dem unsere Großeltern uns noch immer mit Bewunderung erzählen. Eingehüllt in ihre dunklen Reitermäntel trabten sie durch die engen, stillen Gassen, die vom Sonnentor zum Zokodover Platz führen, und veranstalteten mit dem Klirren ihrer Waffen und dem lauten Getrappel ihrer Pferde, deren Hufe aus den Steinen Funken schlugen, einen geradezu ohrenbetäubenden Lärm.

Der Schwadronsführer, ein noch ziemlich junger Offizier, ritt etwa hundert Schritt seinen Leuten voraus, leise mit jemand sprechend, der zu Fuß vor ihm herging und, seiner Kleidung nach zu urteilen, ebenfalls zum Militär gehörte. In der Hand trug er eine kleine Laterne, die ihm wohl im Gewirr der dunklen und krummen Gassen die Führung erleichtern sollte.

»Wahrhaftig«, sagte der Berittene zu seinem Begleiter, »wenn das Quartier, das man für uns bereithält, so ist, wie du es mir schilderst, so wäre es ja beinahe ratsamer, wir kampierten im Freien oder mitten auf dem Marktplatz!«

Augenscheinlich war der Führer ein Wachtmeister, der mit Quartiermachen beauftragt war. »Was wollen aber Herr Rittmeister dabei tun? «, erwiderte er. »In die Burg geht nicht mal mehr ein Weizenkorn hinein, – umso weniger ein Mann! Von St. Johannis der Könige ganz zu schwei-

gen! Da gibt es Klosterzellen, in denen schon fünfzehn Husaren beisammen liegen. Das Kloster, zu dem ich Herrn Rittmeister führen werde, ist kein schlechtes Lokal, aber vor drei oder vier Tagen platzte uns da, wie aus den Wolken gefallen, eine jener Streiftruppen herein, die das Land durchziehen. Gott sei Dank haben wir sie dazu gebracht, sich in den Kreuzgängen zusammenzupferchen und uns die Kirche zu lassen.«

Der Offizier schwieg eine Weile. Er schien sich allmählich mit der eigenartigen Behausung auszusöhnen, die ihm der Zufall beschert hatte. »Also gut!« rief er. »Besser was Unbequemes als gar nichts – und das ist auch schon etwas! Denn nach den dicken Wolken zu urteilen, ist es nicht unwahrscheinlich, dass es noch Regen geben wird!«

Hiermit wurde das Gespräch unterbrochen. Schweigend folgten die Reiter dem Führer, bis sie schließlich auf einen kleinen Platz kamen. In schwarzen Umrissen hob sich im Hintergrund das Kloster ab, mit seinem maurischen Turm, dem spitzzulaufenden Glockenturm, der gotischen Kuppel und den dunklen, ungleichen Dachgiebeln.

»Dort ist das Quartier«, sagte der Quartiermacher, als es deutlicher hervortrat, zum Rittmeister. Dieser ließ die Truppe haltmachen und saß ab. Er nahm dem Führer die Laterne aus der Hand und ging auf das bezeichnete Gebäude zu.

Da die Klosterkirche völlig ausgeräumt und verlassen war, waren die Soldaten, die in den übrigen Räumen des Gebäudes hausten, der Meinung gewesen, dass Türen dort höchst überflüssig seien, und hatten Stück für Stück und Brett für Brett herausgebrochen, um damit Feuer zu machen und sich des Nachts zu wärmen.

Unser junger Offizier brauchte also weder einen Schlüssel umdrehen noch einen Riegel zurückzuschieben, um ins Innere der Kirche zu gelangen.

Das schwache Licht der kleinen Laterne verlor sich im undurchdringlichen Dunkel des Kirchenschiffes und zeichnete an der Mauer in riesengroßem Maßstab den phantastischen Schatten des voranschreitenden Wachtmeisters ab. Bei ihrem Schein durchforschte der Offizier die Kirche von einem Ende zum andern und leuchtete nacheinander all die leeren Kapellen ab. Erst nachdem er sich mit den Räumlichkeiten genügend vertraut gemacht hatte, ließ er auch seine Leute absitzen, und bald tummelten sich Ross und Reiter durcheinander, und jeder machte es sich bequem, so gut es ging.

Wie gesagt, die Kirche war völlig ausgeräumt: An dem oberen Karnies am Hochaltar hingen noch einige Fetzen von dem Vorhang, mit dem die Mönche ihn umhüllt hatten, als sie den Raum verließen. In dem Schiff verstreut standen einige Altartafeln an die Mauer gelehnt, die Heiligenbilder jedoch waren aus den Nischen entfernt. Ein Lichtschein fiel auf das Schnitzwerk des aus Lärchenholz geschnitzten Chorgestühls, seine Umrisse eigenartig säumend. Der Estrich, obschon an mehreren Stellen zertrümmert, zeigte noch große Grabplatten, mit Insignien, Wappen und langen gotischen Inschriften. Und hinten in den stillen Kapellen, auch längs des Kreuzschiffes, traten undeutlich, gleich weißen, regungslosen Gespenstern, steinerne Gestalten aus dem Dunkel hervor, die, ausgestreckt oder auf ihren marmornen Särgen kniend, die einzigen Bewohner des verfallenen Hauses zu sein schienen.

Jedem anderen, der weniger ermüdet gewesen wäre als der junge Dragoneroffizier (ihn hatte ein Ritt von vierzehn Meilen die Knochen förmlich zermahlen!) – einem jeden, der es weniger gewohnt gewesen wäre, Entweihungen dieser Art als die natürlichste Sache der Welt anzusehen, hätten zwei Quäntchen[139] Einbildungskraft genügt, um in dem dunklen, unheimlichen Raum während der ganzen Nacht kein Auge zuzutun. Dazu das laute Fluchen der Soldaten, die sich über das improvisierte Nachtlager beklagten; das Klirren ihrer Sporen, sooft diese mit den großen Grabplatten des Estrichs in Berührung kamen; das ungeduldige Stampfen und Kopfschütteln der Pferde, das Gerassel der Ketten, mit denen sie an die Pfeiler geschirrt waren – das alles zusammen bildete ein eigenartiges, furchterregendes Geräusch, das durch den ganzen Raum der Kirche klang und, in den hohen Gewölben widerhallend, mit jedem Mal verwirrender wurde.

Unser Held war trotz seiner Jugend mit solchen Wechselfällen des Soldatenlebens so vertraut, dass er gleich nachdem er seine Leute untergebracht hatte, sich einen Futtersack bringen und ihn am Fuß der Treppe zum Presbyterium[140] hinlegen ließ. Darauf hüllte er sich so gut es ging in seinen Mantel, bettete den Kopf auf die unterste Stufe, und schon nach fünf Minuten schnarchte er mit größerer Ruhe als König Joseph in seinem Schloss zu Madrid.

---

139 Quäntchen = (sprichwörtl.) eine winzige Menge.

140 Altarraum.

Die Soldaten folgten seinem Beispiel und machten sich Kopfkissen aus dem Sattelzeug; und es dauerte nicht lange, so war auch ihr Reden und Schwatzen verstummt.

Eine halbe Stunde später vernahm man nur das leise Seufzen des Windes, der durch die zerbrochenen Fensterscheiben in die Kirche drang, das aufgeschreckte Flattern der Fledermäuse, die ihre Nester unter dem steinernen Baldachin der Statuen an den Wänden hatten, und den stets wiederkehrenden Schritt des Wachtpostens, der, in seinen weiten, faltigen Mantel gehüllt, vor dem Portal auf und ab ging.

II

In der Zeit, in welcher sich diese ebenso wahre wie außergewöhnliche Begebenheit zugetragen hat, war es nicht anders als heute: Für den, der die Kunstschätze, die die Mauern Toledos umschließen, nicht zu würdigen verstand, war die Stadt nichts weiter als ein altes, zerfallenes, enges und widerwärtiges Nest.

Nach den vandalischen Heldentaten zu urteilen, mit denen sich das französische Heer in der Stadt ein trauriges und unvergängliches Denkmal gesetzt hat, waren seine Offiziere alles andere als kunstliebend und altertumskundig, und es muss wohl nicht erst erwähnt werden, dass sie sich in der altehrwürdigen Königsstadt ganz prächtig – langweilten.

In solcher Gemütsverfassung wurde auch die unbedeutendste Neuigkeit, die die Ruhe und Eintönigkeit ihrer ewiggleichen Tage unterbrach, von den müßigen Marsjüngern[141] dankbar begrüßt. Gleichgültig, ob es sich um die etatmäßige Beförderung eines ihrer Kameraden handelte, um die Nachricht von den strategischen Bewegungen irgendeiner Streifkolonne, um die Abreise eines Geheimkuriers oder die Ankunft irgendeines Truppenteils in der Stadt – alles wurde zu einem fruchtbaren Thema der Unterhaltung und blieb so lange Gegenstand ausführlicher Erörterungen, bis ein anderes Ereignis es ablöste und Anlass zu neuen Spekulationen und Vermutungen gab.

Die Offiziere pflegten täglich auf dem Zokodover Platz zusammenzukommen, um ein Weilchen in der Sonne zu sitzen und zu plaudern. Wie nicht anders zu erwarten, war am Tag nach der Ankunft der Dragoner von nichts anderem die Rede als eben von diesen und ihrem Führer, der

141 Gemeint sind Krieger, denn Mars war der römische Kriegsgott.

sich inzwischen die nötige Ruhe gegönnt und sich von den Strapazen des Ritts ausgeschlafen hatte.

Wohl eine Stunde schon drehte sich das Gespräch um diesen Gegenstand. Schon fing man an, das Ausbleiben des Neuangekommenen, der von einem der Anwesenden, einem früheren Schulkameraden von ihm, zum Zokodover bestellt war, in verschiedener Weise zu deuten, als man schließlich in einer der Gassen, die in den Platz münden, den tapferen Rittmeister erblickte. Den weiten Soldatenmantel hatte er abgelegt; er trug einen großen blanken Helm mit weißem Federbusch, einen türkisblauen Waffenrock mit roten Aufschlägen und einen prachtvollen Reitersäbel in stählerner Scheide, der nachschleifend den Schall seiner militärischen Schritte und das helle Klirren seiner goldenen Sporen im Takt begleitete.

Kaum hatte sein Kamerad ihn bemerkt, als er auch schon aufsprang und ihm entgegeneilte; und fast alle anderen, die sich gerade bei der Gruppe befanden, taten das Gleiche. Alles, was sie über das eigenartige und sonderbare Wesen jenes Mannes gehört hatten, hatte sie neugierig gemacht und in ihnen den Wunsch geweckt, ihn kennenzulernen.

Man umarmte sich in der gewohnten, überaus herzlichen Weise – schreiend, fragend, sich beglückwünschend, wie es sich nun einmal bei solchem Zusammentreffen gehört. Lang und breit wurde der neueste Klatsch in Madrid durchgehechelt, das wechselnde Kriegsglück besprochen, der gefallenen oder fernen Freunde gedacht. Von einem Thema kam man zum anderen, und schließlich blieb man in der einen unerlässlichen Diskussion stecken: den Unannehmlichkeiten des Dienstes, dem gänzlichen Mangel an Zerstreuungen in der Stadt und den elenden Quartieren.

Bei dieser Gelegenheit fragte einer der Anwesenden, dem es augenscheinlich schon mitgeteilt worden war, wie ungern der junge Offizier dazu bereit war, seine Leute in der verwahrlosten Kirche unterzubringen, mit spöttischem Lächeln:

»Da wir doch gerade vom Quartier sprechen, – wie haben Sie denn in Ihrem die Nacht verbracht?«

»Oh, da ist allerhand los gewesen«, entgegnete der Gefragte. »Ich muss zwar gestehen, viel geschlafen habe ich nicht, aber die Ursache meiner Schlaflosigkeit war das Wachbleiben schon wert. Denn eine schlaflose Nacht neben einer schönen Frau ist sicher nicht das schlimmste von allen Übeln.«

»Neben einer Frau?«, wiederholte der andere, höchst erstaunt über das fabelhafte Glück des anderen. »Das ist ja gerade, wie wenn sich ein Blinder ins Himmelreich verirrt.«

»Es wird wohl eine alte Liebe aus der Residenz sein, die ihm die Verbannung hier in Toledo etwas erträglicher gestalten soll!«, meinte ein anderer aus dem Kreise.

»Oh nein«, sagte da der Rittmeister, »nichts dergleichen. Mein Ehrenwort, ich habe sie vorher nicht gekannt und hätte auch nicht geglaubt, in einem so misslichen Quartier eine so schöne Wirtin zu finden. Alles in allem ist es ein regelrechtes Abenteuer zu nennen.«

»Erzählen! Erzählen!«, riefen einstimmig alle Offiziere, den Rittmeister umdrängend. Dieser zeigte sich auch nicht abgeneigt und begann die Erzählung unter der größten Aufmerksamkeit aller Anwesenden etwa folgendermaßen:

»Ich schlief in der Nacht, wie man schläft, wenn man einen Weg von dreizehn Meilen in den Knochen spürt. Plötzlich riss mich ein fürchterlicher Lärm aus dem schönsten Schlummer. Ich richtete mich auf, stützte mich auf die Ellbogen ... es war ein solcher Radau, dass ich im ersten Augenblick völlig taub war. Noch eine Minute lang summte es mir in den Ohren, als wenn mir ein Brummer um den Kopf flöge. – Na, Sie können sich schon denken, was mich aufgeschreckt hatte: Es war der erste Schlag, den ich von der verteufelt großen Glocke vernahm – so einer Art bronzenem Vorsänger, den sich die Pfaffen von Toledo in ihrem Dom aufgehängt haben, in der löblichen Absicht, alle Ruhebedürftigen totzuärgern.

Ich schimpfte durch die Zähne auf die Glocke und auf den Kerl, der sie läutete, und legte mich, als endlich der ungewohnte, tolle Lärm vorüber war, wieder hin, um möglichst an der Stelle weiterzuträumen, wo ich zuvor unterbrochen worden war. Da aber kam mir eine geradezu fabelhafte Sache zu Gesicht, die mich maßlos erregte. Bei dem fahlen Licht des Mondes, der durch das schmale maurische Bogenfenster in die Kirche schien, sah ich in der Hauptkapelle vor dem Altar eine Frau knien!«

Die Offiziere blickten einander überrascht und zweifelnd an; der Rittmeister aber wartete die Wirkung seiner Erzählung gar nicht ab, sondern fuhr fort:

»Sie können sich, meine Herren, nichts vorstellen, was dieser phantastischen nächtlichen Erscheinung auch nur entfernt gleichkäme. In der halbdunklen Kapelle hob sie sich nur undeutlich ab, wie eines von jenen farbigen Madonnenbildern, mit denen die Fenster bemalt sind. Sie haben es wohl alle schon mal gesehen, wie sie in der Ferne hell und leuchtend aus der dunklen Kirchenmauer hervortreten.

Es war, als ob das einst schöne Antlitz dieser Frau schmal geworden wäre unter dem Stempel der Vergeistigung. In ihren schönen Zügen stand leise, liebliche Wehmut. Sie war bleich, und die reinen, einfachen Linien ihrer schlanken Gestalt, ihre maßvolle, edle Haltung, ihr weißes fließendes Gewand – das alles erinnerte mich an die Frauen, von denen ich einst als Kind geträumt hatte. Ach, diese keuschen, himmlischen Gestalten, diese erträumten Bilder der schwärmerischen Jugend!

Ich glaubte an eine Sinnestäuschung ... nicht einen Augenblick wandte ich die Augen ab, ja nicht einmal zu atmen wagte ich, aus Furcht, durch einen Hauch den Zauber zu zerstören.

Die Frau verharrte regungslos. Und wie ich sie vor mir sah, so hell und leuchtend, kam es mir in den Sinn, dass es kein irdisches Wesen sein könne, dass es vielmehr ein Geist sei – ein Geist, der für einen Augenblick menschliche Gestalt angenommen habe und herabgestiegen sei auf dem Mondstrahl, jene bläuliche Lichtspur in der Luft nach sich ziehend, die von dem hohen Bogenfenster bis zum Fuß der gegenüberliegenden Mauer hinabreichte und die Finsternis jenes düsteren, geheimnisvollen Raumes zerteilte.«

Sein alter Schulkamerad, der die Geschichte anfangs recht scherzhaft gefunden, schließlich aber doch aufmerksam zugehört hatte, unterbrach ihn. »Aber ... wie kam denn die Frau dahin? Hast du nichts zu ihr gesagt? Hat sie dir keine Erklärung für ihre Anwesenheit an jenem Ort gegeben?«

»Ich konnte mich nicht entschließen, mit ihr zu sprechen. Ich wusste im Voraus, dass sie mir nicht antworten, ja mich nicht einmal sehen oder hören würde.«

»War sie denn taub?« »War sie blind?« »War sie stumm?«, riefen gleichzeitig drei oder vier Zuhörer.

Der Rittmeister schwieg eine Weile. »Ja, sie war alles zugleich. Sie war nämlich – aus Marmor.«

Bei dieser überraschenden Lösung des seltsamen Abenteuers brach die Gesellschaft in schallendes Gelächter aus. Nur der Erzähler der eigentümlichen Geschichte bewahrte als einziger seine Ruhe und seinen Ernst. »Ihnen kann geholfen werden!«, sagte einer zu ihm. »Von dieser

Sorte habe ich mehr als tausend, einen ganzen Harem voll, in St. Johannis der Könige! Dieser Harem steht von heute ab zu Ihrer Verfügung ... Ihnen scheint ja an einer Frau aus Stein ebenso viel gelegen zu sein wie an einer aus Fleisch und Blut.«

»Oh nein«, erwiderte der Rittmeister, ohne sich im geringsten über das Gelächter seiner Kameraden zu ärgern, »ich bin sicher, dass Ihre Frauen anders sind als die meine. Meine ist eine wirkliche kastilische Edelfrau. Ein Wunder der Bildhauerkunst weckt die Vorstellung, sie sei nicht in die Gruft gesenkt, sondern kniee noch immer lebendigen Leibes auf der Grabplatte, unbeweglich mit betend gefalteten Händen, ekstatisch versunken in mystische Liebe.«

»Du drückst dich auf eine Weise aus, als wolltest du uns schließlich noch an die Sage von Galatea[142] glauben machen.«

»Ich bekenne, dass ich diese Sage bisher immer für Unsinn hielt, aber seit heute Nacht finde ich die leidenschaftliche Liebe des griechischen Bildhauers begreiflich.«

»In Anbetracht der besonderen Beschaffenheit deiner neuen Herzensdame, denke ich, wird es dir nicht unangenehm sein, sie uns vorzustellen. Was mich anbelangt, so kann ich dir versichern, ich sterbe vor Ungeduld, dies Wunderwerk zu sehen ... Aber zum Teufel, was ist dir denn? Man könnte glauben, du wolltest dich um das Vorstellen herumdrücken! Hä hä hä, das wäre ja hübsch, wenn du auf uns schon eifersüchtig wärst!«

»Eifersüchtig«, beeilte sich der Rittmeister zu sagen, »eifersüchtig ... auf Menschen, nein ... aber sehen Sie, meine Herren, wie weit meine Wunderlichkeit schon reicht. Neben der Grabfigur dieser Frau kniet ein Ritter, gleichfalls aus Marmor, und ebenso ernst und lebenswahr wie sie ... zweifellos ihr Gatte ... Kurz und gut – ich will Ihnen alles sagen. Sie mögen sich getrost über meine Blödigkeit lustig machen: wenn ich nicht fürchten müsste, als Verrückter angesehen zu werden, ich glaube, ich hätte ihn schon hundertmal in Stücke gehauen!«

Mit neuem und noch lauterem Gelächter begrüßten die Offiziere das Geständnis des wunderlichen Liebhabers der steinernen Frau.

»Nichts zu machen! Jetzt wollen wir sie erst recht sehen!«, sagten die einen.

---

142 Nymphe der griechischen Mythologie.

»Das versteht sich! Wir müssen doch wissen, ob das Ding einer so tiefen Leidenschaft würdig ist«, pflichteten die anderen bei.

»Also wann treffen wir uns zur Besichtigung Ihrer kirchlichen Behausung?« riefen die übrigen.

Nur einen Augenblick hatte aufblitzende Eifersucht die gewohnte Liebenswürdigkeit des jungen Rittmeisters verscheuchen können, »Wann es Ihnen am besten passt!« versetzte er. »Wenn Sie wollen, sogar noch heute Abend. Übrigens, in meinem Gepäck habe ich ein paar Dutzend Flaschen Champagner mitgebracht, echten Champagner; sie sind von einem Geschenk übriggeblieben, das man unserem Brigadegeneral gemacht hat, einem Verwandten von mir, wie Sie ja wissen.«

»Bravo, bravo!«, riefen die Offiziere einstimmig, in Freudengeschrei ausbrechend.

»Wir werden Wein aus der Heimat trinken!«

»Und ein Lied von Ronsard[143] singen!«

»Und von schönen Frauen reden, – vor allem natürlich von der Herzensdame unseres Gastgebers!«

»Also ... auf heute Abend!«

»Auf heute Abend!«

III

Die friedlichen Bürger Toledos hatten schon längst die schweren altertümlichen Türen mit Schloss und Riegel zugesperrt. Die große Glocke der Kathedrale rief mahnend zur Ruhe, und von der Höhe der in eine Kaserne verwandelten Burg hallten die letzten Trompetenklänge des Zapfenstreichs.

Auf dem Zokodover Platz hatten sich nach und nach zehn Offiziere eingefunden; sie schlugen den Weg zu dem Kloster ein, in dem der Rittmeister sein Quartier hatte, alle beseelt von dem Wunsch, die wunderbare Statue kennenzulernen, – mehr wohl noch von der Aussicht, die versprochenen Flaschen zu leeren.

Beängstigend düster war die Nacht hereingebrochen. Der Himmel hatte sich mit bleifarbenen Wolken bedeckt. In den engen krummen Gassen hatte der Wind sich heulend gefangen. Das schwache Licht vor den Hei-

143 Französischer Dichter des 16. Jahrhunderts.

ligenbildern flackerte wie im Erlöschen, und die eisernen Wetterfahnen drehten sich mit schrillem Kreischen.

Kaum waren die Offiziere auf dem Platz aufgetaucht, an dem das Quartier ihres neuen Freundes lag, als dieser ihnen auch schon entgegentrat. Er hatte ungeduldig auf sie gewartet, und nachdem sie miteinander einige halblaute Worte gewechselt hatten, traten alle in die Kirche. In den dunklen Hallen kämpfte das spärliche Licht einer Laterne mühsam gegen undurchdringliche Finsternis.

»Potzblitz!«, rief einer der Gäste, während er sich umsah. »Einen Laden, der sich schlechter zum Festefeiern eignet, gibt's auf der ganzen Welt nicht.«

»Wahrhaftig«, sagte ein anderer, »du lockst uns her, um uns mit einer schönen Frau bekannt zu machen, und dabei kann man kaum die Hand vor Augen sehen.«

»Außerdem ist es hier hundekalt. Man fühlt sich ja direkt nach Sibirien versetzt“, meinte ein Dritter, sich in seinen Mantel hüllend.

»Geduld, meine Herren«, warf der Gastgeber ein, »Für all das wird schon gesorgt werden. Heda, Bursche«, wandte er sich an einen seiner Leute, »such mal ein bisschen Holz zusammen und zünde uns in der Hauptkapelle ein gehöriges Feuer an!«

Der Bursche kam dem Befehl seines Rittmeisters augenblicklich nach und machte sich daran, im Chorgestühl ein Brett nach dem andern loszubrechen. Nachdem er einen großen Haufen Holz zusammen hatte, schichtete er es am Fuß der Treppe zum Presbyterium auf, nahm die Laterne und veranstaltete ein Autodafé[144]. Es waren Stücke darunter von reichstem Schnitzwerk – unter anderem sah man den Stumpf einer gewundenen Säule, das Bild eines heiligen Abtes, den Torso einer Frau, den unförmigen Kopf eines blätterumrankten Greifs ...

Binnen weniger Minuten überflutete eine große Helle die Kirche ringsumher und verkündete den Offizieren, dass die Stunde gekommen sei, da das Fest beginnen könne.

Der Rittmeister spielte in seinem Quartier die Rolle des Gastgebers mit der gleichen Förmlichkeit, die er in seinem eigenen Hause gezeigt hätte. Er wandte sich zu seinen Gästen mit den Worten:

»Wenn es den Herren gefällig ist, begeben wir uns jetzt in den Speisesaal.«

---

144 Ketzerverbrennung; hier sprichwörtlich zu verstehen.

Seine Kameraden erwiderten die Einladung mit einer komischen Verbeugung, wobei sie sich des größten Ernstes befleißigten. Der Held des Festes übernahm die Führung, und so begab man sich zur Hauptkapelle. Vor der untersten Stufe blieb der Rittmeister stehen, zeigte mit der Hand in die Richtung, wo sich das Grabmal befand, und sagte mit vollendeter Höflichkeit:

»Ich habe das Vergnügen, Ihnen die Dame meines Herzens vorzustellen. Ich denke, Sie werden zugeben, dass ich von ihrer Schönheit nicht zuviel gesagt habe.«

Die Offiziere wandten den Blick auf die Stelle, die ihnen ihr Freund bezeichnet hatte, und unwillkürlich entfuhr allen Lippen ein Ausruf der Bewunderung.

In der Tiefe eines Grabgewölbes aus schwarzem Marmor sahen sie die Skulptur einer Frau, wie sie in der Tat niemals schöner unter den Händen eines Bildhauers entstanden war. Mit gefalteten Händen, das Antlitz zum Altar erhoben, kniete sie vor einem Betstuhl – nicht die glühendste Phantasie wäre imstande gewesen, sie sich schöner und erhabener vorzustellen.

»Das ist ja ein wahrer Engel!«, rief einer der Gäste. »Schade, dass sie aus Marmor ist.«

»Allerdings, die bloße Vorstellung, sich in der Nähe einer solchen Frau zu befinden, reicht hin, um die ganze Nacht kein Auge zuzutun.«

»Und wissen Sie nicht, wer sie ist?«, fragten einige den Rittmeister, die Statue näher betrachtend.

»Ich hab' mich auf das bisschen Latein besonnen, das ich als Junge einst wusste«, entgegnete dieser, über seinen Erfolg befriedigt lächelnd, »und mit Mühe und Not ist es mir auch gelungen, die Grabinschrift zu entziffern. Soviel ich daraus entnehmen konnte, ist es die Ruhestätte eines kastilischen Edelmanns, eines berühmten Kriegers, der unter dem Großkonnetabel[145] den Feldzug mitgemacht hat. Seinen Namen habe ich schon wieder vergessen; aber seine Gemahlin, die Sie hier vor sich sehen, heißt Elvira und ist eine geborene Castañeda. Und bei meiner Ehre, wenn das Bild dem Original gleicht, muss sie die hervorragendste Frau ihrer Zeit gewesen sein.«

145 Von frz. *connétable (compte des étables)* = Stallgraf; war damals eins der höchsten Großämter in Frankreich.

Nach diesen kurzen Erläuterungen machten sich die Gäste daran, eine Anzahl Flaschen zu entkorken; denn sie hatten keineswegs den Hauptzweck ihres Beisammenseins aus dem Auge verloren. Und als man rings um das Feuer Platz genommen hatte, begann der Wein die Runde zu machen.

Je öfter und gehöriger dem Getränk zugesprochen wurde und je mehr der Geist des schäumenden Champagnerweins in die Köpfe stieg, desto lauter und lebhafter wurde das Toben und Schreien der jungen Leute. Die einen warfen den steinernen Mönchen an den Pfeilern die leeren Flaschen an den Kopf; andere sangen aus voller Kehle freche Rauf- und Sauflieder; noch andere klatschten Beifall und wollten sich schier krank lachen – oder stritten sich über irgendwas, unter wildem Lästern und Fluchen.

Der Rittmeister trank in stummer Verzweiflung und wandte kein Auge von dem Bildnis Doña Elviras.

Trunkenheit verschleierte schon seinen Blick, und es schien ihm bisweilen, als ob das Marmorbild, vom roten Schein des Feuers umflutet, sich in eine lebende Frau verwandelt hätte. Es sah aus, als öffne sie die Lippen und spreche ein leises Gebet, als höbe, von Seufzern beengt, sich ihr Busen; als krampften sich ihre gefalteten Hände; als verfärbten sich ihre Wangen, – ja, als triebe das gottlose und widerliche Schauspiel ihr die Schamesröte ins Gesicht.

Als die Offiziere endlich gewahr wurden, dass ihr Kamerad dasaß und Trübsal blies, rissen sie ihn aus seiner Versunkenheit und boten ihm einen frischen Becher:

»Los, bringen Sie doch auch mal ein Hoch aus! Sie haben als einziger heute Nacht noch keinen Trinkspruch zum Besten gegeben!«, brüllte die ganze Gesellschaft.

Der junge Offizier stand auf, nahm den Becher und hob ihn hoch empor. Den Blick auf die Statue des neben Doña Elvira knienden Ritters gerichtet, sagte er:

»Ich trinke auf den Kaiser ... und ich trinke auf das Glück seiner Waffen, denn ihnen verdanken wir es, dass wir bis ins Herz Kastiliens vorgedrungen sind und der Frau eines Siegers von Ceriñola an ihrem eigenen Grabe hofieren können.«

Die andern Offiziere begrüßten den Trinkspruch mit einem schallenden Gelächter.

Der Rittmeister machte schwankend ein paar Schritte auf das Grabmal zu.

»Nein«, fuhr er fort, mit dem blöden Lächeln eines Bezechten und immer der Statue des Ritters zugewandt. »Du brauchst nicht zu glauben, dass ich dir irgendwie böse bin ... in dir etwa einen Nebenbuhler sehe ... im Gegenteil, ich bewundere dich als das Muster eines geduldigen Ehemanns, bewundere dich wegen deiner vorbildlichen Langmut und Sanftheit ... ja, und ich ... ich möchte dir gegenüber auch großmütig sein. Als alter Soldat bist du sicher einem guten Tropfen nicht abgeneigt ... man soll nicht sagen, ich hätte dich verdursten lassen, während wir hier vor deinen Augen zwanzig Flaschen ausgetrunken haben ... da, nimm!«

Mit diesen Worten hielt er ihm den Becher an den Mund, so dass ihm der Inhalt über die Lippen rann. Den Rest goss er ihm ins Gesicht, und als er sah, wie der Wein an dem steinernen Bart des regungslosen Ritters herab auf das Grab tropfte, schlug er eine dröhnende Lache an.

»Rittmeister!«, rief ihm da einer seiner Kameraden zu, um ihn zu hänseln, »nehmen Sie sich in Acht ... Bedenken Sie, dass einem die Späße mit solchen steinernen Kerlen oft teuer zu stehen kommen ... Sie wissen doch noch, was den Husaren vom Fünften Regiment im Kloster von Poblet geschehen ist ... Die Ritterbilder im Kloster sollen eines Nachts ihre steinernen Schwerter in die Hand genommen und denen gehörig eins versetzt haben, die mit ihnen ihren Spaß trieben und ihnen mit Kohle Bärte anmalten.«

Die jungen Leute nahmen diese Schnurre mit lautem Lachen auf. Der Rittmeister aber kümmerte sich nicht um ihr Gelächter und fuhr, immer noch mit derselben Idee beschäftigt, fort:

»Ja, glaubt ihr etwa, ich würde ihm den Wein gegeben haben, wenn ich nicht gewusst hätte, dass er wenigstens das wirklich hinunterschlucke, was ihm in den Mund gekommen ist ... o nein ... Ihr glaubt, diese Statuen seien nichts weiter als ein Stück Marmor – auch heute noch leblos und unbeseelt wie damals, als man es im Steinbruch absprengte ... Ich nicht ... ich glaube ganz bestimmt, dass der Künstler so ein halber Gott ist und seinem Werk lebendigen Odem einbläst. Es gelingt ihm zwar nicht, seiner Schöpfung auch Gehen und Bewegen beizubringen, aber er flößt ihr doch ein wunderbares, unbegreifliches Leben ein ... Ich kann mir dies Leben nicht recht erklären, aber ich fühle, dass es da ist – zumal, wenn ich ein wenig getrunken habe.«

»Großartig!«, schrien seine Kameraden. »Trink mehr und rede weiter.«

Der Offizier trank; darauf richtete er seinen Blick auf das Bildwerk Doña Elviras und fuhr in steigender Erregung fort:

»Schaut sie an! Schaut sie euch doch an! Seht ihr nicht, wie ihre zarten, fast durchsichtigen Wangen abwechselnd blass und rot werden ... sieht es nicht gerade so aus, als ob unter dieser feinen, bläulich zarten Alabasterhaut etwas Lichtes, Rosenfarbenes pulse ... wollt ihr denn noch mehr Leben? ... Wollt ihr noch mehr Wirklichkeit?«

»Aber ganz gewiss«, sagte einer der Zuhörer. »Wir möchten, dass sie aus Fleisch und Blut ist!«

»Aus Fleisch und Blut! ... Erbärmliches, fauliges Zeug!«, entgegnete der Rittmeister. »Ich hab in manch einer tollen Liebesnacht Kopf und Lippen brennen gefühlt, ich hab das Feuer kennengelernt, das wie glühende Lava durch die Adern fließt, – hab gefühlt, wie die stickigen Dämpfe des Kraters den Geist umnebeln und die Sinne benehmen und scheußliche Fratzen hervorzaubern. Dann haben die Küsse solcher Weiber aus Fleisch und Blut mich wie feurige Zangen versengt. Widerwillen, Entsetzen, ja geradezu Ekel stieg in mir auf, und ich stieß sie von mir. Auch damals brauchte ich schon einen Hauch frischer Meeresluft für meine heiße Stirn, – musste Eiswasser trinken und Schnee küssen ... Schnee, von weichem Licht übergossen, Schnee, vom Sonnenstrahl vergoldet ... Eine Frau – ach, so weiß, so schön und kalt wie diese Frau aus Stein ... wie diese Frau, die mich reizt mit ihrer phantastischen Schönheit, die sich im Takt der flackernden Flammen zu wiegen scheint und mich herausfordert ... oh, wie sie die Lippen halb öffnet und mir Schätze an Liebe verspricht! ... O ja – ein Kuss ... nur ein Kuss von dir vermag die Glut zu mildern, die mich verzehrt!«

»Rittmeister!«, riefen einige der Offiziere, als sie sahen, dass er, wie außer sich, mit irrem Blick und schwankendem Schritt auf die Statue zuging. »Was für eine Tollheit wollen Sie begehen? Genug der Scherze! Lassen Sie die Toten in Frieden!«

Der junge Offizier vernahm nicht einmal die Worte seiner Freunde. So gut er vermochte, schwankte er an das Grab heran und war der Statue schon ganz nahe. Aber da – im selben Augenblick, als er die Arme ausstreckte, gellte ein Schrei des Entsetzens durch die Kirche. Aus Augen, Mund und Nase blutend, fiel er wie ein gefällter Baum und mit entstelltem Gesicht am Fuß des Grabmals hin.

Die Offiziere standen in fassungslosem Entsetzen und wagten nicht, einen Schritt zu tun und ihm beizuspringen.

Sie hatten gesehen ... hatten gesehen, wie im selben Augenblick, als ihr Kamerad seine glühenden Lippen auf Doña Elviras Mund pressen wollte, der unbewegliche Ritter den Arm hob und ihn mit einem furchtbaren Schlag seiner steinernen Hand zu Boden streckte.

Der Tod der alten Kaska

Es mögen jetzt wohl zwei oder drei Jahre her sein, dass die Zeitungen Saragossas von einem Verbrechen berichteten, das in einem Dorf der Umgegend verübt worden war. Es handelte sich um den Mord an einer alten Frau, die unter ihren Nachbarn als Hexe verschrien war. Durch ein eigenartiges Zusammentreffen hatte ich kürzlich Gelegenheit, die Geschichte ausführlich und mit allen Einzelheiten kennenzulernen. Der Fall ist so unerhört, dass man ihn mitten in unserem aufgeklärten Jahrhundert nicht mehr für möglich halten sollte.

Der Tag neigte sich schon seinem Ende zu, als ich von Litago aufbrach, um nach Trasmoz zu reiten. Vom frühen Morgen an war der Himmel trüb und bedeckt gewesen und wurde nun umso dunkler, je mehr das Licht der Sonne abnahm und immer trübseliger durch Nebelschleier hindurchschimmerte.

Zweck meiner Studienfahrt war eine Besichtigung der berühmten Burg von Trasmoz. Dieses Dörfchen war von Litago auf kürzestem Wege in einer Dreiviertelstunde zu erreichen. Ich aber wählte wie gewöhnlich den längsten, beschwerlichsten und verworrensten. Wohl setzte ich mich so allerhand Mühsal aus, vor allem der Gefahr, zwischen dem Gestrüpp und dem Felsgewirr den Weg zu verlieren, aber dafür hatte ich das Vergnügen, eine der wildesten und großartigsten Landschaften kennenzulernen. Und wirklich verirrte ich mich dann auch – trotz der genauen Anweisungen, die man mir im Dorf kurz vor meinem Aufbruch gegeben hatte.

Ich geriet in den unwegsamsten und zerklüftetsten Teil des Gebirges, musste absitzen und mein Tier auf fast unmöglichen Saumpfaden am Zügel führen. Bald ging ich aufwärts auf einen Grat, um einen Ausweg aus dem Labyrinth zu erspähen, bald einen steilen Hang hinunter, in der Annahme, ich könnte auf diese Weise ein Stück Weg abschneiden. So streifte ich aufs Geratewohl eine gute Stunde umher, bis ich schließlich in einer Schlucht mit einem Hirten zusammenstieß, der dort seine Herde tränkte. Der Bach, der in einem Rinnsal von tausendfarbigem Gestein dahergeplätschert kam, wand sich hier durch die Klamm[146] mit einem eigenartigen Rauschen, vernehmbar schon aus weiter Entfernung inmitten

146 Besonders enge Schlucht mit hohen Felswänden.

des tiefen Schweigens der Natur, die dort um diese Zeit in Schlaf versunken scheint.

Ich fragte den Hirten nach dem Weg ins Dorf, das meiner Berechnung nach nicht mehr sehr weit sein konnte. Obwohl ohne festen Pfad, hatte ich mich dennoch bemüht, stets die Richtung beizubehalten, die man mir gewiesen hatte. Der gute Mann gab mir auf meine Frage nach bestem Wissen Bescheid. Schon hatte ich meinen verunglückten Ritt wieder aufgenommen und war dabei, auf Händen und Füßen und das Tier hinter mir herziehend, wie der liebe Gott es mir eingab, zwischen einem Gewirr von Stein und Dorngestrüpp hochzukrabbeln, als der Hirte, der mir aus der Ferne nachblickte, laut rief, ich solle ja nicht den Hexensteig nehmen, wenn ich heil und gesund oben anzukommen wünschte.

In der Tat wurde der Weg, den ich irrtümlicherweise eingeschlagen hatte, mit jedem Schritt steiler und schwieriger. Die hohen Felsen, die sich auf mich herabzusenken schienen, verbreiteten schon tiefe Dunkelheit. Das ohrenbetäubende Rauschen des Baches, der tief unter mir dahinschoss; die blauen, auf- und abwallenden Nebelschwaden, die nach und nach aufstiegen und sich durch die ganze Schlucht zogen, alle Formen und Farben verwischend, – das alles zusammen verwirrte den Blick und legte sich auf die Brust mit einem beklemmenden Gefühl, das man wohl gemeinhin als Vorboten der Furcht bezeichnet.

Ich kehrte um und kletterte wieder zu der Stelle hinab, wo sich der Hirt befand. Gemeinsam schlugen wir dann einen Pfad ein, der ins Dorf führte, wo auch mein Führer die Nacht zu verbringen gedachte. Unterwegs trieb mich eine gewisse Neugier, ihn zu fragen, warum es denn – abgesehen von den Schwierigkeiten des Aufstiegs – so besonders gefährlich sei, auf dem sogenannten Hexensteig den Grat zu erklimmen.

»Weil Sie, bevor Sie oben ankommen«, erwiderte er im natürlichsten Ton der Welt, »um die Schlucht herumklettern müssen, in welche die verfluchte Hexe fiel und wonach der Pfad der Hexensteig heißt. Wie man sagt, muss ihre Seele noch immer in dem Loch herumspuken, weil weder Gott noch Teufel sie bei sich aufnehmen wollten, als sie ihr aus dem Leibe fuhr.«

»Nanu!«, rief ich in gespieltem Erstaunen, obwohl ich gestehen muss, dass ich auf diese oder eine ähnliche Antwort gefasst gewesen war. »Was zum Teufel! hat die Seele der armen Alten denn hier in dieser Wildnis zu schaffen?«

»Die Hirten zu narren und herumzuhetzen, wenn sie das Unglück haben, sich an jenen Hang zu verirren. Bald raschelt sie im Gebüsch, als wäre sie ein Wolf, bald schreit sie kläglich wie ein kleines Kind ... Oder hockt in einer der Felsspalten der Schlucht, mit ihrer gelben, vertrockneten Hand denen zuwinkend und sie mit ihren Eulenaugen anstarrend, die am Rand des Abgrundes vorübergehen. Wehe aber denen, die schwindlig werden! Dann macht sie einen Sprung, packt sie am Bein und zerrt sie in die Schlucht hinab ... Ach, du verfluchte Hexe!«, erboste sich der Hirte und streckte die geballte Faust drohend gegen die Klippen aus. »Du verfluchte Hexe! Schandtaten genug hast du bei Lebzeiten ausgeführt, und nun, da du tot bist, lässt du uns noch nicht in Frieden! Aber warte nur: Dir und deiner ganzen verteufelten Hexenbrut werden wir einer nach der anderen wie Natterngezücht den Kopf breitklopfen.«

»Soviel ich sehe«, sagte ich zu dem Hirten, als er mit seiner seltsamen Verwünschung fertig war, »scheinen Sie über die Untaten dieses Frauenzimmers ja gut unterrichtet zu sein. Haben Sie sie etwa noch gekannt? Sie sehen mir noch gar nicht so alt aus, um in einer Zeit gelebt zu haben, wo es noch Hexen auf Erden gab.«

Der Hirte, der mir als Wegweiser vorausschritt, blieb überrascht stehen und sah mir prüfend in die Augen, wie um sich zu überzeugen, dass ich mich auch nicht über ihn lustig machte.

»Ich sehe Ihnen noch nicht alt genug aus, um sie gekannt zu haben!«, rief er mit bewunderungswürdiger Ernsthaftigkeit. »Und wenn ich Ihnen nun sage, dass es noch nicht einmal drei Jahre her sind, als ich mit meinen eigenen Augen (die Erde soll mich verschlingen, wenn es nicht wahr ist!) die Alte von der Wand da oben herabstürzen sah? Dass ich gesehen habe, wie jede Klippe und jeder Dornbusch ihr aus Kleid und Fleisch ganze Fetzen herausgerissen hat, bis sie unten schließlich breitgequetscht wie eine Schlange liegen blieb?«

»Dann allerdings«, versetzte ich, von der Treuherzigkeit des guten Mannes überrascht, »muss ich Ihren Worten bedingungslos Glauben schenken. Ich bin zwar bisher der Meinung gewesen«, fügte ich mit besonderem Nachdruck hinzu, um zu sehen, welche Wirkung diese Worte auf ihn ausüben würden, »dass all dies Gerede von Hexen und Zauberei nichts weiter als alte alberne Dorfgeschichten seien.«

»O ja, so sagen alle Herren aus der Stadt! Sie haben ja nicht darunter zu leiden! Und unter der Begründung, alles sei pure Erfindung, sperren sie obendrein noch die armen Kerle ein, die uns Somontanern eine wahre Wohltat erwiesen haben, indem sie die böse Alte in die Schlucht warfen!«

»Also ist sie gar nicht zufällig abgestürzt? Man hat sie mir nichts dir nichts hinuntergestoßen? – Sieh mal an! Erzählen Sie doch mal, wie das kam ... das muss eine interessante Sache gewesen sein!«, sagte ich und machte dazu ein sehr verwundertes und ernsthaftes Gesicht, damit der gute Mann nicht etwa argwöhnen sollte, ich lauschte seinem Gewäsch lediglich aus Kurzweil. Denn ich muss gestehen, erst später, als ich die näheren Umstände der Begebenheit erfuhr, fiel mir wieder ein, dass ich tatsächlich in den Provinzblättern etwas über eine derartige Begebenheit gelesen hatte.

Das Interesse, das ich seiner Erzählung entgegenbrachte, überzeugte den guten Hirten, dass er nicht einen von »diesen Herren aus der Stadt« vor sich habe, die seine Geschichte für albernes Gewäsch hielten. Er zeigte auf einen der spitzen Felsen oben auf dem Gipfel, die sich dunkel und gebieterisch von dem grauen Himmel abhoben und hinter denen die Wolken rötlich schimmerten, von der untergehenden Sonne gefärbt.

»Sehen Sie da oben, ganz oben die Kuppe«, sagte er, »die so aussieht, als wäre sie künstlich ausgehauen? Ja, die da, in deren Spalten der Ginster und die Brombeeren wachsen ...

Mir ist es so, als wäre es erst gestern geschehen! Ich befand mich etwa zweihundert Schritt oberhalb der Stelle, wo wir uns vorhin trafen – und auch wohl um dieselbe Stunde mag es gewesen sein, dass ich ein gellendes Geschrei zu hören glaubte. Bald schien es von der einen Seite zu kommen, bald von der anderen ... Heulen und Fluchen und dazwischen wütende Männerstimmen ... als wenn Hirten im Gestrüpp einen Wolf aufstöbern.

Wie gesagt, die Sonne ging gerade unter, und der Himmel schimmerte feuerrot. Plötzlich tauchte da oben ein scheußliches altes Weib auf – zerlumpt und mager wie ein Gerippe, das seiner Gruft entsteigt und noch in zerfetzte Schweißtücher eingewickelt ist.

Ich erkannte aber bald, dass es die alte Kaska war.

Die alte Kaska war nämlich in der ganzen Gegend berüchtigt. Ich brauchte bloß die grauen Haarsträhnen zu sehen, die sich ihr wie Nattern um die Stirn ringelten, – und dazu die ganze wahnschaffene Gestalt zu betrachten: den krummen Rücken und die langen, eckigen Arme, um eben in ihr die Hexe von Trasmoz zu erkennen.

Als sie den Rand der Schlucht erreicht hatte, blieb sie stehen und wusste nicht, wohin sie sich wenden sollte. Augenscheinlich wurde sie verfolgt, und die männlichen Stimmen waren die ihrer Verfolger, die immer näher und näher kamen. Dann und wann krümmte sie sich, duckte nieder und hüpfte hin und her, um den Steinen auszuweichen, die man nach ihr warf. Wahrscheinlich hatte sie die Büchse mit der Hexensalbe nicht bei sich – sicher nicht, denn sonst hätte sie ja über die Schlucht hinüberfliegen können, ihrer Verfolger spottend und sie keuchend zurücklassend wie Hatzhunde, die die Fährte verlieren. Gott aber hatte es wohl so eingerichtet, und es war sein Wille, dass sie jetzt für alle ihre Schandtaten büßen sollte ...

Die ersten der Burschen, die ihr nachstellten, langten oben an. Und nun tauchten immer mehr Leute auf – die einen hatten Steine in der Hand, die andern waren mit Knüppeln bewaffnet, noch andere mit Messern.

Und jetzt kommt das Entsetzliche.

Als die Alte, diese verfluchte Heuchlerin, sich eingeschlossen sah, warf sie sich auf den Boden, kroch an ihre Verfolger heran, küsste dem einen die Füße und umklammerte dem andern die Knie, den Beistand der Mutter Gottes und aller Heiligen anflehend. Wie eine Blasphemie klangen diese Namen aus ihrem vermaledeiten Mund.

Aber die Burschen ließen sich von ihrem Lamentieren ebenso wenig erweichen wie ich vom Regen, wenn ich im Trockenen sitze.

›Ich bin eine arme alte Frau ... hab' niemand was zuleid getan! Weder Kinder hab' ich, noch Eltern, die mir beistehen können ... Gnade, Gnade! Habt Mitleid mit mir!‹, heulte die Alte.

Einer der Burschen jedoch packte sie mit der einen Hand am Schopf, während er in der andern ein Klappmesser hielt, das er mit Hilfe der Zähne öffnete, und erwiderte ihr, brüllend vor Wut:

›Ah, du Teufelshexe ... jetzt ist's zu spät zum Lamentieren! Jetzt kennen wir dich alle!‹

›Du hast meinem Maultier was angehext! Keinen Bissen hat es seitdem mehr gefressen ... ist vor Hunger krepiert, mich im Elend zurücklassend!‹ – rief ein anderer.

›Du hast meinem Jungen ein schlimmes Auge angehext ... hast ihn nachts aus der Wiege gerissen und ihn verprügelt!‹ – versetzte ein dritter.

Und alle schrien wild durcheinander:

›Du hast meine Schwester ins Unglück gebracht!‹

›Meine Braut hast du mir abspenstig gemacht!‹

›Das Heu hast du mir vergiftet!‹

›Das ganze Dorf hast du behext!‹

Regungslos verharrte ich an derselben Stelle, wo ich zuerst das höllische Geschrei vernommen hatte. Auch nicht ein Glied konnte ich rühren – so gespannt war ich auf den Ausgang der Szene!

Das gellende Kreischen der alten Kaska übertönte all die anderen Stimmen, die ihr ihre Schandtaten ins Gesicht brüllten. Fortgesetzt jammerte und schluchzte sie, Gott und den heiligen Schutzpatron als Zeugen ihrer Unschuld anrufend.

Schließlich aber sah sie wohl ein, dass ihr keine Hoffnung mehr blieb. Und da erbat sie sich als letzte Gnade, vor ihrem Tode ein kurzes Gebet sprechen zu dürfen, um den Himmel um Vergebung ihrer Sünden zu bitten. Und so wie sie war, am Rande der Schlucht kniend, faltete sie die Hände und begann zwischen den Zähnen was weiß ich für dunkle Beschwörungsformeln zu murmeln. Infolge der Entfernung, die mich von ihr trennte, war es mir nicht möglich zu hören, was sie sprach ... Aber auch die anderen neben ihr verstanden nicht ein Wort! Die einen behaupten, es sei Latein gewesen – andere, eine ganz wilde, völlig unbekannte Sprache ... Einer will allerdings gehört haben, dass sie tatsächlich betete – aber die Gebete von rückwärts aufsagend, wie es bei so bösen Weibern üblich ist.«

Der Hirte schwieg einen Augenblick und sah sich ringsum.

»Achten Sie mal auf die Grabesstille, die hier in der ganzen Schlucht herrscht!«, fuhr er fort. »Kein Stein gibt einen Laut von sich, kein Blatt bewegt sich! Die Luft steht still – legt sich dir auf die Brust, als wolle sie dich plattdrücken. Und sehen Sie da oben die grauen Nebelschwaden? Allmählich werden sie den ganzen Hang des Moncayo überziehen – als ob es nicht genug Schluchten gäbe, wo sie brauen könnten! Schauen Sie, wie sie langsam vorwärtsschleichen – wie eine Geisterschar, von unsichtbarer Kraft bewegt!

Dasselbe Grabesschweigen herrschte auch damals. Genauso beängstigend sah auch damals der Abendnebel aus, genauso seltsam um die fernen Bergspitzen kreisend – die ganze Zeit über, die jene spannende Pause währte! Ich gestehe ganz offen: mir wurde bange ... Ja, wer konnte auch wissen, ob die Hexe nicht den Augenblick zu einer schrecklichen Verwünschung benutzte? Ob sie nicht die Toten aus den Gräbern heraufbeschwor, alle Schlünde der Hölle in Aufruhr versetzte und, kraft ihrer Zaubersprüche, das tollste Teufelsgelichter ans Tageslicht lockte?

Und während die Alte betete, unaufhörlich betete, standen die Burschen unbeweglich dabei, als ob irgendein Zauber sie angeschmiedet hätte.

Immer höher stiegen die dunklen Nebelschwaden, nach und nach alle Felsen einhüllend. Tausend seltsame Gebilde entstanden: scheußliche Ungeheuer, rote und schwarze Krokodile, gigantische, in weiße Gewänder gekleidete weibliche Gestalten, lange Dunststreifen, die, vom letzten Schimmer des Abendrots beleuchtet, farbigen Riesenschlangen glichen ...

Ich wandte nicht den Blick von jenem phantastischen Wolkenheer, das Sturm zu rennen schien gegen den Felsen, auf dessen Gipfel die Hexe dem Tode entgegenging. Jeden Augenblick war ich darauf gefasst, dass sich der Nebel zerteilen würde, um eine verteufelte Menge böser Geister auszuspeien. Ich sah schon den entsetzlichen Kampf vor mir, der am Rande der Schlucht einsetzen würde – zwischen den braven Burschen, die an der Hexe Justiz üben wollten, und den Dämonen, die nun herbeikamen, um ihr zum Dank für die vielen Dienste aus der Patsche zu helfen ...«

»Aber wie ging es denn schließlich aus?«, unterbrach ich die langwierige Erzählung meines Begleiters; denn allmählich wurde ich ungeduldig und wünschte die Lösung zu erfahren. »Hat man die Alte denn umgebracht? Ich irre mich wohl nicht in der Annahme, dass sich die bösen Geister – trotz der vielen Beschwörungen der Alten und trotz der zahlreichen Anzeichen, die Sie überall in der Luft wahrgenommen haben – mäuschenstill verhielten, ein jeder in seinem Loch, und sich in keiner Weise in die Dinge auf Erden hineingemischt haben? War es nicht so?«

»Allerdings, so war es! Vielleicht weil der Alten in ihrer Aufregung nicht gleich die rechte Formel einfiel – oder, was wahrscheinlicher ist, weil es gerade Freitag war (der Tag, an dem unser Herr Jesus Christus gestorben ist) und die Vesper noch nicht beendet war – die bösen Geister also noch keine Gewalt hatten ... Jedenfalls, als ihr teuflisches Geplapper immer noch kein Ende nehmen wollte, sagte ein Bursche zu ihr, sie möge endlich Schluss machen, und hob das Messer; um es ihr in den Leib zu bohren. Da aber schnellte die Alte, die eben noch so demütig und heuchlerisch dagelegen hatte, mit einer so raschen Bewegung auf, wie sich eine wütende Schlange emporringelt, die zusammengerollt auf der Erde gelegen hat und getreten worden ist.

›Oh nein, ich will nicht sterben! will nicht sterben!‹, schrie sie. ›Lasst mich los! oder ich beiß euch in die Hand!‹

Aber sie hatte die Worte kaum hervorgebracht und sich wie eine Furie, mit offenem Haar, blutunterlaufenen Augen und stinkigem, von Speichel triefendem Mund, auf ihre Verfolger gestürzt, als ich sie auch schon einen entsetzlichen Schrei ausstoßen hörte. Und gleichzeitig sah ich, wie sie sich zwei- oder dreimal blitzschnell in die Seite fuhr, mechanisch ihre Hände besah und wieder besah, und dann, als wenn sie betrunken wäre, ein paar schwankende Schritte tat und den Abhang hinabstürzte.

Einer der Burschen – derselbe, dessen Schwester (das schönste und beste Mädchen im ganzen Dorf!) die Alte behext hatte, – dieser also hatte ihr im selben Augenblick, wo sie ihm ihre spitzen, schwarzen Zähne in den Arm grub, den Todesstoß versetzt.

Aber glauben Sie, dass die Geschichte damit aus war? Keineswegs war sie das! Das Teufelsweib hatte ein siebenfaches Leben wie eine Katze. Sie purzelte einen Abhang hinunter, der so steil war, dass jeder andere, der dort abgestürzt wäre, erst ganz unten Halt gemacht hätte. Sie aber blieb an einer hervorstehenden Klippe hängen, vermutlich aufgefangen vom Teufel, oder weil ihre Lumpen sich an einem Dornbusch verhedderten. Da baumelte sie nun und wand sich wie ein Reptil, das sich am Schwanz aufgehängt hat! Und, Herr des Himmels, wie sie schimpfen konnte! Was für gräuliche Verwünschungen ihr aus dem Munde kamen! Also ... mir krampften sich die Muskeln und sträubten sich die Haare, nur vom Hören!

Die Burschen sahen unterdes von oben all den komischen Verrenkungen zu, die sie machte, und warteten auf den Augenblick, wo der letzte Kleiderfetzen, an dem sie noch hing, zerreißen und sie kopfüber von Klippe zu Klippe in die Tiefe der Schlucht hinabstürzen würde. Sie jedoch kletterte in ihrer Todesangst um das Gebüsch herum, wobei sie unaufhörlich schimpfte, bald fürchterliche Lästerungen ausstoßend, bald heilige Worte mit Flüchen vermengend. Ihre langen, knochigen, schon blutigen Finger griffen wie Zangen in die Felsspalten. Mit den Knien, mit den Zähnen, mit den Beinen und Armen half sie nach, und vielleicht wäre es ihr gelungen, wieder den Rand des Abgrundes zu erklimmen, wenn nicht einer von denen, die ihr von oben zusahen und dies wohl befürchten mochten, einen großen Stein auf sie hinabgeworfen hätte. Der versetzte ihr einen solchen Stoß vor die Brust, dass Stein und Hexe – holterdiepolter – von Stufe zu Stufe hinunterrollten, auf den messerscharfen Kalksteinklippen aufschlugen, um schließlich tief unten in der Schlucht im Bach liegenzubleiben.

Dort lag die Hexe eine ganze Weile, ohne sich zu rühren, das Gesicht im Schlamm und Geröll des Baches, der blutrot weiterfloß. Allmählich schien sie wieder zur Besinnung zu kommen. Durch ihre Glieder ging ein Zucken ... Sie schlug so um sich, dass das blutbeschmutzte Wasser hoch aufspritzte, und krampfte entsetzlich die Hände – ich weiß nicht, ob sie um Erbarmen flehte oder noch in den letzten Todesängsten Drohungen ausstieß.

So arbeitete sie eine Zeitlang in vergeblichem Bemühen, den Kopf aus dem Wasser zu heben, um ein wenig Luft zu schnappen. Schließlich sackte sie tot zusammen ... ganz tot! Denn wir alle, die sie hatten abstürzen sehen, wussten, wozu eine so verschlagene Zauberin wie die alte Kaska fähig war, und wandten nicht eher den Blick von ihr, als bis es völlig dunkel war und wir in der Finsternis nichts mehr unterscheiden konnten. In dieser ganzen Zeit rührte sie nicht ein Glied. Wenn also der Messerstich und der Absturz nicht ausgereicht haben sollten, ihr den Garaus zu machen, so ist sie sicher im Bach ertrunken – in demselben Wasser, das sie so manches Mal in ihrem Leben behext hat, um unsere Schafe zu töten.

Ja, ja, – wer mit dem Bösen im Bunde, geht bös zugrunde! sagten wir zu uns, nachdem wir noch ein letztes Mal in den dunklen Grund hinabgeschaut hatten. Dann bekreuzigten wir uns und baten Gott, er möge uns immer so, wie dieses Mal, gegen den Teufel und dessen Sippschaft beistehen. Langsam kehrten wir ins Dorf zurück, und als wir dort ankamen, riefen die Glocken von unserem alten Kirchturm die frommen Einwohner zum Abendgebet.«

Als der Hirte zu Ende erzählt hatte, waren wir gerade auf dem Grat des Berges angekommen, der dem Dorf gegenüberliegt. Nun erblickte ich auch die dunkle, gebieterische Burg und ihren einstmals so hohen Bergfried, von dem nur noch eine Mauerwand mit zwei Schießscharten erhalten ist. Durch diese beiden Löcher schimmerte das Licht, als wären es die Augen eines Phantoms ... Es geht nämlich die Sage, dass in jener Burg, zwischen den alten dicken Mauern, die, aufgebaut auf einem Berge von schwarzem Schiefer und aus gewaltigen Felsblöcken zusammen-

getürmt, ein Werk von Riesen zu sein scheinen, – dass dort oben die Hexen der ganzen Umgegend ihre nächtlichen Zusammenkünfte abhalten.

Düster und neblig hatte die Nacht sich herabgesenkt. Von Zeit zu Zeit blinkte der Mond durch die zerfetzten Wolken, die, tief im Tal lagernd, über unseren Köpfen schwebten. Dann begannen langsam die Glocken in Trasmoz das Ave Maria zu läuten – als Finale der grausigen Geschichte, die ich soeben gehört hatte.

Die Zauberburg

Seit undenklichen Zeiten ist es für die Leute des Somontano ausgemachte Sache, dass Trasmoz Residenz und Treffpunkt der mächtigsten Hexen der ganzen Gegend ist. Die dortige Burg gilt, ebenso wie die sagenumwobenen Gefilde von Barahona und das berüchtigte Tal von Zugarramurdi, als Konventikel[147] erster Ordnung, als klassischer Ort für die großen nächtlichen Zusammenkünfte der Besenreiterinnen, der hellbauchigen Kröten und der ganzen bunten Dienerschar des Ziegenbocks, ihres abgöttisch verehrten Gebieters.

Über die Gründung dieser Burg, deren gewaltige Ruinen, deren dunkle zinnengekrönte Türme, düstere Höfe und tiefe Verliese in der Tat einen Schauplatz abgeben, der solcher teuflischen Persönlichkeiten würdig ist, gibt es eine sehr alte Sage, die noch aus der Zeit der Mauren stammt – also aus einer Epoche, die für das Landvolk dasselbe bedeutet wie für uns das vorgeschichtliche Zeitalter der Mythen und Märchen.

Es geschah eines Tages, dass der Heidenkönig in die Nähe des heutigen Trasmoz kam und dort zu seiner Verwunderung einen Berg sah, der dank seiner Höhe, seiner steilen Hänge und senkrechten Felswände schon von Natur aus für einen festen, uneinnehmbaren Stützpunkt wie geschaffen schien, und ein solcher Stützpunkt unweit der Reichsgrenzen würde natürlich von großem Nutzen sein. Er wandte sich daher an sein Gefolge und sagte, auf den Gipfel zeigend:

»Ich wünschte sehr, ich hätte dort eine Burg!«

Ein alter Bettler, der, auf seinen Wanderstab gestützt und einen ärmlichen Quersack über der Schulter, zufällig dort vorüberkam, hörte diese Worte des Königs. Er beeilte sich, an ihn heranzutreten. Auf die Gefahr hin, von dem königlichen Gefolge niedergerannt zu werden, griff er dem Pferd des Herrschers in die Zügel und sprach folgende Worte:

»Ich will mich verpflichten, Euch schon morgen die goldenen Schlüssel der Burg ins Schloss zu bringen, wenn Ihr mich zum Burgvogt auf Lebenszeit ernennt!«

Der König und seine Begleiter brachen in helles Gelächter über den närrischen Vorschlag des Bettlers aus. Dann warf ihm der Fürst eine Silbermünze zu und erwiderte scherzend:

---

147 Privater Ort der Zusammenkunft von Gläubigen.

»Da, nehmt das Geldstück und kauft Euch ein paar Zwiebeln und ein Stückchen Brot zum Frühstück, Herr Burgvogt von der rascherbauten Festung von Trasmoz! Aber lasst uns in Frieden und haltet uns nicht auf!«

Sanft schob er ihn beiseite, drückte dem Ross die Sporen in die Weichen und stob davon, gefolgt von seinen Hauptleuten, deren mit Goldarabesken ausgelegte Rüstungen im Takte klirrten und unter den weißen flatternden Burnussen[148] hervorleuchteten.

Der Bettler hatte sich unterdessen gebückt, um das Geldstück aufzuheben. Die Reiter waren kaum noch zu sehen vor den Staubwolken, die die Pferde hochwirbelten; als sie einen Augenblick haltmachten, rief ihnen der Bettler nach: »Also bestätigt Ihr mich als Burgvogt?«

»Gewiss!« antwortete der König aus der Ferne, kurz bevor er um eine Wegkrümmung biegen wollte. »Aber unter der Bedingung, dass du mir die Burg in dieser Nacht noch aufbaust und mir morgen die Schlüssel nach Tarazona bringst!«

Der Bettler war mit der Antwort des Königs zufrieden. Als Zeichen der Ergebung küsste er die Münze, die er vom Boden aufgehoben hatte, und nachdem er sie in einen Zipfel des ehemals weißen Lappens eingeknotet hatte, der ihm als Turban diente, nahm er langsam seinen Weg nach dem Dörfchen Trasmoz wieder auf.

Trasmoz bestand damals aus fünfzehn bis zwanzig elenden, schmutzigen Baracken, in denen eine Anzahl Hirten hausten, die ihr Vieh an die Hänge des Moncayo zur Weide trieben. Und Schritt für Schritt, um hier nicht zu fallen und da nicht zu stolpern, wandernd wie jemand, dem die zweifache Last des Alters und eines langen Marsches den Rücken beugt, gelangte der Bettler endlich ins Dorf.

Wie ihm der König empfohlen hatte, kaufte er sich ein Stück altes Brot und drei oder vier schöne weiße, saftige Zwiebeln, und setzte sich damit ans Ufer eines Baches, nahe der Stelle, wo die Dorfbewohner ihre täglichen Waschungen vorzunehmen pflegten. Und nachdem er es sich bequem gemacht hatte, begann er sein kärgliches Mahl mit einem solchen Appetit einzunehmen und seine mageren Kinnladen, an denen ein paar dünne weiße Barthaare herabhingen, mit solcher Geschwindigkeit zu bewegen, dass es wirklich den Anschein hatte, als ob er den lieben langen Tag noch nicht einen Bissen gegessen hätte. Und das bedeutete

148 Ärmellose Kapuzenmäntel (*Sg*: Burnus)

schon etwas, denn die Sonne stand bereits dicht über den Berggipfeln, um bald dahinter zu versinken.

Als nun der alte Bettler am Bachufer saß und mit solcher Lust seine bescheidene Mahlzeit hielt, kam einer der einheimischen Hirten ans Wasser. Er machte, nach Osten gewandt, die vorgeschriebenen Verbeugungen, und begann nach dieser Verrichtung Gesicht und Hände zu waschen, wobei er fortwährend Abendgebete murmelte. Nach und nach kamen noch mehr Hirten, etwa fünf oder sechs, und als alle mit ihren Gebetsübungen fertig waren und sich abgetrocknet hatten, rief der Alte sie zu sich und sprach zu ihnen:

»Ich habe zu meiner Freude gesehen, dass ihr gute Muselmänner seid ... Weder der Gedanke an euer Tagwerk noch die Ermüdung von eurem Beruf vermögen euch von den frommen Übungen abzuhalten, die der Prophet den Gläubigen aufgetragen hat. Der wahre Moslem wird früher oder später seinen Lohn empfangen. Die einen ernten ihn schon auf Erden, die anderen erst im Paradiese. Aber es gibt auch welche, die hier wie dort belohnt werden – und zu denen gehört ihr!«

Die Hirten hatten während der ganzen Rede auch nicht einen Augenblick ihre Augen von dem Alten abgewandt. Auch sie hielten ihn natürlich für einen Bettler, da sie ja seine zerlumpte Kleidung und sein schlichtes Mahl sahen. Als er nun schwieg, blickten sie einander verständnislos an; sie begriffen nicht, worauf jene Worte hinzielten – wenn es etwa nicht die Einleitung zu einer Bitte um Almosen sein sollte ... Aber zu ihrer großen Verwunderung fuhr der Alte fort:

»Ich bin aus fernem Lande gekommen, um zur Bewachung und zur Bedeckung einer mächtigen Burg treues Gesinde zu dingen. Überall hab ich mich an den Brunnenrand gesetzt, in den Moscheen der großen Städte, wo im Schatten der Palmen das Wasser aus schönen Porphyrbecken hervorsprudelt, und so habe ich nach und nach viele Männer ihre Waschungen vornehmen sehen. Die einen taten es aus bloßer Reinlichkeit, andere, weil es alle zu tun pflegten oder auch, um ihre gedankenlose Frömmigkeit zur Schau zu stellen. Seit ich jedoch euch hier in dieser Einsamkeit gesehen habe, fern von allen Blicken der Welt, einzig vor dem Angesicht dessen, der über das Tun der Sterblichen wacht, – seit ich gesehen habe, wie ihr unsere Riten wahrt, aus dem alleinigen Antrieb eures Pflichtbewusstseins heraus, habe ich zu mir gesagt: – Diese Männer hier sind treu in ihrem Glauben; sie werden im Dienste dieselbe Treue beweisen! – Und darum sollt ihr von heute ab nicht mehr bei Unwetter und Kälte in den Bergen herumstreifen, um euch ein Stück schwarzes Brot zu verdienen. In der prächtigen Festung, von der ich euch sagte, werdet ihr Nahrung in Hülle und Fülle finden und ein behagliches Leben führen können. – Du, mein Freund, sollst der Wächter im Turm sein, sollst auf die Signale der Streifwachen in den Bergen achten, in jedem Augenblick bereit, in der Nacht das Feuer auflodern zu lassen, damit es weithin leuchte wie der flammende Helmbusch der Engel! – Du wirst das Fallgatter und die Zugbrücke bewachen! – Du hast alle drei Stunden eine Runde um die Türme zu machen, zwischen Zingeln[149] und Schildmauer! – Dich betraue ich mit den Stallungen! – Unter deiner Verwaltung werden die Lagerschuppen mit den Kriegsmaterialien stehen! – Und du als letzter übernimmst die Aufsicht über die Vorratskammern!«

Die Hirten wussten vor Überraschung und Verwunderung nicht, was sie von ihrem neuen Gönner, den ihnen der Zufall beschert hatte, denken sollten. Obwohl sein armseliges Äußeres in keiner Weise mit seinen großmütigen Angeboten im Einklang stand, war einer doch schon halb überzeugt und fragte den Alten:

»Aber wo ist denn die Burg? Ich für mein Teil möchte Euer Anerbieten gern annehmen, und ich glaube, hier ist keiner, der nicht ebenso dächte wie ich – vorausgesetzt, dass sie nicht allzu weit von hier liegt ... Denn wie jedermann lieben auch wir das Fleckchen Erde, wo wir zur Welt gekommen sind, und wir sind nun mal daran gewöhnt, zwischen diesen Felsen zu leben ...«

»Seid darum unbesorgt!«, erwiderte der Alte gelassen. »Sie liegt in nächster Nähe von hier ... Wenn die Sonne hinter den Gipfeln des Moncayo versinkt, fällt der Schatten der Burg auf euer Dörfchen.«

»Das kann wohl nicht gut sein!«, versetzte da der Hirte. »Denn hier herum gibt es weder Burg noch Festung, und den ersten Schatten, der unser Dorf einhüllt, wirft derselbe Berg, an dessen Hang es gelegen ist.

»Und just auf diesem Berge liegt auch die Burg! Denn dort sind die Steine, und wo die Steine sind, ist auch die Burg ... so wie das Huhn ursprünglich im Ei steckt und die Ähre im Weizenkorn«, beharrte der sonderbare Mensch. Und waren die Hirten bisher noch im Unklaren über ihn gewesen, so zweifelten sie jetzt nicht länger, dass es mit ihm nicht ganz richtig sei.

149 Zingel = Befestigung; Teil der Vorburg

»Und du bist wohl der Vogt dieser berühmten Burg?«, rief einer der Hirten unter dem Gelächter seiner Gefährten. »Denn wie die Burg, so der Vogt!«

»Gewiss bin ich das«, antwortete der Alte mit der gleichen Ruhe, seine Zuhörer eigenartig anlächelnd. »Haltet ihr mich eines so ehrenwerten Amtes etwa nicht für würdig?«

»Aber gewiss doch!«, platzten alle heraus. »Seht, schon ist die Sonne hinter die Berge gesunken und der Schatten Eurer Burg hüllt schon gnädig unsere armseligen Hütten ein ... O mächtiger und gefürchteter Burgvogt auf der unsichtbaren Festung von Trasmoz! Wenn Euer Gnaden Wert darauf legen, unter Dach zu kommen, so können wir Euch ein wenig Stroh im Schafstall anbieten. Wenn Ihr es aber vorziehen solltet, im Freien zu nächtigen, so möge Euch Allah in heilige Obhut nehmen, der Prophet Euch sein Wohlwollen schenken und die Engel der Nacht mit ihren flammenden Schwertern um Euch Wache halten!«

Diese Worte, in komischer Feierlichkeit herausgebracht, begleiteten sie mit tiefergebenen Bücklingen. Und laut lachend über das schnurrige Abenteuer schlugen die Hirten den Weg zum Dorf ein.

Unser guter Freund ließ sich dadurch in keiner Weise beirren. Er verspeiste in größter Gemächlichkeit den Rest seiner Mahlzeit, schöpfte in der hohlen Hand etwas von dem reinen, klaren Wasser des Baches, wischte sich mit dem Handrücken den Mund ab und schüttelte die Brotkrumen von seinem Rock. Darauf warf er den Quersack wieder über die Schulter, und, auf seinen Knotenstock gestützt, machte er sich wieder auf den Weg, indem er dieselbe Richtung einschlug, in der seine zukünftigen Dienstleute abgezogen waren.

Kalt und dunkel dämmerte die Nacht herauf. Auf dem hohen Kamm des Moncayo zogen sich lange bleifarbene Wolkenstreifen von Klippe zu Klippe, die, bislang von den Sonnenstrahlen gebändigt, wie auf ihren Untergang gewartet hatten, um sich langsam hervorzuwälzen gleich scheußlichen Meerungeheuern, die sich schwerfällig über den öden Strand saugen ... Der weite Horizont, der über den Bergen sichtbar war, wurde blass und blasser und spielte am Westhimmel vom Rötlichen ins Violette, während im Osten der Mond aufstieg, groß und glänzend wie der Schild eines Kriegers. Und überall am Himmelsgewölbe blinkten die Sterne auf, einer nach dem andern, mattglänzend neben dem hellen Nachtgestirn.

Der gute Alte schien die Gegend ausgezeichnet zu kennen. Er wusste genau, welche Pfade er zu wählen hatte, um recht bald das Ziel seiner Wanderung zu erreichen. Er ließ das Dorf links liegen, stieg nicht ohne Mühe zwischen den gewaltigen Felsblöcken und dem dichten Steineichengestrüpp aufwärts, mit dem auch jetzt noch die zerklüftete Bergleite bedeckt ist, und gelangte endlich auf den Gipfel.

Schon lag das Land in völliger Finsternis. Der Mond hing oben am Himmel, hin und wieder durch dunkle Wolken hindurchblinkend.

An einem so einsamen Orte, bei dem Grabesschweigen der Natur und angesichts der phantastisch gekrümmten Linien des Moncayo, dessen schneebedeckte Spitzen weißen gigantischen Wellen eines versteinerten Meeres glichen, hätte sich jeder andere gefürchtet, – hätte sich gehütet, durch eine Wildnis zu streifen, in die sich selbst mitten am Tage die Hirten kaum wagten. Wie man aber wohl schon vermutet haben mag (und wer es nicht vermutet hat, wird es bald erfahren), war der arme Bettler ein Hexenmeister von großer Macht und nicht geringem Ansehen. Nicht zufrieden, den Grat des Berges erstiegen zu haben, erkletterte er noch die höchste Felsspitze, und von diesem luftigen Sitz aus hielt er Umschau nach allen Seiten, mit der Ruhe und Sicherheit eines Adlers, dessen Nest am Rande des Felsens hängt und der furchtlos in die Tiefe hinabsieht.

Nachdem sich der Alte einen Augenblick von den Anstrengungen erholt hatte, zog er aus dem Quersack ein höchst seltsam geformtes Instrument, ein altes, zernagtes dickes Buch und einen kurzen, schon halb abgebrannten, grünlichen Kerzenstumpf hervor. Mit seinen mageren, knochigen Fingern begann er das eine Ende des Instrumentes, das aus Metall zu sein schien und wie eine Laterne aussah, kräftig zu reiben, was ein schwaches, bläulich zitterndes Leuchten hervorrief. Schließlich schoss eine Flamme hervor, die brennen blieb. An dieser Flamme entzündete er den grünen Kerzenstumpf. Hierauf setzte er sich eine Brille mit gewaltig großen, kreisrunden Gläsern auf die Nase und begann bei dem schwachen Kerzenschein in dem Buch zu blättern, das er zu seiner größeren Bequemlichkeit vor sich auf den Felsen gelegt hatte. Das Buch war voller Figuren und geheimnisvoller Zeichen, voll arabischer, chaldäischer und syrischer Lettern, die mit blauer, schwarzer, roter und violetter Tinte geschrieben waren, während der Schwarzkünstler ein Blatt nach dem andern umschlug, murmelte er allerlei unverständliche Worte zwischen den Zähnen. Von Zeit zu Zeit unterbrach er seine Lektüre und deklamierte in einem eigenartig düsteren Gesangston immer eine ganz bestimmte Zauberformel, wobei er mit den Füßen den Takt stampfte und mit der freien Hand in der Luft herumfuhr, als ob er Zuhörer vor sich hätte.

Nachdem der erste Teil der Beschwörung beendet war und er alle Geister der Luft, der Erde, des Feuers und des Wassers nacheinander angerufen hatte, wurden ringsum seltsame Laute hörbar – wie das Rauschen von unzähligen Flügeln – und ein Flüstern und Raunen, als ob viele Leute leise miteinander sprächen ...

Wenn sich an stürmischen Herbsttagen am Horizont die Wolken türmen und mit Sturzregen drohen, geschieht es oft, dass mit ganz ähnlichem Geräusch Scharen von Kranichen vorüberziehen, am Himmel ein dunkles Dreieck bildend. Was aber hierbei so sehr in Erstaunen setzte, war, dass niemand und nichts zu sehen war – selbst dann nicht, wenn man das Flügelschlagen in nächster Nähe verspürte, wenn der Zugwind die Blätter der Bäume bewegte und das Flüstern und Murmeln immer deutlicher wurde. Alles schien nur Einbildung oder Traum zu sein.

Der Zauberer spähte nach allen Richtungen, wie um diejenigen zu beobachten, die nur ihm allein sichtbar waren. Und zweifellos zufrieden mit dem Erfolg seiner Arbeit, wandte er sich erneut der unterbrochenen Lektüre zu. Sobald er aber wieder mit zittriger, krächzender und etwas näselnder Stimme die dunklen Worte des Buches vorlas, versank alles ringsumher in tiefes Schweigen. Augenscheinlich hing die ganze Erde, hingen die Sterne und alle Geister der Nacht an den Lippen des Magiers.

Bald sprach er weiche Worte in süßem, bittendem Tonfall, bald hatte seine Stimme einen rauen, energischen und kurzen Klang, wie die eines Befehlenden. Und so las er und las bis zur letzten Zeile des letzten Blattes. Da aber entstand ein Murmeln in dem unsichtbaren Auditorium, ähnlich dem Stimmengewirr der gläubigen Christen in den Kirchen, wenn der Priester ein Gebet gesprochen und alle in tausend verschiedenen Stimmlagen mit Amen antworten. Der Alte schlug das Buch zu, blies die grüne Kerze aus und nahm die Brille ab.

Schon während er seine Zauberformel hergebetet hatte, war er immer größer geworden und ins Gewaltige gewachsen und hatte sich mit übernatürlicher Kraft und Energie gefüllt. Nun stand er aufrecht auf der obersten Spitze des Felsens, von wo aus man meilenweit die Hänge des Moncayo überblicken konnte, mit all den Tälern und Felsen, Schluchten und Klüften. Dort stand er hocherhobenen Hauptes, mit weitausgestreckten Armen, den einen gen Osten, den andern gen Westen, und rief mit schallender Stimme, an die unzähligen Scharen unsichtbarer und geheimnisvoller Wesen gerichtet, an alle, die kraft der Beschwörung seinem Willen unterworfen waren und seiner Befehle harrten:

»Geister der Wasser und Geister der Lüfte, die ihr die Felsen auszuhöhlen versteht und die gewaltigsten Bäume zu fällen vermögt: Macht euch ans Werk und seid mir gehorsam!«

Zuerst leise, wie wenn eine Schar Tauben auffliegt, dann stärker, als ob ein zerfetztes Segel gegen den Mast klatscht, vernahm man das Rauschen der Flügel, hörte man sie mit unglaublicher Schnelligkeit schlagen ... Und dieses Rauschen wurde stärker und immer stärker, bis es schließlich zu einem schrecklichen Geheul anschwoll, wie das eines entfesselten Sturms. Die nahen Sturzbäche sprangen und wandten sich in ihrem Bett, schäumend und aufschnellend wie wütende Schlangen. Ein furchtbarer Sturm heulte in den Felsspalten, wirbelte Staubwolken und trockene Blätter auf und schüttelte die Kronen der Bäume, bis sie über den Boden fegten. Nichts Seltsameres und Schrecklicheres als dieses Unwetter, das auf einen kleinen Umkreis beschränkt blieb! Denn der Mond vollendete still und ruhig am Himmel seine Bahn, und die fernen, luftigen Gipfel des Gebirges kränzten sich mit heiter leuchtenden Dunstschleiern.

Die Felsen krachten, als wollten sie bersten und drohten, von einer in ihnen verborgenen Kraft in tausend Stücke zersprengt, in die Luft zu fliegen. Die dicksten Bäume ächzten und knackten, als sollten sie im nächsten Augenblick zersplittern, als ob sich alle ihre Fasern plötzlich lockern und die harte Rinde sprengen würden.

Nachdem durch den Berg dreimal eine Erschütterung gegangen war, lockerte sich das Gestein, und krachend fielen die Bäume um. Und sofort begannen Bäume und Steine wie wild in der Luft umherzuwirbeln, um wie ein dichter Regen an der Stelle niederzufallen, die der Magier vorher seinen dienstbaren Geistern angezeigt hatte. Die stärksten Stämme und die ungeheuren Blöcke aus Granit und dunklem Schiefer, obwohl sie aufs Geratewohl in die Luft geschleudert worden waren, legten sich in wunderbarer Ordnung aufeinander und bildeten einen hohen Wall, eine Art Damm, den die Wasser des Gießbachs noch vollkommener machten, indem sie Sand, kleine Steine und Kalk aus ihrem Flussbett herbeischleppten und die Schlitze und Fugen mit unzerstörbarem Mörtel füllten.

»Das Werk schreitet vorwärts! Hurtig, hurtig!«, murmelte der Alte, »Wir müssen jeden Augenblick nutzen. Die Nacht ist kurz, bald wird der Hahn krähen und den Tag verkünden.«

Hiermit beugte er sich an den Rand eines tiefen Spalts, der bei der Erschütterung des Gebirges entstanden war, und als ob dort unten Wesen verborgen wären, an die er sich richtete, rief er hinein:

»Ihr Geister der Erde und Geister des Feuers, die ihr die Erzlager im Erdinnern kennt und auf unterirdischen Wegen Zugang zu den großen, glühenden Lavamassen habt: Macht euch ans Werk und führt meine Befehle aus!«

Kaum war das letzte Wort der Beschwörung verhallt, als man ein dumpfes, langes Rollen vernahm, wie fernes Donnern. Und dies Rollen wurde stärker und immer stärker und steigerte sich zu einem Gepolter, als ob ein Reitertrupp im Galopp über die hölzerne Brücke einer Festung sprengte. Dann scholl es wie Getrappel von Pferdehufen, wie Ächzen der Bohlen, Knirschen der Ketten, Klirren und Klappern der Rüstungen, Lanzen und Schilde. Und als der Lärm gewaltiger wurde, brach aus den Felsspalten ein Sprühen und Leuchten wie von einem angefachten Schmiedefeuer, und aus allen Schluchten des Berges tönte in Hall und Widerhall das Dröhnen von Tausenden von Hämmern, die mit fürchterlichem Geprassel auf die Ambosse niedersausten: Es waren die Gnomen, die das Erz bearbeiteten und eiserne Pforten, Fallgatter, Waffen und all das Werkzeug schmiedeten, das zur Sicherheit und zur Vervollständigung der zukünftigen Festung unerlässlich war. Es war ein unbeschreibliches Lärmen und Tosen, eine schaurige Entfesselung aller Gewalten! Hier heulte der Sturm, Felsblöcke abreißend, die sich mit Gepolter auf der Spitze des Berges aufhäuften; dort brüllte der Sturzbach, brachen krachend die Bäume zusammen ... und dazu das unaufhörliche Dröhnen der Hämmer, die abwechselnd auf die Ambosse niederfielen und den Takt zu jener Teufelssinfonie abgaben.

Die Einwohner des Dorfes waren bei dem ohrenbetäubenden Höllenlärm natürlich erwacht, wagten aber nicht einmal, den Kopf durchs Fensterloch zu stecken, um die Ursache des seltsamen Erdbebens zu erforschen. Einige waren so von Furcht geschlagen, dass sie glaubten, die Stunde des Weltuntergangs sei nahe. Sie erwarteten jeden Augenblick, dass der Tod kommen würde, eingehüllt in ein zerfetztes Schweißtuch und auf einem gelben Rosse, wie ihn der Prophet in seinen Offenbarungen schildert, um seine Herrschaft auf Erden anzutreten.

Dies dauerte bis kurz vor Tagesanbruch. Als der erste Dorfhahn sein Gefieder schüttelte und den nahen Tag mit seinem weithin gellenden Gesang begrüßte, war der ganze Spuk vorbei.

Um dieselbe Zeit hatte auch der König ausgeschlafen, da er wohl von Natur aus Frühaufsteher war, oder auch weil ihm das Schlafgemach ungewohnt vorkam (was ja alles im Bereich der Möglichkeit liegt). Er befand sich nämlich auf dem Rückweg nach seiner Residenz, den er in kleinen Tagesreisen zurücklegte, und hatte diese Nacht in Tarazona geschlafen. Mit einem Satz sprang er aus dem Bett, so behende, wie nur er es konnte, und nachdem er sich abwechselnd von einem Bein aufs andere gestellt hatte, wie es die Kraniche in seinen Gärten taten, ging er hinab in den Schlosspark, um zu lustwandeln.

Noch war nicht eine Stunde vergangen, seit er aufs Geratewohl durch die verschlungenen Wege des Parkes streifte, in Begleitung eines seiner Hauptleute, mit dem er so freundschaftlich plauderte wie nur ein König, überdies noch ein Maure, zu plaudern imstande ist, als der schnellste seiner Grenzwächter schweiß- und staubbedeckt auf ihn zugerannt kam und nach geziemender Begrüßung zu ihm sagte:

»O Fürst der Gläubigen, nahe der kastilischen Grenze hat sich etwas ganz Außergewöhnliches zugetragen! Auf dem Berge von Trasmoz, wo sich noch gestern nichts anderes als Felsblöcke und Dorngestrüpp befand, haben wir bei Tagesanbruch eine Burg entdeckt – eine Burg, so hoch, so groß, so stark gebaut, wie es keine zweite in all Euren Staaten gibt. Anfangs wagtenb wir unseren Augen nicht zu trauen; wir glaubten, dass vielleicht der Nebel, der um die Höhen braute, uns dieses Trugbild vortäuschte. Doch dann ging die Sonne auf, der Nebel zerstreute sich, und das Schloss stand noch immer da, gigantisch, düster und drohend, die ganze Umgegend mit seinem gewaltig hohen Bergfried beherrschend.«

Die Botschaft hören und sich des Bettlers mit dem Quersack erinnern, war für den König ein und dieselbe Sache; und diese beiden Gedanken miteinander verbinden und einen finster fragenden Blick denen zuwerfen, die neben ihm standen, nahm auch nicht viel Zeit in Anspruch. Zweifellos hatte seine maurische Hoheit einen seiner Emire[150], der das Gespräch mit dem Bettler mit angehört hatte, in Verdacht, dass sich dieser mit ihm einen Scherz erlaubt habe, wie es in den Annalen der muselmanischen Etikette nicht seinesgleichen gab. Er spielte mit dem Knauf

150 Emir = arabischer Fürst oder Befehlshaber.

seines Krummsäbels auf so eigenartige Weise, wie er es nur zu tun pflegte, wenn er sich vor Wut kaum noch halten konnte, und rief mit schlecht verhohlenem Ärger:

»Geschwind, mein schnellstes Pferd, und auf nach Trasmoz! Bei meinem Bart und dem des Propheten – wenn die Botschaft der Grenzwächter ein Märchen ist, so lasse ich an derselben Stelle, wo die Burg stehen soll, einen Schandpfahl errichten ... für die, die das Märchen erfunden haben!«

Also sprach der König, und schon ein paar Minuten darauf ritt er, nein, flog er gen Trasmoz, von seinen Hauptleuten gefolgt.

Bevor man, von Tarazona kommend, das sogenannte Somontano erreicht – ein welliges Hügelland, allmählich aufsteigend bis an den Fuß der Gebirgskette, die von dem Moncayo, dem gigantischen, von Schnee und Wolken gekrönten König dieser Berge, beherrscht wird – wehrt eine große Anhöhe den Blick ins Land, solange man nicht ihren Grat erstiegen hat. Der König war schon fast auf der Höhe angelangt, die heute unter dem Namen der Tiezmaspitze bekannt ist, als er zu seinem großen Erstaunen und zur Verwunderung seines ganzen Gefolges den Alten mit dem Quersack herabkommen sah – in demselben schäbigen und geflickten Rock wie am Tage zuvor, mit demselben zerfetzten und schmutzigen Turban und dem gleichen kräftigen Knotenstock, der ihm als Stütze diente. Der König blieb vor dem Alten stehen. Dieser warf sich sogleich auf die Knie und entnahm, ohne dem Fürsten Zeit zu einer Frage zu lassen, dem Quersack ein purpurfarbenes Tuch, aus dem er zwei goldene Schlüssel von erlesener, ganz wunderbarer Arbeit auswickelte. Und indem er die Schlüssel seinem Gebieter überreichte, sprach er:

»O König! Ich habe mein Wort gehalten; jetzt trifft es Euch, mir die Gnade zu erweisen, dass auch Ihr Euer Versprechen erfüllt!«

»Aber ist denn das mit der Burg wirklich kein Märchen?«, fragte der König argwöhnisch und sah bald auf die prachtvollen Schlüssel, die durch ihren Goldgehalt wie durch die unfassbar feine Arbeit schon allein einen Schatz abgegeben hätten, bald auf den Alten, bei dessen erbärmlichem Anblick in seinem Herzen sich schon wieder das Verlangen regte, ihn mit einem Almosen zu unterstützen.

»Bemüht Euch einige Schritte weiter, und Ihr werdet sie liegen sehen!«, antwortete der neue Burgvogt (denn als solcher muss er wohl von jetzt ab gelten, da er ja sein Versprechen erfüllt hatte und das Wort eines Königs dagegen gesetzt worden war, und zumindest in solchen Geschichten hat ein Königswort noch den Ruf des Unverbrüchlichen!).

Der Fürst ritt einige Schritte weiter. Er kam auf den Gipfel der Tiezmaspitze, und wirklich tauchte die Burg von Trasmoz vor seinen Augen auf – nicht so, wie sie heute aussieht, sondern wie sie in grauen Zeiten war, mit ihren fünf gigantischen Türmen, ihrem schlanken Bergfried, ihren tiefen Verliesen, ihren starken, eisenbeschlagenen Toren, ihrer Zugbrücke und den von spitzen Zinnen gekrönten Mauern.

Die Hexen von Trasmoz

Zu einer Zeit, als die Burg von Trasmoz schon längst in die Hände der Christen übergegangen war und auch von ihnen, nach Beilegung der langjährigen Fehden zwischen den Kronen von Aragonien und Kastilien, bereits wieder verlassen worden war, soll es im Dörfchen Trasmoz einen Pfarrer gegeben haben, der so gewissenhaft war bei der Erfüllung seiner Amtspflichten, so leutselig im Umgang mit den ihm Unterstellten und so erfüllt von heißem Mitgefühl mit den Armen, dass sein Name – ganz zu schweigen von dem Ruf der Frömmigkeit, der ihm anhaftete! – in allen Dörfern der Umgegend hoch verehrt wurde.

Unzählige hervorragende Wohltaten verdankten die Einwohner von Trasmoz dem unermüdlichen, segensreichen Wirken des guten Pfarrers, der sogar, um bei ihnen bleiben zu können, das sorglose Amt eines Kanonikus ausschlug, das ihm der Bischof von Tarazona schon zu wiederholten Malen angeboten hatte. Was ihm aber zweifellos als größtes Verdienst angerechnet werden musste, war, dass er dank seiner inständigen Gebete und wirkungsvollen Beschwörungssprüchen das Dorf von der lästigen Nachbarschaft der Hexen befreit hatte.

Diese Hexen pflegten nämlich jedes Jahr aus den fernsten Teilen des Königreichs herbeizukommen, um in bestimmten Nächten zwischen den Ruinen der Burg ihren Sabbat abzuhalten. Vielleicht betrachteten sie die Burg als ihr Eigentum, weil sie ihre Entstehung ja einem Zauberer zu verdanken hatte, und sahen deswegen in ihr den geeignetsten Ort für ihre teuflischen Feste und nächtlichen Orgien. Schon früher hatten viele andere Teufelsbeschwörer versucht, die höllischen Geister dort auszutreiben; aber all ihr Beten und Besprengen mit Weihwasser hatte nichts genützt. Und je schwieriger und unmöglicher bisher die Ausführung dieses Unternehmens geschienen hatte, desto höher war Pfarrer Egidius, der Almosenvater (wie er allgemein genannt wurde), in Ansehen gestiegen, als er es in Angriff nahm und es, kraft der mächtigen Fürsprache seiner Gebete, sowie auch als Lohn für seine guten Werke, glücklich zu Ende führte.

Die Beliebtheit, der er sich unter den Dörflern erfreute, und die Achtung, die man ihm zollte, nahmen immer mehr zu, je älter er wurde und gleichsam die letzten Bande zerschnitt, die ihn noch an irdische Dinge hätten fesseln können. Denn das Alter läuterte seinen Charakter

von den letzten Schlacken und steigerte seine edelmütige Freigebigkeit sogar so weit, dass er den Armen von dem gab, was er für seine eigenen Bedürfnisse hätte behalten müssen.

War das ein Anblick, wenn der ehrwürdige Priester, schon ein wenig kränkelnd und unter der Last der Jahre gebeugt, einen kleinen Rundgang um seine bescheidene Kirche machte! Da kamen von überallher die Kinder gelaufen, um ihm die Hand zu küssen. Die Männer zogen ehrfurchtsvoll den Hut. Die Frauen traten heran, um seinen Segen zu erbitten. Und eine jede schätzte sich glücklich, der es gelang, ein Stückchen seines zerfetzten Gewandes als Reliquie und Amulett gegen die bösen Geister zu erhaschen.

So lebte der gute Pfarrer Egidius in schönster Eintracht, zufrieden mit seinem Geschick. Aber wo auf Erden gibt es schon das vollkommene Glück? Der Teufel, der ständig herumschleicht, um bei jeder Gelegenheit, die sich ihm bietet, seine Feinde zu plagen, hatte auch hier seine Finger im Spiel.

Es fügte sich nämlich, dass eine jüngere Schwester des Pfarrers, eine arme Witwe, starb und dass der allzeit Opferbereite eine ihrer Töchter zu sich nahm, sie mit offenen Armen empfangend. Er sah in ihr eine Stütze für seine alten Tage und meinte, des Himmels Güte habe sie ihm vorsorglich zum Trost beschert.

Dorchen, wie diese Nichte hieß, zählte kaum achtzehn Lenze. Erzogen in frommer Gottesfurcht, war sie in ihrem Benehmen etwas schüchtern und sprach, vor allem in Gegenwart Fremder, so leise und demütig wie Pfarrersnichten ohne Ausnahme zu sprechen pflegen. Aber mehr als jede andere verstand sie sich auf das verführerische Spiel ihrer schwarzen, falschen Augen; und sich fein zu machen und hübsch anzuziehen, liebte sie über alles!

Diese Putzsucht, wie die Männer es gewöhnlich nennen – eine Neigung, die man ja bei den Mädchen aller Klassen und aller Zeiten findet – ließ in Dorchen alle anderen Wünsche verstummen und war die ständige Ursache häuslicher Zwistigkeiten zwischen Oheim und Nichte. Denn der arme Dorfpfarrer hatte nur ein sehr geringes Einkommen, und da er wegen seiner Freigebigkeit den Armen gegenüber dauernd in großer Dürftigkeit lebte, so trug er sich, wie er treuherzig zu erzählen pflegte, schon seitdem er die erste Weihe empfangen hatte, mit dem Gedanken, sich ein neues Ornat[151] machen zu lassen, – aber er hatte bisher noch nicht die Mittel dazu gefunden!

Von Zeit zu Zeit kam es zu heftigen Auseinandersetzungen zwischen den beiden. Die Nichte hielt ihrem Oheim vor, was alles dringend der Anschaffung bedürfe und wie abgerissen sie wären, weil eben alles die Armen bekämen – nicht nur, was entbehrlich sei, sondern sogar das Notwendigste! Der gute Pfarrer Egidius musste dann die schwerwiegendsten Argumente seiner christlichen Beredsamkeit ins Feld führen und immer wieder betonen, dass man alles, was man den Armen gebe, dem lieben Gott darbringe. Auch pflegte er zu sagen, man dürfe sich um ein Kleid nicht mehr und nicht weniger sorgen als um die paar Tage, die man in diesem Jammertal zu verbringen habe. Je mehr Leiden man geduldig ertrüge und je weniger Kleidung einem die Nächstenliebe auf dem Leibe ließe, desto eher würde man zum Tanz kommen – nicht zum Tanz um das Holzfeuer, das sonntags auf dem Dorfplatz aufloderte, und nicht in so einem schäbigen roten Tuchkleid mit Wollfransen, sondern zum Tanz um die ewige Flamme, in einem Kleid aus göttlicher Gnade, dem schönsten aller nur erdenklichen Kleider …

Aber kommt ihr einmal einem achtzehnjährigen Mädel mit philosophischen Betrachtungen aus dem Evangelium – einem Mädel, das vor allen Dingen schmuck aussehen möchte und sich herausputzen, damit alle anderen Mädchen vor Neid platzen! Predigt ihr einmal einem Mädel, das täglich sehen muss, wie die Nachbarin gegenüber heute mit einem nagelneuen gelben Mieder prahlt, morgen mit einem schwarzen Spenzer[152] und übermorgen mit einem türkisblauen Kleid mit feuerroten Fransen, die nur so in die Augen stechen und auf eine Meile im Umkreis alle Burschen anlocken!

Der gute Pfarrer Egidius predigte tauben Ohren und hätte ebenso gut in der Wüste reden können. Denn Dorchen ließ sich nicht überzeugen, obwohl sie zu allem schwieg. Die armen Leute, die ihres Oheims Tür ständig belagerten, betrachtete sie weiter mit scheelen Blicken. Und mochte man ihr noch so viele Herrlichkeiten und schöne Kleider versprechen, die früher oder später als Lohn für ihre Entbehrungen auf Erden im Paradies auf sie warten würden, – für einen hübschen Spenzer und ein paar dieser blauseidenen Schnüre, die sie sie jedes Mal, wenn

151 Amtstracht eines Priesters.

152 Kurz, eng anliegende Jacke.

sie nach Tarazona kam, in einem Laden der Pillendrehergasse sehnsüchtig betrachtete, hätte sie gern darauf verzichtet.

So standen also die Dinge, als sich Dorchen eines Nachmittags missmutig und nachdenklich vor die Haustür setzte. Es war der Tag vor dem Feste des heiligen Schutzpatrons des Ortes, und der Pfarrer war in der Kirche beschäftigt, um alles für den Gottesdienst am folgenden Tag vorzubereiten.

Alle Mädchen im Dorf – die einen mehr, die anderen weniger – hatten sich etwas aus Tarazona mitbringen lassen, um an den schönen Maitagen und beim Tanz ums Feuer festlich auszusehen. Besonders die beiden von gegenüber prahlten mit ihren neuen Kleidern und bunten Bändern, die ihre Eltern ihnen gekauft hatten, und setzten sich – zweifellos in der Absicht, Dorchen zu ärgern – eigens damit vor die Haustür, um daran die letzten Nadelstiche zu tun. Nur sie, die Hübscheste und zugleich die Eitelste im ganzen Dorf, – sie, die Pfarrersnichte, hatte keinen Anteil an der freudigen Erwartung und der geschäftigen Näherei und an all der Kopflosigkeit, dieser Aufgeregtheit unter den Mädchen, die in Dorf und Stadt das Herannahen eines lang erwarteten Festes zu verkünden pflegt ... Aber auch Dorchen hatte an diesem Abend eine außergewöhnliche Arbeit: Pfarrer Egidius hatte ihr gesagt, sie möchte für den folgenden Tag Teig für zwanzig Brote mehr als gewöhnlich anrühren, die nach der Messe an die Armen verteilt werden sollten.

Als nun die Pfarrersnichte so schlechtgelaunt vor der Haustür saß und ihr tausend widrige Gedanken durch den Kopf gingen, geschah es, dass auf der Straße ein altes, zerlumptes Weib daherkam, unter der Last der Jahre gebeugt und sich auf einen Krückstock stützend.

»Liebes Kind«, rief die Alte wehleidig, als sie vor Dorchen stand, »Hast du nicht eine kleine Gabe für mich? Der liebe Gott in seiner himmlischen Gnade wird es dir reichlich lohnen.«

Diese stehende Redensart aller Bettelnden, die im Laufe der Zeit fast schon zum Segensspruch geworden ist, klang im Munde der Alten, in deren kleinen grünen Augen ein teuflisches Lächeln aufzublitzen schien, obgleich sie die Worte in einem herzergreifenden Ton hervorbrachte, wie eine schauderhafte Gotteslästerung, und Dorchen musste sogleich an die glänzenden Versprechungen denken, mit denen Pfarrer Egidius ihren ständigen Wünschen zu begegnen pflegte. In ihrer ersten Wut hätte sie die Alte beinahe zum Teufel gejagt. Aber mit Rücksicht darauf, dass sie vor dem Haus des Dorfpfarrers saß, nahm sie sich zusammen und drehte ihr nur den Rücken zu, mit einer Gebärde, die ihrem Unwillen und ihrer Verdrießlichkeit deutlich Ausdruck verlieh.

Der Alten schien diese Abweisung eher zu gefallen als dass sie sich darüber betrübte. Sie trat noch näher an das junge Mädchen heran, immer mit einem Lächeln in ihren grünen Augen, das an das Lächeln der Schlange im Paradies erinnerte, als sie Eva verführte ... Und indem sie ihre knarrende Stimme so lieblich wie möglich klingen ließ, fuhr sie fort:

»Schönes Kind, schenk mir doch was – wenn nicht aus Liebe zu Gott, so tu es aus Liebe zu dir selbst. Ich diene einem Herrn, der denen, die seinen Geschöpfen Gutes erweisen, nicht erst im anderen Leben den Lohn ausbezahlt, sondern ihnen schon in diesem Leben so viel gibt wie sie sich nur wünschen. Vorhin bat ich dich im Namen dessen, den du kennst; jetzt bitte ich dich im Namen dessen, den ich verehre.«

»Ach, lasst mich zufrieden! Ich bin nicht dazu aufgelegt, Eurem Unsinn zu lauschen!« erwiderte Dorchen. Das alte Bettelweib redete in einer ihr unverständlichen Weise; es war sicher verrückt oder zumindest etwas sonderbar. Ohne sich nach dieser schroffen Antwort noch einmal umzudrehen, stand Dorchen auf, um ins Haus zu gehen. Aber die Alte schien nicht willig, so ohne weiteres auf ihren Wunsch zu verzichten. Sie hielt das Mädchen am Kleid fest und sagte:

»Du glaubst, ich sei nicht bei vollem Verstand ... aber du irrst dich! Ich weiß recht gut, was ich rede ... Ich weiß sogar, was du denkst, und kenne auch die Ursache deines Ärgers.«

Und als ob Dorchens Herz ein Buch sei, das aufgeschlagen vor ihr liege, zählte das Weib der Pfarrersnichte, die sich vor Verwunderung gar nicht zu fassen vermochte, alle Gedanken auf, die ihr durch den Kopf gegangen waren, als sie ihre eigene traurige Lage mit dem Leben der anderen Mädchen des Dorfes verglichen hatte.

»Aber gräme dich nicht«, fuhr die alte, verschlagene Vettel nach dieser Probe ihrer erstaunlichen Scharfsichtigkeit fort. »Gräme dich nicht! Es gibt einen gewissen Herrn, der ebenso mächtig ist wie der, dem Pfarrer Egidius dient ... In seinem Namen hab ich mich an dich herangemacht, unter dem Vorwand, dich um ein Almosen zu bitten ... Dieser Herr verlangt von denen, die ihm dienen, keineswegs schmerzvolle Entbehrungen. Oh nein, er gefällt sich darin, alle ihre Wünsche zu erfüllen. Er ist lustig wie ein Spielmann, reicher als alle Juden auf Erden zusammen und so weise, dass er die verborgensten Geheimnisse der

Wissenschaft, um deren Lösung die Menschen sich mühen, zu ergründen imstande ist. Die ihn anbeten, führen ein einziges Freudenleben, besitzen so viele Kleinodien und Schmuckstücke wie sie sich wünschen, dazu allerlei Salben und Säfte, die die Kraft haben, übernatürliche Dinge zu bewirken, sich alle Geister, die Sonne und den Mond, die Felsen, Berge und Meereswellen dienstbar zu machen und Liebe oder Abscheu einzuflößen, wem sie wollen. Wenn du eine von seinen Getreuen sein möchtest, wenn du genießen möchtest, was immer du dir wünschst, so kannst du es um einen geringen Preis erlangen. Du bist jung, du bist schön, du bist lebenslustig. Du bist doch nicht dazu geboren, an der Seite eines kränklichen alten Griesgrams zu verkümmern, der dich schließlich, dank seiner sinnlosen Mildtätigkeit, in tiefstem Elend auf Erden zurücklassen wird.«

Dorchen hatte anfangs nur widerwillig den Worten der Alten gelauscht. Allmählich aber fand sie Gefallen an der verlockenden Schilderung der glänzenden Zukunft, die sie ihr bescheren konnte. Obwohl sie den Mund nicht auftat und die Alte etwas ungläubig ansah, schien sie doch begierig, zu erfahren, was sie zu tun hätte, um das Heißersehnte zu erlangen. Die Alte merkte dies und holte einen grünen Krug hervor, den sie unter der zerschlissenen Schürze versteckt gehalten hatte.

»Pfarrer Egidius«, sagte sie, »hat am Kopfende seines Bettes ein Becken mit Weihwasser stehen, aus dem er jeden Abend, bevor er sich schlafen legt, einige Tropfen schöpft und sie unter Aufsagen eines Gebets aus dem Fenster in Richtung Burg spritzt. Wenn du das Weihwasser durch dieses hier ersetzt, werde ich nach dem letzten Abendgeläute durch den Schornstein zu dir kommen. Du musst aber das Feuer auslöschen und die Feuerzange in der Asche stecken lassen. Mein Herr und Gebieter schickt dir jetzt schon zum Zeichen seiner Großmut hier diesen Ring. Danach wird er dir all deine Wünsche erfüllen.«

Mit diesen Worten übergab die Alte ihr den Krug und steckte ihr auf den Finger derselben Hand, mit der sie ihn in Empfang nahm, einen goldenen Ring, in dem ein Stein saß, wie er sich nicht schöner denken lässt.

Die Nichte des Pfarrers ließ willenlos mit sich machen, was die Alte wollte, blieb aber noch unentschlossen. Die letzten Erklärungen hatten sie eher nachdenklich gemacht als überzeugt. Aber das Bettelweib wusste ihr so viel zu erzählen und konnte ihr in so lebhaften Farben schildern, welche Triumphe ihre bislang verletzte Eitelkeit feiern würde, wenn sie am folgenden Tage, dank ihrer Dienstleistung, am Feuer auf dem Dorfplatz in einem Kleid von ungeahnter Pracht erscheine, so dass Dorchen schließlich den Einflüsterungen unterlag und alles zu tun versprach.

Der Nachmittag verstrich, es wurde Abend, und es kam die dunkle Nacht mit ihren geheimnisvollen Stunden des Grauens.

Pfarrer Egidius hatte die übliche Besprengung vorgenommen, ohne natürlich zu ahnen, dass sie keine Wirkung mehr haben würde, weil das Weihwasser ja durch einen Teufelstrank ersetzt worden war, und schlief nun schon den Schlaf des Gerechten. Dorchen hatte das Herdfeuer ausgemacht, die Zange nach Vorschrift in der Asche stecken lassen, und saß und wartete auf die Hexe. Denn nur eine Hexe und nichts anderes konnte diese zerlumpte Alte sein, wenn sie einen Ring von so hohem Wert verschenkte und ihre Bekannte zu solcher Stunde und auf dem Wege durch den Schornstein besuchen wollte.

In Trasmoz schliefen alle Leute schon wie die Murmeltiere. Nur hier und dort saß noch ein Mädchen wach, um das neue Kleid für den folgenden Tag fertig zu nähen. Endlich läuteten auch die Glocken für die Seelen der Verstorbenen, und ihre langsamen, gleichmäßigen Schläge schwangen weit durch die Luft und verhallten in den Ruinen der Burg.

Dorchen hatte sich bis dahin tapfer gehalten und kaltes Blut bewahrt, da sie ja einmal den Entschluss gefasst hatte, den Wünschen der Hexe zu willfahren. Nun aber fing sie an, unruhig zu werden. Ängstlich sah sie zum Schornsteinloch, aus dem – seltsam genug! – die Alte zum Vorschein kommen sollte.

Sie brauchte auch gar nicht lange zu warten. Kaum war der letzte Glockenschlag verhallt, als plötzlich eine graue Katze in die Herdasche fiel und ein eigenartiges Schnurren hören ließ, wie es diese Tiere von sich zu geben pflegen, wenn sie mit erhobenem Schwanz und rundem Rücken um uns herumschleichen und sich zärtlich an unseren Beinen scheuern.

Nach der grauen Katze kam eine gelbe, dann eine schwarze, darauf eine von denen, die man maurische Katzen nennt, und so nacheinander vierzehn oder fünfzehn von verschiedener Farbe und Größe, begleitet von einer Unmenge kleiner grüner, dickbäuchiger Kröten, die um den Hals eine winzige Glocke trugen und mit einer Art rotem Jäckchen bekleidet waren.

Als alle Katzen versammelt waren, begannen sie in der Küche auf und ab zu spazieren, bald hierhin, bald dorthin zu springen, auf die Borde, zwischen die Töpfe und Krüge, auf den Herdrand – und ein paar wälzten sich sogar in der Asche, eine große Staubwolke aufwirbelnd. Derweil krochen die Kröten auf den Kochtöpfen herum, mit ihren Glöckchen läutend, und vollführten, wie die Zirkusclowns, Luftsprünge, Drahtseilakte und andere staunenswerte Kunststücke.

Schließlich hüpfte die schwarze Katze, die die Anführerin der Schar zu sein schien und in deren grünlich schillernden Augen die Pfarrersnichte den Blick der Alten, mit der sie am Nachmittag gesprochen hatte, wiederzuerkennen glaubte, auf einen Stuhl, setzte sich auf die Hinterbeine und ergriff das Wort:

»Du hast dein Versprechen gehalten«, sagte sie. »Drum sind wir gekommen und harren deiner Befehle. Wenn du uns in unserer ursprünglichen Gestalt sehen möchtest und wünschest, dass wir dir helfen, deine Festtagskleider zu nähen oder den Teig zu den Broten anzurühren, die dein Oheim dir in Auftrag gegeben hat, so mache dreimal mit der linken Hand das Zeichen des Kreuzes und rufe dabei die höllische Dreieinigkeit an: Beelzebub, Astaroth und Belial.«

Zitternd führte Dorchen Punkt für Punkt aus, wie es ihr gesagt worden war, und allzugleich verwandelten sich die Katzen in alte Weiber, und die Weiber machten sich sofort daran, prächtige Stoffe von auffällig bunter Farbe zuzuschneiden, die Teile zusammenzunähen und daraus in größter Eile Spenzer und Röcke herzustellen. Unterdessen waren die Kröten, die überall herumkrochen, damit beschäftigt, mittels feiner blitzender Werkzeuge goldene Ohrgehänge sowie mit kostbaren Steinen besetzte Ringe anzufertigen und mit Hilfe winziger Ahlen und zierlicher Knieriemen ein Paar Saffianschuhe herzustellen, die, als sie fertig waren, so entzückend aussahen, dass sich selbst eine Fee ihrer nicht hätte zu schämen brauchen.

War das ein Leben und eine Regsamkeit um Dorchen herum! Selbst die Flamme der Öllampe, die jene absonderliche Szene beleuchtete, schien auf ihrer Eisentülle vergnügt zu tanzen und den Widerschein ihrer fächerförmigen Blende, die sich in zitternden Kreisen, bald hell, bald dunkel, an der Wand abmalte, zusammen- und wieder auseinanderzufalten.

Als der Morgen graute und die Hähne den Dorfbewohnern krähend den nahen Aufgang der Sonne verkündeten, war der ganze Spuk vorüber. Dann setzten die Glocken der Pfarrkirche ein, gewaltig schwingend zu Ehren des heiligen Schutzpatrons.

Der Tag verging unter Feierlichkeiten und Vergnügungen.

Nachdem die Messe vorüber war, verteilte Pfarrer Egidius seine Rundbrote unter die Armen, ohne zu ahnen, dass die Hexen geholfen hatten, den Teig zu kneten. Draußen auf den Tennen[153] tanzten die Mädchen zu den Klängen des Dudelsacks und der Tamburins, und glänzten mit den Spangen und schönen Kleidern, die sie sich in Tarazona gekauft hatten. Nur Dorchen saß allein und gelangweilt zu Hause; sie sah etwas müde und angegriffen aus von der durchwachten Nacht, die sie damit verbracht hatte, die Armenbrote zu backen. Seltsamerweise jedoch beklagte sie sich weder über ihr Los, noch kümmerte sie sich um die Scharen der schmucken Burschen und geputzten Mädchen, die vor dem Haus vorüberzogen. Darüber war ihr Oheim nicht wenig erstaunt.

Endlich, endlich wurde es Abend; der Pfarrersnichte kam es vor, als hätte es diesmal länger gedauert als sonst. Pfarrer Egidius legte sich, wie es seine Gewohnheit war, nach dem Ave Maria zu Bett, während die junge Welt auf dem Dorfplatz den Holzstoß aufflammen ließ, um weiter zu tanzen.

Sobald ihr Oheim schlief, holte Dorchen eiligst die Geschenke der Hexen hervor – zog die schönen Kleider an, hakte sich die feinen, goldenen Ohrgehänge ein, deren helle, blitzende Steine auf ihren frischen Wangen wie Tautropfen auf einem goldgelben Pfirsich lagen, schlüpfte in die kleinen Saffianschuhe, steckte auf jeden Finger einen Ring und wandte sich dorthin, wo die Burschen und Mädchen im Schein des Feuers zu den Klängen der Tamburins und der Gitarre tanzten.

Von tausendfarbigen Funken gekrönt, schlugen die züngelnden Flammen höher als die Dächer der nahen Häuser; weithin fielen die langen Schatten der Schornsteine und des Kirchturms ...

Man kann sich die Wirkung vorstellen, die Dorchens Erscheinen hervorrief. Die anderen Dorfschönen, die bis dahin die arme Pfarrersnichte an Luxus weit übertroffen hatten, standen nun in ihrem Schatten und mussten Mauerblümchen spielen. Alle Männer stritten sich um die Ehre, aus Dorchens Augen einen Blick zu erhaschen, und die Frauen bissen sich vor Wut die Lippen wund. Wie ihr die Hexen vorausgesagt hatten, hätte der Triumph ihrer Eitelkeit nicht größer sein können.

153 Tenne = Ort in einer Scheune, wo man das Getreide drosch.

Das Fest des Schutzheiligen ging zu Ende, und obgleich Dorchen schlau genug war, ihre Ringe und Kleider ganz unten in der Truhe verwahrt zu halten, sprach man vier Wochen lang im Dorf von nichts anderem.

»Ei, ei!«, sagten die Leute zu Pfarrer Egidius. »Ihr habt Eure Nichte ja zu einem wahren Goldpüppchen herausstaffiert! Was für ein Aufwand! Wer hätte das geahnt, dass Ihr bei all den Almosen, die ihr gebt, noch so viel für Putz und Tand übrig habt!«

Pfarrer Egidius aber war die Güte selbst. Ihm kam nicht der leiseste Gedanke, dass dahinter etwas Wahres stecken könnte. Er glaubte, die Leute hätten sich mit ihm einen Spaß erlaubt und über die ärmliche Kleidung Dorchens gewitzelt, die der Nichte eines Pfarrers, einer der angesehensten Persönlichkeiten in den Dorfgemeinden, nicht würdig war. Und lächelnd gab er zur Antwort, um nicht Spaßverderber zu sein:

»Ja, was wollt Ihr denn?! Wer ein Licht hat, lässt es leuchten!«

Unterdessen taten die schönen Kleider Dorchens ihre Wirkung.

Seit jenem Abend fehlten niemals Blumensträuße vor den Fenstern, Gitarrenklänge vor der Haustür und verliebte Burschen an der Straßenecke. Und diese Burschen und Lieder und Sträuße führten zu dem natürlichen Ende, dass sich die Pfarrersnichte schon nach zwei Monaten mit einem der reichsten Burschen im Dorfe verheiratete. Um jedoch ihren Triumph komplett zu machen, war derselbe Bursche bis zu dem unvergesslichen Abend, an dem sie sich am Feuer gezeigt hatte, der Bräutigam eines der Nachbarmädchen gewesen, die ihre neuen Kleider stets vor der Haustür genäht und ihr so manches liebe Mal Grund zum Ärger gegeben hatten.

Nur der arme Pfarrer Egidius büßte an jenem Abend für alle Zeiten die Kraft seiner Beschwörungssprüche und Besprengungen ein. Zu seinem großen Erstaunen und zur Verwunderung der ganzen Gemeinde nisteten sich die Hexen wieder in der Burg ein. Unzählige Plagen befielen das Vieh. Die Mädchen im Dorf wurden von unbekannten Krankheiten heimgesucht. Die kleinen Kinder wurden nachts in der Wiege verprügelt. Und in jeder Samstagnacht, sobald die Glocken für die Seelen der Verstorbenen geläutet hatten, sahen die Einwohner von Trasmoz Scharen von Hexen, so dicht wie eine Schar Kraniche, am Himmel vorüberziehen. Die einen lärmten mit Schellentrommeln, die andern mit Trompeten und Klappern, und, rittlings auf ihren Besenstielen, flogen sie alle aufwärts nach der Burg, um im Schatten der Mauern und des zerfallenen Bergfrieds ihren Hexensabbat zu feiern.

Nachwort
Wie sah G. A. Bécquer aus?

Leise, ganz leise tritt er auf, wie um den Schlaf der Jahrhunderte nicht zu stören. Einsam sind seine Spaziergänge schon von frühester Jugend an, angefüllt mit Träumereien, mit Zeichnungen seiner geschickten Hand. Er wandelt umher wie jemand, der als reifer Mann die Stätten seiner Kindheit wiedersieht und aus Erinnerungen und Antworten eine Kette stiller Verehrung flicht. Ein verträumter, hochaufgeschossener, blasser Knabe mit dunklen Locken, schreitet er durch die engen, bunten Gassen seiner schönen Vaterstadt, mit der Körpertraurigkeit edler Tiere einherschleichend. Jedes Tor, jede Säule, jedes Stück Mauerwerk werden lebendig und sprechen zu ihm, sprechen in deutlicher, eindringlicher Sprache. Stets begleitet ihn ein Buch zu seinem Lieblingsplatz am Ufer des Guadalquivir, weit draußen vor dem Macarenator, beim verfallenen Kloster von Sankt Hieronymus. Dort, im Schatten der Pappeln, lässt er seinen Gedanken freien Lauf und träumt seine jugendlichen Träume , träumt von einem friedlichen Dichterleben, träumt, dass seine Geburtsstadt einst stolz sein wird auf seinen Namen.

Er liest viel, träumt noch mehr und ist immer beschäftigt mit Studien, Arbeiten, Plänen. In Madrid finden ihn seine Freunde den ganzen Tag in seiner dürftigen Kammer hockend, die er mit seinen Zeichnungen geschmackvoll hergerichtet hat. Er friert, hungert, leidet die ärgsten Entbehrungen – aber nie kommt ein Wort der Klage über seine Lippen. Alles erträgt er mit stoischer Geduld, mit müdem, wehmutsvollem Lächeln. Seine Freunde nennen ihn einen »Engel«. Laute Freuden sind ihm zuwider, knabenhafte Schüchternheit und mädchenhafte Keuschheit schließen ihn aus von den jubelnden Freunden und ihren durchtollten Nächten. Er kennt keine »Weiber« – will sie nicht kennen. Immer und überall sucht er die ideale Frau, die ersehnte Frau seiner Träume. Wo andere klar und nüchtern sehen, ist er blind; wo andere blind sind, wird er zum Seher. Das Leben betrachtet er durch seine eigene Brille; er sieht überall andere Farben und andere Formen als die übrigen Sterblichen.

Sein ganzes Wesen ist ernst und düster, ebenso schwarz wie sein Haar, ebenso dunkel wie seine Hautfarbe, ebenso weich und verträumt wie seine Augen. Sein Äußeres, das in den jungen Jahren den Künstler verrät – mit wallenden Locken und kleinem Kinnbart, wie ihn sein Bruder Valerian gemalt hat –, wird immer unauffälliger, immer bescheidener, dem Zustand seines Innern entsprechend. In den letzten Jahren seines kurzen Lebens wird er als großer, ernster Mann beschrieben, das bleiche Gesicht von schwarzem Vollbart umrahmt, in der Kleidung stets einfach und sorgfältig.

Gewöhnlich schweigsam und verschlossen, wird er nur gesprächig, wenn die Rede auf Kunst und Literatur kommt. Dann verteidigt er seine Ansichten, entwickelt seine Ideen und zeigt eine Leidenschaftlichkeit, die in seltsamem Gegensatz steht zu seiner Alltagsruhe. Im Kaffeehaus, das er hin und wieder besucht, beteiligt er sich wenig an der allgemeinen Unterhaltung, sitzt still und versonnen in einer Ecke, hört die Freunde sprechen, ohne ihnen zu lauschen. Er geht neben ihren Gesprächen her wie seine Kunst neben der seiner Zeitgenossen ... Manchmal wirft er ein Wort dazwischen, irgendeine kurze, geistreiche Bemerkung, die so ungewöhnlich ist, dass sie nicht verstanden wird und nur Kopfschütteln hervorruft. Danach versinkt er wieder in sein melancholisches Brüten.

Aber es kann geschehen, dass er, gepackt von der Erkenntnis seiner namenlosen Einsamkeit, plötzlich aufspringt und ohne Gruß hinausstürmt in die Nacht – hinaus in die unbegrenzten Gefilde seiner Träume ...

S. R.-W.

Mark Twain
Der geheimnisvolle Fremde
Roman
(Übersetzung von Oliver Fehn)

Pandämonium Verlag
ISBN: 978-3-9813482-5-5
156 Seiten, Paperback
Preis € 16,90

Österreich im Mittelalter: In Eselsdorf taucht eines Tages ein fremder Junge auf, der über geheimnisvolle Kräfte verfügt. Er gibt sich den Jugendlichen des Dorfes als ein Neffe Satans zu erkennen, und mit seiner Ankunft häufen sich seltsame Ereignisse. Doch was er dem jungen Theodor, der zu seinem besten Freund wird, über die Welt und den Sinn des Lebens zu berichten hat, ist voller Tiefe und Weisheit.

Oliver Fehn
Das verlogene Paradies
Erzählung

Pandämonium Verlag
ISBN: 978-3944893129
128 Seiten, Paperback
Preis € 9,95

Was geschah wirklich im Paradies?
Wie kam es zum Sturz des Satan?
Wer war er?
Was waren seine Pläne für den Menschen?
Konnte er diese Pläne in letzter Sekunde doch noch verwirklichen?
Und was wurde aus dem Garten Eden?
Antwort auf all diese Fragen gibt John Miltons bekanntes Versepos „Das verlorene Paradies“ (erschienen 1667) – hier in neuer, zeitgemäßer Sprache erzählt von dem bekannten Autor Oliver Fehn. Abweichungen vom Original sind beabsichtigt und zeichnen ein neues Bild des „gefallenen Engels“, der vielleicht nicht ganz so schlecht war wie sein Ruf.

Tobias Könemann
AUS TOD WIRD HEIMAT
Bildband / Farbdruck / A4

Pandämonium Verlag
ISBN: 978-3-944893-02-0
76 Seiten, Hochglanzfarbdruck
Preis € 29,95

„Aus Tod wird Heimat" ist eine Sammlung von Gemälden und Fotografien des Mainzer Künstlers Tobias Könemann. Ergänzt durch seine philosophischen Texte ergibt sich ein faszinierender Querschnitt durch ein Schaffenswerk, das irgendwo zwischen Himmel und Hölle angesiedelt ist.